諧唱中的異聲

韓商羚 著

目次

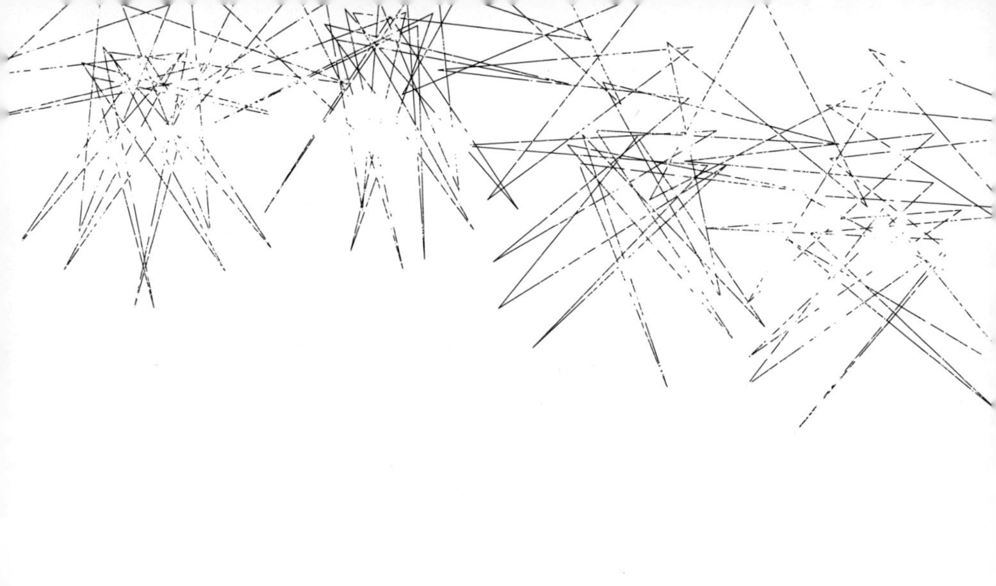

第一章　拉花貓

五月暮春，桐花時節，一輛黑色轎車緩緩駛出黎家大宅。翁寶綢坐在車裏，回頭悠悠一望，正見家中使女趕在車後推上那扇黑漆柵門，柵門頂端一根根防盜尖錐擦過庭院樹梢，幾片樹葉盤旋而下。她沒來由地端出個表情來，像置身復古電影，前面就是個鏡頭，而她是戲劇裏錦緞雲鬢、坐著豪華轎車出門的貴太太。她本來生得美麗，年輕時候人人誇她像個電影明星，她自悠然神往，想著想著，就彷彿把時光錯疊了，分不出虛實真假。

車離宅子漸漸遠了，不及看見那幾片葉子的飄落。翁寶綢回過頭，懶懶地歪在汽車後座，拿出鏡盒，左瞧瞧、右看看，一會收了鏡盒，把玩著腕上的晶鑽手錶，錶面上映著她珠玉粉妝的臉，甚是容光煥發。她比個手勢，唱起了調子，正自陶醉，車子微微一震，行過一處顛簸，她當即住聲，又假勢清了清喉嚨，說：

「快一點，要遲到了。」

兩點半是咖啡教室的拉花課程，她倒也不是真心催促，只為掩飾剛才那點失態，說出一句因時制宜的話來。又想起每回遲到，總要把本來的秩序攪亂，一夥子人上一刻正做著什麼，只因門一開，便都得停下來，一雙雙眼睛只管聚焦在她身上，聽憑她做了個主角。想到這，她不由地笑了，躍躍盼望起那場面來。

「太太，下回時間緊，叫車也是一個法子，何必非得等到我回來接妳。」司機聽聞催促，回頭笑說道。

「不叫車，坐不慣。」她嘴上說不出就是喜愛這自用轎車，那復古車頭特別對她的胃口，每回坐著，招搖過市，像老電影裏的貴太太一般神氣。至於車內舒泰卻是不太留心的。

「坐不慣，偶一為之嘛，也不是每回都得叫車，像今天，我趕著接送老闆開會，就把妳的時間給耽誤了。讓妳遲到我也過不去，又不能橫衝直闖不顧妳安危。我也很為難，太太，我都是為妳設想啊。」

司機自顧嘀嘀咕咕地。寶絅哪裏聽不出他因著兩頭奔波的行程在抱怨。她聽著心裏好不舒坦，也不知回他什麼話，厭煩地嘆了口氣，調頭去看窗外風景，暗自無聊地想著：「這年頭，主僕界線都淡了，要是在古時候，哪有主子乘車，還得一面聽車伕嘮嘮叨叨的道理。」她從前窮時，總最恨權勢之人，現在富了，反倒覺得仇富的窮人個個寒酸粗鄙。

那咖啡拉花課程假「簞食瓢飲」的場地舉辦，車停在巷口，翁寶絅向司機交代了回程接送時間，便下了車逕自朝巷裏走去。

「簞食瓢飲」是一間廚具專賣店，取了個古雅名字，標榜生活品味，販售高價進口廚房用品。翁寶絅在這裏上過烹飪課、烘焙課、調酒課，前陣子又心血來潮要學咖啡拉花，重金購得一臺磨豆機，商家附贈了這麼一門課程。這種買裝備送課程的噱頭，又把時間安排在週間下午，講師學員各不較真，久了，倒有幾個充裕的太太成了固定班底，穿雜在各樣課程之間，樣樣都是虎頭蛇尾。

進了門，店裏明亮整潔，四下寂然無客。櫃檯小姐向她微笑致意，指指過道，示意課程已經開始。寶絅點頭回禮，熟門熟路地迴道而去。她一路揣著想像，來到教室門前，撥撥頭髮，挺直了身，敲門而入。

課程像是已經開始了，教室裏卻不似她預期的散漫，偌大空間閒下太半，學員們全數圍在課桌前面，推推擠擠，時不時發出驚歎之音，沒有人注意到她的到來。

翁寶絅踮了腳尖，稍稍看見講桌前站著一個女人，高削單薄、素容短髮，面上雖是端著笑容，卻更看來心事重重。

女人左手持杯，右手執壺，神情專注。只見她晃著杯、搖著壺，一任高高的壺嘴傾出牛奶，注入杯中，竟爾不偏不倚、一滴未綻。圍觀學員聚精會神，像看著一場魔術表演。頃間功夫，作業已成，眾人驚聲喝采。

「你看，是隻貓頭鷹呢，這回還是不重複。」

「老師到底會多少圖樣？」

「快教我——」

一個胖婦人擠到前排，把手一伸，說道：「嘿，老師，這杯該送我喝了吧。」

那「老師」眼神有些迷茫，點了點頭，把咖啡杯遞出去。那胖婦人未及接過，先教一個年輕學員接去，拍了幾張照，才甘心將杯子轉遞給那胖婦人。

翁寶綢遠遠看不清她究竟在小小瓷杯裏玩弄什麼把戲，教眾人這般著迷，只因身受冷落，心頭快快，扁著嘴原處站著。

「黎太太，」一名平時和她相熟的學員終於看見了她，便走過來，「黎太太，妳來了。」

寶綢勉強擠出個笑，問道：「梁太太，妳們看什麼，這麼捧場？」

「看高手拉花呢，妳來遲了，錯過精彩場子。奇怪，怎麼一手搖著、一手晃著，那花草蟲鳥的圖案眨眼功夫就賦了形？真教人想不透。」梁太太一面說、一面自顧自地比劃模仿，「妳看我這杯，三葉草的，漂不漂亮，我等了老久才搶到的。」

寶綢瞄了一眼梁太太手裏的白瓷杯盞，棉密奶泡蓬鬆鬆地覆罩著杯口，中央處果有一片以牛奶勾勒而出的三葉草圖案，棕底白紋，精巧可愛。再看看一屋學員，人人或持盞而飲、或站在講桌前眼巴巴地想討一杯咖啡拉花。

「梁太太，那是誰？新課程的講師嗎？」寶綢問道。

「不是。我說這位新老師也真偷懶，第一堂課就缺席，找了人來代課……」

「那邊忙著炫技的就是代課老師？」

「是。她說她是新老師的朋友，業餘的，臨時給趕鴨子上架，只來代上一堂課。說我們別叫她老師，叫她……什麼瑩的？嘿，妳別看她垂頭縮頸、陰鬱寡言，對咖啡拉花還真有兩下子，比起咱們從前那些烘焙課、烹飪課的老師，專業程度猶有過之呢。」

「哪裏這麼神奇，梁太太妳就愛胡吹。」

「妳別不信，走走，妳也向她討杯咖啡去。」梁太太說著便拉寶絅的衣袖要上前。

寶絅只覺今天眾人一心在那代課老師身上，忽略了自己，心中很不是滋味，拿開梁太太的手悻悻說道：「別拉拉扯扯，不就是個代課老師，憑點小本事賺錢什麼稀罕，值得一夥子把她當神供著？我們花錢請她來把教室當作個人秀場嗎？」

梁太太討了個沒趣，沒再搭腔。

寶絅靠到人群邊上，故意看錶，高聲說道：「上課了嗎，怎麼好像沒看見講師？」

「新老師沒來，來個代課的，比正牌老師還了得呢。」幾個學員聞聲回頭，一齊指著那代課老師，人人面上欽服之色昭顯。

那代課老師卻有些侷促不安，垂著眼，不慣給人稱讚簇擁似的。

「既然如此，大家也別打混偷懶，別仗著是代課老師就隨意敷衍，快快各就各位上課去。」寶絅笑著說。

「黎太太什麼時候轉性啦，竟對上課熱衷起來了。」

幾個曾和她同班上課的朋友都來閒搭，大夥鬧哄哄地開著玩笑。那代課老師倒是聽出她這番話中的譏誚，停下手邊動作，淡然說道：「剛才人少，就給先來的學員示範一下拉花技巧。這會大家都到了，可以準備上課了。」

「可不是，恭候黎太太妳的大駕呢。」

寶綢平時和這群熟朋友說說鬧鬧，倒也開心，更樂得成為眾人焦點。但這回本想損一損那代課老師，偏生大夥沒摸出她心底事。她心中一個不舒坦，就認定大家都教那代課老師收買了，連成一氣尋她開心，當即面色一沉，負氣不語。

那代課老師見她如此，出言緩頰：「的確耽擱了些時候，謝謝這位……請問妳貴姓？」

「翁。」寶綢不甘不願地答了。

「謝謝這位翁小姐提醒，大家挑個喜歡的位置，我們開始上課。」

「翁小姐呢，跟我們一樣，都是孩子的媽啦。」

寶綢聽她喊自己「翁小姐」，心中暗喜，偏偏眾人又來鬧，便把那一絲冒出來的欣喜又給按了下去。

「不錯，妳與其叫我翁小姐，不如喊我『黎太太』，大家比較習慣一些。」她索性端起架子來。

「黎太太……」那代課老師喃喃複述。

「可不是，堂堂大公司的董娘，自然不想做什麼翁小姐。」眾人道。

那代課老師面色一白，微傾了身，「妳是黎氏企業的——董事長夫人？」

寶綢看她一貫鎮定冷淡，在說到「黎氏企業」時也不得不動容，心中暗自得意，笑推著幾個炒場子的友伴，佯嗔道：「妳們幾個真是無法無天，盡讓我在老師面前曝短。」

「不要這麼說，拉花課本該是這歡愉的氣氛。」那代課老師微微一笑，語氣和緩，已不似方才訝然倉促。「另外，我只來代一堂課，妳叫我『司瑩』，別喊我老師，我比較自在。」

「老師手藝超群，當之無愧，幹嘛這麼謙虛。」寶綢道。

那代課老師但笑無言，似有若無地一瞥眼，卻教寶綢寒到了心底，彷彿被人看穿了心思一般窘迫。

眾人又湊過來，吵著代課老師繼續表演拉花。

「黎太太，妳喜歡什麼圖案？」代課老師問。

「黎太太愛貓成癡呢。」一人搶答。眾皆附議。

那代課老師點點頭，取了咖啡、打了奶泡，一樣一手持杯、一手執壺，晃著搖著，只見細長白柱自銀壺壺口涓涓流下，安安穩穩注入瓷杯之中，與杯中咖啡混纏一陣，滿至杯口，一個棕白相間的螺旋紋花貓圖樣霎眼即成。眾人歡呼拍手，溢美之聲不絕。

代課老師遞上瓷杯，說：「黎太太，請。」

寶綢伸頭一探，看見那杯中圖案精緻可愛，一時欣喜出手要接，轉念又想，教人這麼一杯咖啡收買豈不太沒骨氣。她本來對這代課老師心懷成見，便覺她前時淡漠令人氣惱，這會友善更像蓄意巴結。一時探頭探腦，拉扯不決，一隻手才伸出來，又縮了回去。

正自猶豫不定，瓷杯已教另一個學員接去，大夥湊著頭前推後擠，杯裏的花貓晃呀晃地。

「別推，拉花都給你們撞歪了。」持杯的學員道。

「誰教妳來搶，這杯明明要給黎太太的。」

寶綢看著好好個花貓在眾人手中搖搖晃晃，心都疼了，好似那是隻真貓，給人推擠似的。

「咦，這貓右眼怎麼糊糊的？」

「都是妳們，把拉花弄壞了——」

眾人七嘴八舌，推卸著是誰把圖案撞壞的，說得忿忿。那代課老師在一旁笑道：「畫壞了。」

大家卻不信她會失手，繼續相互推拖著。

一陣嘈雜之中，瓷杯也不知什麼時候落入那胖婦人手中，只聽她說了句：「別吵了，喝下去不就看不出來什麼兩樣了。」說著便以食指戳入杯中一探溫度，一吮指、一舉杯、一仰頭，就把整杯咖啡喝得精光。

眾人阻止不及，怨聲連連，指她不懂藝術，又怪她把代課老師要給寶綢的咖啡自行喝了。

寶綢見那花貓給她手指一戳，心跟著跳了一下，接著又見她肥嘴一吞，花貓廓散形銷，不由暗呼了一聲。片晌回過了神，卻故作瀟灑地說：

「喝了就喝了，我要一杯畫壞的咖啡做什麼。」

眾人掃了興，嘆氣搖頭一陣，各自揀了座位上課去了。

下了課，寶綢和幾個友伴隨意閒話一場，分頭散去。走出「簞食瓢飲」，司機還沒有來，她獨自站在路旁東張西望，瞥眼間卻見那代課老師越過馬路，步入對街一家商店。寶綢由店家櫥窗看見她向櫃檯說了些話，店員點點頭，轉身進入儲藏室，一會取來一個拆折的小紙箱。那代課老師買了膠帶、剪刀，直接站在櫃檯前拼貼起來，寶綢目光一路追隨著她，只見她捧著空紙箱步出店門，消失在轉角一處。

片刻，又見她自轉角走出，雙手戴著手套，那只小箱子已經貼封，內裏似是增加了重量，抱在她手中沉甸甸地。

那代課老師穿過馬路走了回來，小心翼翼地將紙箱放進一部休旅車的後車廂裏，脫下手套，發車離去。

寶綢怔怔站著，心中狐疑猜想：「好奇怪，她拿著空箱子進轉角裝了什麼？」

正想得入神，忽聽得耳邊有人連聲喚著「太太」，原來是自家轎車來了。寶綢玩心乍起，便想去跟蹤那代課老師，看看那箱裏究竟裝著什麼，於是一股腦地鑽進車中，一俟司機上座，便手指前方，催促道：「你快跟著前面那臺休旅車。」司機一時錯愕，寶綢急得踱腳：「快呀！」

二車一前一後行了數里，司機幾番詢問，寶綢卻神神祕祕地叫他只管跟著走。經大街、過小巷，前面休旅車方向燈一打，一個大轉彎開上了左岔路的緩坡道上。

「太太，還跟著嗎？我記得再上去就要沒路了。」

「你別問那麼多，跟著就是。」寶綢有些不耐煩地說。

又跟一程，平坦道路果然隔斷在陡斜的土坡前，土坡上碎礫雜著沙塵，左右空曠，上望不見坡頂。那休旅車不因路盡而止，往前續行，顛顛簸簸地駛上了土坡碎石路上。

「太太，那車開上土坡去了。」

「上土坡又怎麼？土坡前又沒樹牌子，說是私人禁地，她去得，我去不得？」

「我不是這個意思。四下裏沒別的車，也沒掩蔽，再跟下去恐怕要給發現。」

寶綢琢磨這話倒也不錯，看看前車龜速而行，便吩咐司機在此等候，自行下了車，彎身尾隨其後，時而快走、時而小跑。土坡不久接上一片平原，原上野花粗草，一側生著高樹矮叢。那代課老師下了車，繞至後車廂取出一把鏟子夾在腋下，戴上手套，捧起那只小紙箱款步走過平原、走進樹林之中。

寶綢以樹幹、矮叢權作遮掩，自這一處移動至下一處，像個探子緊追不捨。

那代課老師停步在一株欖仁前，將紙箱就地輕放，挽起袖子，舉高鐵鏟，一剷一剷地在土地上鑿出一個坑來。隨即放下鏟子，移箱入坑，雙膝點地，不斷以方才翻出的沙土覆在箱上，並以雙手鋪平拍打。

「老天，她埋什麼？」寶綢藏在灌木叢後，瞪眼疑忖著。她本來就覺得那代課老師悶悶沉沉，目下更覺奇異，一條條臆測閃過，愈想愈是逼真，猛地倒抽了口氣，忙忙掩住嘴，卻已不及。

那代課老師停下來，稍稍回頭，並起身探視，一步步朝灌木叢走來。

寶綢一顆心怦怦亂跳，頃間面前遮蔽物竟「唰」的聲斜傾而下，一擡眼，只見那代課老師單手撩開了枝葉，弓身瞧著她，面上甚是疑惑。

「黎太太，是妳？」

寶綢驚呆了，緩緩站起身，久久才把摀在臉上的手放開，尷尬地笑著，扯了個牽強的理由，說：「我……剛好也路過這裏。」

那代課老師冷冷一瞥，並不理會她，回身走向欖仁樹。寶綢竟也愣愣地跟上前去。那代課老師站在樹前，低頭望著腳邊埋箱填土的痕跡，表情甚是凝重，久久復又開口低吟：

「小貓，小貓，願祢安息，此生災難已了——」

「妳在說些什麼？」寶綢聽不清楚，因問道。

代課老師輕輕一嘆，道：「我剛埋葬了一隻貓。」

寶綢相當訝然，一時竟忘了掩飾剛才的窺探，「妳說，那箱子裏裝的是隻貓？」

「是。下午我到咖啡教室上課途中，見到一隻小貓僵躺在路旁，當時正趕時間，我只好把牠屍身暫時移到偏僻之處，待到上完課，才向鄰近商家索了紙箱，乘至此地安葬。」

「好可憐。幸好有妳埋葬牠。」寶綢眼眶溼潤，「我也是個愛貓之人。從前還是個窮丫頭的時候，就常省吃儉用來餵野貓。記得有隻黃貓跟我最交心了，我打工晚歸，牠總在那等我，沿路和我作伴。我家窮，不給養，我只能把牠留在外頭，偷偷餵牠，只要看牠吃飽的滿足模樣，就覺暖洋洋的，自己挨餓的事也全忘了。」

她言語誠摯，卻教那代課老師有些詫異，心想這個浮誇炫富的女人，談起貓來竟也慈愛率真，不諱言往昔困窘。

「原來大家都是同路之人，我倒不寂寞。」

「妳也是這樣嗎？」

「我也是這樣。」代課老師說，「小時候，我也有隻特別要好的小花貓，每天都陪著我上下學。我把家裏給我準備的午餐存下來餵牠，偶爾大人不在，我便將牠悄悄帶回家來。我至今還記得牠身上的螺旋花紋，和牠那隻殘缺的右眼——」

「啊，」寶綢輕呼出聲，「那是……」

「是，那花貓正是我拉花課上所畫的模樣。事實上那並不是畫壞了，在我遇見牠時，牠的右眼已經被哪個狠心的路人或頑皮的孩子給弄瞎了。」

寶綢皺著眉，「後來呢？」

「我和小花貓相伴數年，牠雖殘疾，卻是我心裏最美好的，是我幽幽童年裏一點點純真的記憶。後來，牠死了，我卻沒能親手埋葬牠，我只能在牠出事的路旁放一個花環，我知道，從此我又是一個人了。」她觸景生情，涕淚俱下。

二人聊到心動之處，一拍即合，不復前時偏見與對峙。

那代課老師哭了一回，接過寶綢遞來的紙巾拭淚，「黎太太，謝謝妳。」

「不要客氣，我們是朋友，妳叫我『寶綢』就好。」

「嗯，那妳叫我『司瑩』，這是我的名字。」

「好。司瑩，」寶綢由衷地說：「其實，我好佩服妳呢。」

「是、是嗎？」她忽然避開眼神，顯得很沒自信。

寶綢心想，她行事舉止不失沉著世故，怎麼給人稱讚幾句反倒忸怩無措，難道還沉浸在傷心的回憶之中？於是安慰道：「司瑩，妳別難過了，妳教我用拉花畫小貓，好不好？」

司瑩淡淡一笑，「那有什麼問題。妳若是真想學，改天約個時間，我教妳。」

「一定一定，我時間空得很，可以配合妳。」

兩人又聊了一會，司瑩道：

「耽擱了好些時候，也不知這會幾點了。」

寶綢看她衣著樸素、手腕空空，忽地把自己的手錶摘了下來，「這個送妳，戴著看時間，比較方便。」

「這不行，太貴重了。」司瑩嚇了一跳。

「沒關係，戴上吧，很漂亮的。」

司瑩堅持不受，兩人推阻一會，便才作罷。

寶綢又說起她有個兒子，平時在美國讀書，明天正好要回國來，她打算一會去逛街買衣服，給兒子添幾件新裝，問司瑩要不要一道走。

「好。我知道幾家童裝正打折，我帶妳去。」司瑩道。

「童裝？」寶綢怔了怔，笑出來，「我兒子上大學了，童裝怕是穿不下了。」

「我不信，妳幾歲？哪來一個兒子上大學。」

「嘿，我四十歲了，兒子上大學什麼稀奇。」寶綢看她一臉的錯愕懷疑，心中不免暗自得意。

「還真的看不出來呢，我以為妳比我小。」司瑩道。

寶綢嫣然一笑，「妳別不信，等他回來，我帶來給妳瞧瞧。」又問：「妹妹，妳呢，孩子多大了，一塊兒給他們選衣裝去。」

司瑩聞言瑟縮了一下，久久才說：「我沒有孩子。」

「沒關係，現代人生得晚，四十歲都還有希望。」寶綢安慰道。

司瑩沉吟許久，方說道：「是我不想要孩子。」她聲色瘖啞、神情黯然。

「為什麼？」

司瑩又沉默了一陣，頓了頓，語音一揚，說：「沒什麼，走，我們逛街去。」說著自行上了車。

寶綢無暇多問，也隨她鑽進車去。

二人一路閒搭採買、歇歇走走，日晚方散。

寶綢回到家來，已過晚餐時候，一進家門，便看見丈夫黎從邁坐在客廳沙發上，面有憂色。

「妳怎麼回事，到那荒郊野地去，拋下司機不見人影？」黎從邁尖顎大耳，雙目含威，年歲竟比寶綢大了許多。他看著妻子，半是擔憂半是責備。

「唉呀，我遇到朋友，坐她的車走了，卻忘了回頭交代一聲。」寶綢伸伸舌頭，挨了上前。

黎從邁依然沉著臉，寶綢自挽著他手臂，笑說一路見聞，又把下午逛街採買的紙袋拉過來，翻出裏頭的衣服，一件一件展示給從邁看。

「妳怎每回都給燦歌買這麼大的衣服，我們的兒子又不是小娃娃，妳還盼望著他將來長大？」

寶綢看他總算稍稍消了氣，來搭自己的話題，便安了心。

「衣服買大件一點，才不吃虧嘛。」

「衣服就該買合身的，妳看燦歌為了不教妳失望，老穿得蓬蓬鬆鬆，像罩著一頂帳篷在身上，多不好看。」她一邊是出手闊綽，一邊卻是積習難改，實在令從邁啼笑皆非。

「不是我說，燦歌這孩子就是貼心可愛。」寶綢說起兒子就眉開眼笑。

片晌，門鈴響了，寶綢問：「有客人？」

從邁道：「生意上的夥伴，來給我呈一份報告。」

來客是兩名三十歲上下的男子，二人衣裝端整、行止刻板，顯得相當慎重。黎從邁將二人延入偏廳閒敘，二人唯唯隨至，眼神免不了東飄西蕩，暗自讚嘆這廣廈華宅、奇珍古玩。

方坐定，寶綢便進來，二客忙又起身問候：

「夫人好。」

「歡迎歡迎，你們坐，我給你們泡咖啡去。」寶綢笑吟吟地，心裏暗自盤算。

「怎好麻煩夫人——」

二客未及謙阻，寶綢已輕輕巧巧出了偏廳，只聽得外邊傳來轟轟的磨豆機器響聲，沒多久，又見她親手端了咖啡進來，分送至客人手上。

二客道謝連連，接了瓷杯就口欲飲，寶綢卻瞪眼張口，匆匆問道：「喂喂，你們怎麼就喝了？」

二人趕緊又把杯盞放下，看看寶綢，再看看從邁，神色尷尬。

「內人生性有些淘氣，二位不要見怪。」從邁笑道。

「黎董別跟我們見外。」

從邁以眼神示意寶綢離開，寶綢不依，指著瓷杯面口，問：「你們怎不看看，我在咖啡上畫了什麼？」

「這個……」二人左瞧右省，看不出個所以然。

寶綢急了，「你們看不出我畫的是貓嗎？」

「呃，對對，早看出是貓。」

「正想著是波斯貓還是暹邏貓呢。」

寶綢聽了，喜不自勝，心想司瑩說的要訣果然有效，對咖啡拉花不由地又添了幾分興致。此時她豢養的金吉拉喵喵而至，寶綢將貓抱起，心滿意足地逗著貓而去。

一會客人走了，寶綢哄貓睡了，又回大廳陪黎從邁坐著，把下午拉花課以及結識司瑩之事說了一回，老夫少妻，閒話家常，倒也和樂。

「妳呀，什麼時候才長點心眼，成日活在戲劇裏，認了朋友便一擲千金，怪不得人人都來貼妳。」

「才不是司瑩貼我，是我纏她。她教我畫拉花貓，一試即靈，改天我還要到她家親自討教。」

「什麼拉花貓，人家是看著我這『黎董』才認出妳的貓。」

「你別老端一副市儈臉面，多討厭。」寶綢扁著嘴，「對了，燦歌明天回來，你要不要和我一起去機場接他？」

「燦歌明天回來嗎？倒跟弟弟、弟妹錯過了。他二人明天出國呢。」

寶綢向來與妯娌不睦，對小叔一家總多有微詞，看從邁提起，便埋怨道：「自己兒子不關心，別人的行程倒是記得清清楚楚。」又問：「小叔小嬸上哪裏玩去？」

「黎衛大學畢業，他二人要去美國參加他的畢業典禮。」

「原來是那小太保，他出去這些年倒也清靜，怎這麼快便要回來了。」

「妳別說這種有失身分的話，」從邁提醒著，「不知道那畢業典禮何時結束，他們一家子要能趕在燦歌回美國之前回來，也好大夥聚一聚。他堂兄弟二人都在國外念書，這些年兩家子要湊齊時間聚會可真不容易。」

寶綢面色一沉，「我有什麼身分？人家幾時認過我這個伯母？再說了，黎衛那小子冷酷殘暴，目中無人，你都忘了他從前怎麼對付燦歌，要是當初真讓他害得摔斷了手，成了終身殘廢，燦歌這會還能拿筆畫畫嗎？這事我想來都還心有餘悸。他二人最好永遠別再見面。」

「陳年舊事，何必再提。」

「你好肚量，我偏偏忘不了。偏偏恨他一輩子。」

「妳別再搧風點火，多惹事端，燦歌和黎衛當年是兩敗俱傷，妳怎不提了？他堂兄弟二人小小年紀便反目成仇，到底又是為了什麼？」

寶綢「哼」了一聲，咬著牙撇過頭去。

黎從邁看妻子平時對自己處處遷就，唯獨提及此事卻是分毫不肯相讓，體諒她原是愛子心切，因徐徐勸解道：「從適和荊玉也是可憐，他二人原本三個兒女，一家五口平安和樂，無奈命運弄人，黎雁和黎熙卻因車禍、生病相繼故世。剩下黎衛這孩子，他從前雖然不學好，總算在兄姊變故之下痛定思痛，一洗前愆，勉力向學。從適和荊玉這回能夠親眼看著他畢業，也算苦盡甘來，聊慰舊憾了。」

黎從邁感慨一回，夜幕漸沉，夫婦倆相偕回房睡了。

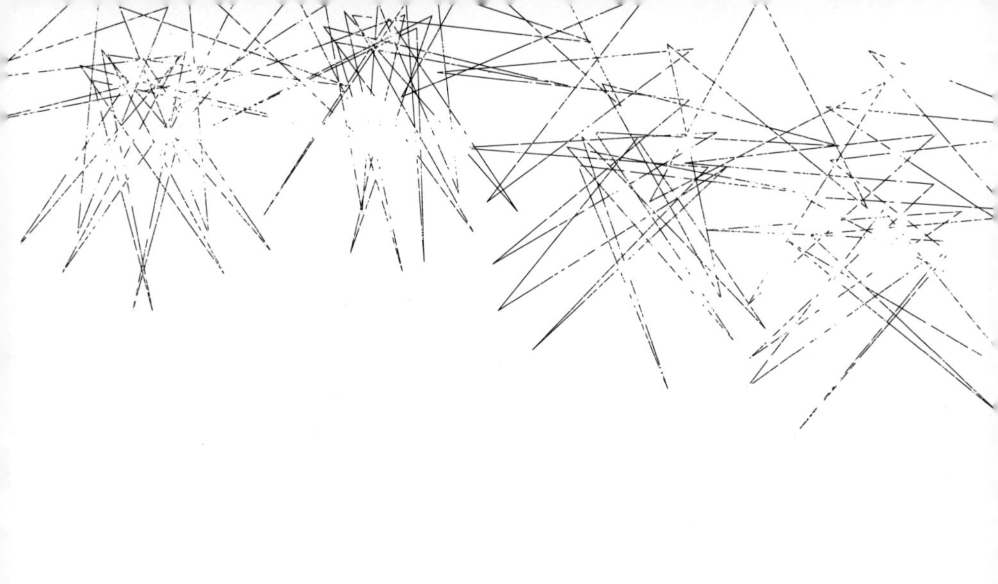

第二章　黛菲的男友

隔日黎從適、姚荊玉乘晚班飛機出境，先是在日本轉機，到了美國再從加州轉國內航班飛往俄勒岡州。二人一生沒出過國，沿途因著語言、程序的生疏鬧了幾回笑話。姚荊玉叨叨抱怨著丈夫窩囊又土包，比不上大伯富貴神氣，比不上妹夫勤勞顧家，害得她沒面子。黎從適倒是很安閒，對妻子碎言充耳不聞，一路上吃得安穩、睡得安穩，不時和空服人員有說有笑，出了糗便當眾幽自己一默，時而把荊玉也調侃進去了，惹得她羞憤欲絕。

出了海關，大廳裏明晃晃地，黎從適一雙眼睛四處好奇看顧，嘴兒半張，時而呵氣，時而彈舌。

「鎮定點，別一副劉姥姥進大觀園。」

姚荊玉面如生鐵，短小精悍，嗓音粗粗嘎嘎，罵起人來特別帶勁。

「我看看黎衛來接我們沒有。」黎從適撇撇嘴，辯解道。

「孩子忙著讀書，哪裏有空。」

「忙什麼，總不至於不來給自己的父母接機吧。」

「我讓他別來的，好好用功要緊。」

「他都要畢業了，還有什麼要緊的？」

「他說還有最後一次期考，每天挑燈夜戰。我們兒子學電腦的，正經科系，課業當然重。又不是敗家子，拿著父母的錢出國畫畫玩耍。」她指的是念美術系的姪子黎燦歌。

「黎衛……真的不來？」從適有些難以置信。

「不來。」

「這下可好，」從適兩眼一翻，甚是著惱，「我們兩個老的人生地不熟，妳讓兒子別來接機，真是個天才妙策。」

荊玉也惱了，「你還真是個寶，一路無憂無慮，到這會才來著急。」

二人站在大廳中央怒目相對，身邊各堆著幾件行李，來往人潮都是深目高鼻，像置身在另一個時空似的，反倒是不怕這些人側目。

荊玉數落著丈夫的散漫，從適提了幾個辦法，連遭否決，更覺意興闌珊，索性把勾在肘彎上的行李往椅上一扔，扶著膝蓋坐下，翹起二郎腿，閉上雙眼。

「算了，睡機場算了。」他軟癱癱地歪在椅子上，一副事不關己。

「黎從適，你怎這麼沒責任感，都老大不小了還要什麼性子。」荊玉氣得面色發青，又拿他沒轍，跨步上前，朝他腿上推了一把，「放心吧，我老早安排好了。」

她於是說起了自己在出發之前便已經聯絡了大學時候的老朋友孫弗陵前來接應。

「妳聯絡誰？」從適以為自己聽錯了。

「弗陵呀，你忘了，大學同班過的。」荊玉和從適也是大學同窗，弗陵是夫婦兩人共同的舊識。

從適停了好半晌，一臉疑惑，「妳說，孫弗陵嗎？」又問：「多久以前的人了，妳如何跟她搭上線的？」

「本來就常聯絡的。弗陵可是我最好的朋友，後來她遠嫁異鄉，只得等她三年五載回來一趟才見得著面，平時就是寫寫信相互問候。她邀我來美國，不知邀了多少回了，這次還是因著黎衛畢業才來的，說起來也真對她過意不去。這次她一聽說我們要來，立刻就說要給我們接機。並邀請我們到她家裏去住，幾十年的老朋友就是不一樣。」

正說著，那頭遠遠來了個中年婦人，一身衣裙飄飄，容態潤媚，姚荊玉眼尖，認出來人正是孫弗陵，便伸著頸子朝她揮揮手，一面對黎從適低聲提醒道：「弗陵來了，你好歹作個樣子，別給我丟臉。」

黎從適一聽，忙收了二郎腿，自椅子上起身，整了整衣褲。

孫弗陵看見了荊玉的招呼，穿越人群向他們走來，荊玉扯扯從適衣袖，迎上前去，與她會合。

「荊玉，好久不見了，虧妳這樣容易便認出我來。」弗陵摘下墨鏡，一臉笑盈盈地。

荊玉把她打量了一下，嘆道：「上回見面也有十年了吧，妳可一點沒變。」

「還說呢，要不是託妳兒子的福，也不知哪時才見得著妳。妳這次來，可別忙著走，得在我那住上三個月五個月才行。」

「好啊，就怕住到妳叫煩了，想趕也趕不走。」

二人久別重聚，胸懷激蕩，擁抱了一回，敘了一回，又擁抱一回。弗陵這才把眼光移到從適身上。

「你……是黎從適？嗯，要不是站在荊玉身旁，還真是認不出了。」他二人算算自大學畢業，也有四十年未見了，這一照面簡直像陌生人初遇一般。

「大家都老了，哪像弗陵妳，六十多歲的人了還青春美麗。」姚荊玉說。

看看大家曾同學一場，一道年輕過，卻沒一道衰老，想來難免有些酸澀惆悵。

從適跨了一步，伸出手來，有些裝腔作勢地說道：「妳好妳好，咱們永遠的不老系花，孫弗陵同學。」

荊玉皺起眉頭，心想弗陵哪時候做過系花了？竟如此公然胡扯。弗陵倒是不推不拒，想起那時候從適斯文瀟灑，多才多藝，才是教班上女同學戲稱做「系草」，不由地嘴角含笑，面帶詼諧地和他握了握手，又說：

「你們兩個舟車勞頓，想是累壞了吧。先上我家休息去，晚上我作頓豐盛的料理，給你們接風洗塵。」

「不要這樣麻煩，老朋友隨便吃就好。」荊玉笑道。

「不麻煩，老朋友重聚最該好好慶祝。我特地交代雷蘭特和黛菲，晚上一定回來吃飯，會會你們這對要客。」她指的是她的一兒一女。

「孩子念書要緊，不必叫他們來陪我們這群老人開同學會。」

「哪裏那麼多書好念。荊玉，不是我說妳，妳看你們家黎衛，神鬼不覺地到美國留學，跟妳老朋友在同一州，幾年下來卻沒教我知道，真是不夠意思。」

荊玉原想兒子專注課業，自然外務愈少愈好。弗陵最愛熱鬧，要是讓她知道黎衛在這裏，能不三不五時約他吃飯閒聚、爬山郊遊，教他分了心？何況黎衛原本不是讀書的料，好容易浪子回頭，荊玉仍信不過他，只得替他小心擋著任何干擾。

弗陵又提議道：「對了，你們叫黎衛今天晚上過來，大夥一塊熱鬧熱鬧。」

「弗陵妳評評理，」荊玉未及答話，從適忍不住搶白，「我們兩個老人為了他千難萬難地來了，作兒子的卻不來接機，天下有這等卑微的老子？有這麼大牌的兒子？」

「你懂什麼，是我不讓他來的。」荊玉擰著他袖子啐聲低斥。

弗陵也覺得這實在太不合情理，但看他二人橫眉瞪眼，只有打圓場笑說：「荊玉自小書呆子一個，她這麼做也是愛子心切。」

「就是嘛！」荊玉粗聲粗氣地瞪了從適一眼，挽起弗陵的手，說：「我們走，別理他。」

弗陵好生抱歉地回頭看著從適，覺得他來向她吐苦水，她卻是助了荊玉去欺負他。從適沒奈何地攤攤手，回她一個苦笑。

兩個女人手挽著手往停車場去，從適拖著行李在後頭跟著。一會上了車，荊玉只顧著閒話家常，弗陵則怕從適一個人在後座無聊，刻意把話頭轉到了大學時代。

「我記得那時候就你們兩個在爭班上一、二名。荊玉向來好勝，表面上雖把從適當作競爭對手，心裏卻最是佩服成績優異的男孩子。私下總跟我說，像他這樣有鬥志、有野心的人，將來一定有出息，一定是社會頂尖份子。」

「結果根本是場誤會，唉。」

「本來就是誤會，我從來沒想跟妳爭，也不想跟誰爭，那些第一名都是不小心考的，誰教妳暗自把我當對手了？早知道妳那麼在意，我少寫幾題讓妳連樁奪冠便了。」

「弗陵，妳說，這話能聽嗎？竟想不戰而退，讓女生贏。」

「從適這叫紳士風度，」弗陵笑道，「再說要不小心考第一名，還不是人人做得來的，也算是個美麗的誤會，叫妳陰錯陽差嫁個聰明郎君。」

「聰明有什麼用，我倒寧可他笨一些、努力一些，勤能補拙。」

「勤能補拙，卻不能補聰明。所以我還是懶些好，誰教我是個聰明人？」從適說得面不改色。

荊玉愣了愣，噌了聲：「歪理。」

從適生性隨和，天文地理各方面知識樣樣沾到邊，一旦搭上了話頭，一句、兩句，漸漸地主題倒變成繞著他轉。荊玉話題左右不離家事兒女，對著沒有共同生活圈的朋友，沒多久也就匱乏了，聽憑從適天南地北閒扯淡，暗自祈禱他可別說出什麼不得體的話來，弗陵開著車則時不時應和一句。

車行多時，夫婦倆都有些坐不住了。荊玉問道：「弗陵，妳家離機場多遠，怎這會還沒到？」

「快了，一會就到了。」

「妳家在哪？」從適問。

「就是個名不見經傳的小鎮，你大概也沒聽說過。」

「妳不說說看怎知道我沒聽說過。」

弗陵換了個車道，繼續疾馳，「好，我跟你說，我家在俄勒岡州中西部一個小鎮，叫『達拉斯』。不是那個德州大城達拉斯，是俄州的。怎麼樣，你聽說過沒有？」

從適歪著頭想了半天，「還真是沒聽過什麼達拉斯的，蘇門達臘倒是聽過。」

「呵，天差地遠，這樣你也拉扯得上。」

「什麼達啦達啦，達賴喇嘛，估計都有點淵源。」

弗陵哈哈大笑。

荊玉看他這般老不正經，面上青一陣、白一陣。

出了市區，景致漸次清疏，沿途綠樹蔥蘢、屋舍櫛比。弗陵的家位在寧靜巷底，是一幢雙層木造大宅子，稜線分明的外觀罩著層層疊疊的斜屋頂，既莊重又雅緻。

荊玉站在屋前的石砌步道上，心裏想著：「這裏放眼望去，家家都是獨棟屋宅，連弗陵也住這樣好的房子。大伯大嫂那豪門大院要是移到這裏來，也贏不了多少，神氣不了多少。」想起自己一生窩著的老舊寓所，不住怨嘆。

從適沒理會妻子的苦瓜臉，一下車只忙著活絡筋骨。

弗陵家門前有個小花園，園裏種著大岩桐、蝴蝶蘭、薔薇等花卉，五顏六色，甚是精彩，三人成直隊走上庭園中央彎曲小徑，弗陵在前、從適居中，荊玉最末。從適一心一意都在那花團錦簇中，左顧右盼，連連詢問著各路花種的名稱及栽種方式。

弗陵停步，回頭，笑道：「我們這裏大多這樣，前庭種花，後院種菜。前庭種花可以優美市容，後院的蔬菜香料便是種來自己吃的。」

從適聽了可樂，趕著弗陵帶他去看後頭的菜園子。

「我年輕時候總是夢想將來退休了，到鄉間買一塊地，學那陶淵明，躬耕自食，兼得養生和農趣。這回住到妳家來，正好天天給妳當園丁，看要除草還是澆菜，全聽憑妳差譴。」

「那不行，哪有讓客人勞動的道理。」弗陵道。

「客人自己愛勞動，就當……給妳繳房租。」

「弗陵妳就讓他做，」荊玉在後邊嘆氣搖頭，感慨丈夫是個胸無大志之人，「也不想想一把老骨頭了，還這般不切實際。哼哼，在家裏叫你幫忙拖個地便喊累，這會又來裝勤奮，哼，我等著看你在弗陵面前丟臉，我偏不信你澆花除草做得完一回。」

三人向前續行，從適任由妻子在背後喋喋不休，只覺既心煩、又厭惡。

弗陵領著他二人進門，陽光透過天窗，在玄關上投下一方自然亮光，讓人一進屋就覺得寬坦舒暢。屋裏整齊雅緻，連地毯、落地窗也收拾得一塵不染。時值正午，弗陵正想去廚房取些簡便餐食招呼他二人吃了，荊玉卻是叫住了她，捲起袖子，露出兩條肥短手臂，只聽她「嘿喲」一聲，使力將攜來的大行李箱就地扳倒，扯開拉鍊。

「弗陵，妳家冰箱可有空位，快替我把東西冰著。」說著一掀箱蓋，登時一股渾厚中藥氣味撲鼻而來。

弗陵面帶疑惑地問：「這是什麼？」

荊玉取出平放箱上的一只小麻袋，鬆開袋口拉繩，探向裏處一包包以薄紙紮起的中藥材，以及一盒燉雞湯底，「當歸、枸杞、蔘片……我帶來給黎衛燉湯補身體的。」

「黎衛不是叫妳別帶這些，我早把東西拿出來，妳哪時候又偷放進去了？」從適皺起了眉，「跟妳說這些東西帶不得，何況黎衛說過他最討厭吃補品。」

「你懂什麼，湯燉好了他自然會吃，難不成要我整鍋倒掉？我這麼做還不是為了他身體著想。」

「這雞湯和藥材……妳入境的時候申報了沒有？」弗陵有些憂忡地問。

「哪裏這麼麻煩，母親愛孩子還得申報？放心，大家都明白的。」

「可是這是違禁品啊。」弗陵一句話到了嘴邊，又收回去，只問：「妳入境單怎麼填？」

「當然說我什麼食品也沒帶。別擔心，黎衛早跟我說過帶這些東西會惹麻煩，我不會笨到不打自招的。」荊玉把麻袋束上，塞給了弗陵，「幫我放冰箱裏，改天燉了湯，叫妳家雷蘭特和黛菲一塊兒來喝。補補身子，才有元氣繼續念書，嗯。」

弗陵難以推拒，默默地攜著湯底和中藥往廚房去，心下不甚懊惱地想著，荊玉這回運氣好沒被查到，要是那時給海關扣住了，黎衛又不在場，只有自己去給他們接機，恐怕都要莫名其妙地攪在其中，徒惹一身麻煩，愈想愈覺得有種遭暗算之感。

此時，電話鈴聲響了。

弗陵把麻袋往冰箱裏擱，又回到客廳來接電話。一拿起話筒，只聽女兒黛菲在那頭尖聲哭泣，哭聲中斷斷續續雜著聽不清的句子，弗陵心裏頭慌，卻只能強自鎮定地安撫道：「黛菲，妳別急，慢慢說……我聽不清楚。誰？妳什麼時候交了男朋友……好好，先別問，妳在哪？妳不要怕，媽馬上過去接妳。」說著把話筒夾在頸子上，伸過手去揩邊桌上的紙筆，伏首疾書。

待得她掛上電話，從適、荊玉忙上來關切。

「女兒交男朋友了？」從適看她滿面愁容，笑呵呵地說：「別擔心，年輕人本來就該談談戀愛，才不枉青春。」

「你別瞎說，小孩子念書都來不及，哪來時間談戀愛。」

夫婦兩人一來一往，弗陵沒心情與他倆的分歧細究，面色凝重地顫聲說道：「荊玉、從適，黛菲……她說她男朋友自殺了。」

從適和荊玉聽了，都是一驚。

「總之我現在得趕去找她，黛菲狀況似乎不太好，我擔心她會——」弗陵害怕地掉下來淚來。

「快走！」從適催道，「我陪妳去，先把女兒接回來要緊。」

「我也去。」荊玉和道。

黛菲留下一處位在波特蘭的醫院地址，她正在救護車上，要弗陵直接到醫院與她會合。電話中說不清原委，一逕地哭，弗陵急得發狂，忍淚飛車疾馳，從適和荊玉在一旁勸慰著。三人剛從那邊機場回來，這會又循原路而返。到了醫院，一進急診處大門，弗陵遠遠便聽見女兒哭哭啼啼地用英文嘶聲說著：

「都是你，都是你，要是你早點到，他怎會死，你、你還他命來……」

「我好像聽到黛菲的聲音了。」弗陵促聲說道。

「是樓上傳來的。」從適說。

三人奔上二樓，果見一個纖細蒼白的少女正站在走廊上，和一名面貌斯文的拉丁裔青年推推扯扯。那少女情緒激動，咄咄逼人，那青年不斷移動手臂，左閃右避想擺脫她的糾纏，一面不厭其煩地回答她的重複提問，一面好聲好氣地苦勸著：

「妳別再嚷嚷，一會醫護人員又要出來警告了。」

弗陵認出女兒來，忙上前扶住她。

「黛菲，黛菲，妳怎麼啦？」

「Will死了……」黛菲搖搖欲墜，像枝弱柳。

「Will是誰？怎麼死了？」

「給他害死了，給他害死了——」她語焉不詳地說著，伸臂指向那青年，一雙眸子墨中帶綠，閃著淚光點點，猶似夜空裏明滅不定的星子。聲聲控訴飄忽如絲，遊蕩在闃靜的醫院長廊裏，自有一番淒厲。

母女倆一個中文，一個英文，往來問答。從適和荊玉杵在旁邊，聽得一知半解。那青年倒是平和理智，主動上來對弗陵搖手解釋道：

「不是這樣的，Will約我中午十二點見面，我準時到了……不，我甚至提早十分鐘到，哪裏曉得他竟然在房間燒炭自殺。我到時，他已昏厥於地，滿室盡是一氧化碳。我當即求援，一分鐘也沒耽誤。」

「怎沒耽誤，他約你十二點，你怎麼不十一點，十點鐘，早上六七點就去，這樣他也不會死了。」黛菲嗚嗚咽咽地。

「他企圖自殺，我就算救得了他這一回，也未必救得了他下一回。」

「胡說，他為何要自殺？」

「若不是下定決心自殺，他怎會關緊門窗，點然木炭，他甚至用報紙仔細塞住了窗隙門縫。」青年客觀地分析。

「那又如何，他為何要自殺？他為何要自殺？」黛菲窮追不捨。

「這……我不知道呀，也許他有什麼難過的心事……」

「胡說，胡說，都是你害的，你償他命來！」黛菲雙臂直伸，撲上前要去掐那青年的頸子。那青年忙閃忙避，儘管鬧得狼狽，仍不願口出惡言，更不曾出手反擊。

「唉唉，妳冷靜點，Will還在急救，他不一定會死的。」

「他死了！他死了！」

弗陵趕上來阻止女兒喧鬧，從適和荊玉聽不懂兩個年輕人長篇對白，一面幫著弗陵阻攔黛菲，一面低問眼下是何情況，弗陵將二人對話大抵陳述一遍，從適一逕搖頭嘆息，荊玉噌了聲，說：「好不自愛，這般胡鬧，也不想想他父母面子往哪裏擺。」

黛菲聽了，好生不悅，恨恨瞪著荊玉，以彆扭的中文責難道：「不許妳說他壞話。」

此時廊道那頭出來個醫護士，黛菲和那青年都認出方才正是與此人接洽的，齊奔上前，急問：「他情況如何了？」

那醫護士卻是來傳遞不幸的消息——患者中毒太重、送醫太遲，已回天乏術。

黛菲聞訊痛哭。醫護士概述一回急救過程，弗陵扶著黛菲，一行人浩浩蕩蕩來到停屍處。遺體已罩上白布，黛菲伏在其上尖聲哭泣，全然不理醫護士的提問。

「我也是接了電話匆匆趕來，都不曉得女兒哪時候交了男朋友，更不知其中原委，對方是誰。」弗陵解釋著。又代從適、荊玉答話：「這兩位是我朋友，今天早晨才下飛機，沒暇休息，便陪著我來回奔命，這會比我還莫名呢。」

那青年也表示和死者雖是同窗，但平時鮮少交會，著實不清楚他身家底事。

黛菲哭了好半晌，妝也糊了，嗓也啞了，整個人恍恍惚惚地，伸出雙手要揭白布。

「黛菲，讓死者安息吧。」弗陵憂心遺體可怖，連忙阻止。

黛菲回過頭，一雙眼睛紅紅腫腫，「媽，我怎能不和他見最後一面，他怎能不看我最後一眼。」說著便揭了白布。

白布之下裸出一張亞裔男子的臉來，只見他遺容灰白、雙目緊閉，相貌相當年輕英俊，面上稜線分明。縱使身故，眉間卻似痕跡未平，留著與他年紀相違的沉鬱。

弗陵看那遺體雖不至觸目，卻是陰惻惻地，怨結猶存，不由打了個寒噤，正想過去抱抱女兒，先聞背後哼哼怪響。回過頭，只見荊玉和從適手握著手，二人你看我、我看你，眼底盡是猜疑和恐懼。

「怎麼了，你兩個面色不太好？」弗陵問。

「黎衛……那邊躺的是我孩兒黎衛。」

「不是吧，你們過去仔細瞧瞧，定是認錯人了。」

二人相扶來到遺體旁邊，黛菲仍佔著位置不肯半步移讓。二老由另一邊上去，看清那上面躺的不是他們么子黎衛是誰？一時間癡了傻了，瞪大眼睛杵著。

「怎麼樣，不是你們家黎衛吧。」弗陵忙問。

夫婦倆未及答話，那拉丁裔青年察覺有變，先來向弗陵問詢情況，又轉身對他二人勉力一笑，點了點頭，跟著連說不佚。

從適、荊玉不明就裏，看這青年舉止謙和、神色誠懇，語調雖然平靜卻相當肅穆，當是正說著什麼要緊之事。可惜他振振有詞，二人卻更不解其故。

「他問你們真的是黎衛的父母嗎？」弗陵幫忙翻譯道，「他說他名叫西里爾，是個墨西哥人，和黎衛一樣主修電腦科學，因入學較晚，比黎衛長了四、五歲。平時和黎衛……嗯，平時二人雖然不常交流，但曾有幾門主修課程同組報告。

「他說黎衛約他今天中午十二點見面，有東西相與。他依約前往，門外按鈴半天，都無人回應。

「他想起黎衛約他見面時，曾交予他一把鑰匙，對他說，如果叫門不應，可以拿鑰匙直接開門進屋。當時他覺得奇怪，但黎衛卻相當執意。哪裏知道他按鈴不應，拿鑰匙開了門，一陣混惡空氣立時撲了上來，嗆得他眼澀氣滯。

「他驚惶交集，搗著臉冒險進了屋去，只見黎衛倒在地上，旁邊是一桶木炭灰燼，門窗都上了鎖，並以報紙、衣服塞住縫隙，壁爐上的煙囪也關上了，布置得相當縝密。他強打精神，將黎衛拖出屋外。正在此時，黛菲也來了，他一心聯絡救援，暫時分不出身與她多說，不想她卻一路跟著，跟上了救護車，跟到了這裏。」

西里爾從背袋拿出一張紙來，遞給荊玉和從適。

「他說這是等待救護車時，在黎衛桌上發現的。」弗陵道，「上頭的文字他看不懂，但估計是黎衛要留給家人的字信，便隨手帶了出來，伺機轉呈。」

那遺書寫在一張用過的列印紙背面，字跡龍飛鳳舞，荊玉認出那確實是黎衛親筆，顫著手接過，與從適一同讀信，其書曰：

> 你以你的方式執拗，我以我的手段回敬，
> 既然一切都是熟悉的，便沒什麼值得驚怪。

荊玉閱畢，未及流淚，「啊」的慘叫一聲，手一鬆，跟著昏了過去，霎眼間竟不省人事了。

第三章　舊事

從適、弗陵見荊玉昏倒，都慌慌蹲下身去，一邊一個托著她聲聲喊喚，卻喚她不醒。西里爾倒是機變，轉頭與醫護士問答幾句，二人一道而去，少頃，便攜了人回來，把荊玉擡到門外一張輪床上。弗陵、從適二人隨著醫護人員將輪床推至一間病房安置。西里爾也跟了過來，面上甚是關切，一會醫生進來看視，他更詳問了情由輕重，後續照料等細節，然後對弗陵溫言囑託了幾句，又拍拍從適的臂膀，方才告辭而去。

從適看這青年一路相伴，情真意懇，問弗陵：「他剛才跟我說什麼？」

「他說荊玉無恙，只是一時悲切太過，休息片晌便好，請你別太傷神。又說黎衛之事他很遺憾，本該留下來幫忙，無奈工廠排班，身不由已，請你原諒。」

弗陵陪著從適跑程序，充當他的翻譯兼嚮導，並聯絡當地華人慈善團體，協辦喪葬事宜。

荊玉醒後，從適便攙著她，與弗陵、黛菲四人一車，暫別醫院，由波特蘭再返達拉斯。

時值暮春，白晝漸長，即至傍晚時分，大好日頭依然高懸天際，像從來不曾偏位似的。從適望向車窗外，想想不過多久以前，自己還在這段車程上馳騁高論，眼下景致重來一遍，人事竟已殘缺，一個忍不住，滿臉老淚縱橫，又想及一生三個孩子，卻一個一個失去，和妻子老早貌合神離，人生老來孤絕，愈往下想，愈覺蒼涼無限，情緒翻騰之下，愈是哭得傷心淒慘了。

荊玉坐在他身側，兩眼空洞洞地，不發一語，卻是黛菲聽聞哭聲，心中又開始不平靜，喃喃問著：「Will呢？Will呢？」一面解開安全帶，伸手去開車門。

「黛菲，妳幹什麼？」弗陵急急按下中控鎖，方向盤一打，把車煞在路邊。

「媽，我要回醫院去，他一個人留在那裏，好孤單的。」

「別胡鬧了，妳不顧自己安危，也該想想車上還有其他人。」

「其他人又怎樣了。」黛菲幽幽地說。語調眼神不是任性，更像是真正的茫然不解。

「妳說的什麼話，妳連媽媽也不在乎了？後面兩個是黎衛的父母呢。」弗陵道。

黛菲突然「哇」的聲，掩面大哭，弗陵不忍再加責備，攬著她肩膀柔聲安慰，母女倆窸窣一陣，達成協議。弗陵遂又發了車，重新上路。黛菲垂著頭默默坐著，從適也不哭了，車上一片死寂，只有引擎聲低低運轉。

回到家來，從適先下了車，彎身扶出荊玉，二人蹣跚地進了屋去，弗陵領他們到樓上客房歇下，又獨自下樓坐著，心裏既疑惑又納悶：「怎如此湊巧，黛菲竟和黎衛交往上了？我們母女素來無話不說，她怎麼沒告訴我？」又忡忡忖著：「如今出了這等慘事，尚不知底故緣由，黎衛的死倘使和黛菲有關，教我如何面對荊玉和從適是好。」

她覺得無助。憶及下午接到黛菲電話時，從適如何果決地替她穩住陣腳，陪她前去與女兒會合。又憶及荊玉這一路癡癡憊憊，都有他扶持。不禁自嘆自憐，萬一自己也遭逢變故，卻有誰來相依相存？

正想著，從適便下樓來提行李。弗陵忙問：「荊玉還好嗎？」

「不太好，唉，像沒醒來似的。」

「怎麼呢，要不要請醫生來瞧瞧？」

「不是才從醫院回來，大概要點時間冷靜冷靜吧。」

弗陵原想上樓探望，聽他這麼說，便打消了念頭。

「黛菲呢？好不好？」從適也不拿行李了，來到她斜側一張沙發坐下。

弗陵只是搖頭嘆氣。

二人隔了好長一陣子的沉默。弗陵起身，問：「要不要喝點茶？」從適虛應了聲。她自往廚房去，卻端回了兩杯水。「天晚了，還是別喝茶，喝點水吧。」

從適接過水杯潤了潤乾燥的嘴唇，伸手掌抹了把臉。抹過那眼瘆鼻僵，一臉的塵垢。

「我怎麼也想不透，黎衛好端端地，為何突然自殺了？」

「黎衛自殺那時，不正好是你和荊玉下飛機前後。假使你們早點來，他也許就不會——」弗陵回到沙發坐下。

「可不是，我們出發前還通過電話，當時也沒什麼異狀，他還說等著和我們見面呢。這中間就算有所變故，他再撐一會，我們就來了，天大的苦衷，不能依靠父母？他為什麼要做這種事？」從適說著，不住潸然淚下，抽了一旁紙巾，又揩眼淚又擤鼻涕，怎奈那涕淚愈鬧愈多，「弗陵，妳說事情難道不奇怪？一個人說走就走，沒有徵兆、沒有預警。」

「遺書看來，也沒提起背後底因。」

從適搖頭不解，「黎衛這孩子雖然自幼叛逆，但那畢竟是年少輕狂。自從他哥哥黎熙去世，他也轉了性子，變得格外孝順懂事。連荊玉都說這個小兒子慢慢趕上了黎熙的進度，讓她面上愈來愈有光彩了。眼看畢業在即，未來前程似錦，妳說，他有何理由在這時候自絕性命？我著實想不通。」

「算來，你和荊玉也真是坎坷，三個孩子，竟然一個也沒能留住。」

「這些事，妳都是清楚的？」

「嗯，我和荊玉很早就認識了。早先是同巷鄰里，往來時常照面。那時候，呵，對她印象很深，因為她每天都是左肩背著水壺，右肩掛著書包，那兩條帶子就在胸前勒成一個叉叉的形狀，壓住了她兩條辮子，好生滑稽。跟她打招呼，她便粗聲粗氣回一聲『嗨』。邀她一塊玩，她總推說要讀書，沒空。那時候還真是覺得她這人古板沒趣，又不好相處呢。

「高中放榜她考上我們當地的第一女中，頭髮剪短了，臉上佩了副近視眼鏡，每天穿著校服在街上走，胸前還是給書包、水壺帶子勒著。高中課業重，書包更沉了，帶子勒得更緊，人也就更滑稽了。每天清早就看她打門前經過，說要第一個到學校去，占住樹下最蔭涼舒適的好位置坐著背書。她這人，向來什麼都愛占第一的。」

弗陵回憶著舊事，面上露出一種遙遠的表情。從適默默聽著，也沒答腔。偶爾把那只水杯從茶几上拿起來，啜了口清水又放回去，偶爾抽張紙巾揩一揩殘珠冷淚。

「後來我們考上同個大學校系，便親近熱絡起來。」弗陵繼續說著，「你和荊玉一畢業就結婚，隔年生下孩子。我還笑荊玉，說她不只念書，連結婚生子，樣樣人生進度都要趕第一。她笑說不趕第一就輸了，第二名以後都是不行的。」

從適歪著頭想半天，自己當時在場或者不在場呢？對這些事終究毫無印象了。夫妻倆交友圈向來少有交集的。

「我出國之後，和荊玉只能魚雁往返。異鄉寂寞，我時不時寫信跟她吐苦水。她倒是勤懇，正職副業、家事育兒，我讀著都嫌累，她卻鬥志勃勃，好令我相形見絀，對她又是心疼、又是佩服。

「有一天，荊玉忽然來信說她痛不欲生，因為你們大女兒黎雁走了。她一個人孤零零帶著七歲的黎熙，兩歲的黎衛，不知何去何從。那是我第一次看到荊玉脆弱的一面，她一向好強，不肯與人示弱。

「我信沒讀完，忙忙撥了國際電話過去，問她黎雁到底怎麼了，只聽她在那頭嗚嗚哭著，說是一場嚴重的車禍。我原想回去陪她，掛了電話正準備出門聯絡旅行社，荊玉卻又回電，說那封信是她一星期前寫的，當時你出差在外，她孤立無援才寫下那樣消沉的信來。如今你既已回家，喪事也有親戚幫著辦，就不讓我麻煩了。我原想還是回去一趟，參加黎雁的喪禮，不巧那喪禮就辦在隔日早晨，我看來是趕不上了，但這一缺席，心裏總覺對你和荊玉過不去。」

從適神情有些迷惘，好半晌才說：「不要緊，陳年舊事了。」

「我記得，那時你在電視臺當製作人，黎雁出事時，你正和公司南下出外景，對吧？」

從適「嗯」了聲，也不言語。

二人坐語稍久，天色轉淡，弗陵起身去開燈。

「不過我說荊玉總有些見外，你們兩個兒子都送到美國念書，卻都沒教我知道。」

「荊玉——她素來不愛麻煩人的。」從適道。

「對了，那時候黎熙到美國來，是到哪一州？」

「他到……紐約。」從適像沒跟上話鋒似地，答得有些侷促。

弗陵點了點頭，「說起你們家黎熙，那也真是可惜的，他小時候我還見過一回，是個眉清目秀、彬彬有禮的孩子。後來我幾次回去，荊玉總是推說他課業重，忙不開，沒再帶著他出來聚會，我對他的印象也就停在他幼時的樣子。」

「是啊，黎熙這孩子成熟懂事，從來不教人操心，而且脾氣相當溫和，寧可自己吃了虧，也不和他人發怒記仇。更難得的是他待人誠摯，即便是對生疏之人，也樂於關懷幫助，正如他名字一般，溫暖怡厚。」從適說著，又不禁淌下淚來。

「也難怪荊玉愛他愛得深切，信上總愛跟我提她這個驕子。聽說他從小就是個資優生、模範生，在班上還有個『小神童』的封號。看來你們這對冠亞軍夫婦的基因，全都遺傳到黎熙身上去了。」

從適心裏想著：「可惜荊玉從沒這麼想，她只有在指著黎衛破口大罵時會說：『看看你遺傳了你爸沒出息的爛基因，一點不像你哥哥。』」他有苦難言，只把那杯所剩不多的清水一口喝乾了，掩飾情緒。

「荊玉有心把黎熙栽培成人中龍鳳，總說成就了黎熙，她這一生辛苦便不算白費，怎料到……唉，」弗陵垂目歔嘆，「那時黎熙剛升高三，荊玉便說他正準備畢業之後到美國上大學，我還想著屆時一定要好好招待他。豈知不久又收到消息，說那孩子患了癌症，我問荊玉要不要幫她打聽醫生，荊玉沒有回信，我知道她為著黎熙生病忙不過來，正逢那時我先生過世，我自己也是分身乏術，就把這事擱下了。

「這一斷線數載，等到我們再度聯絡上，才曉得黎熙老早康復，如期赴美留學，眼下也快畢業了。我一面氣荊玉兒子送來了卻沒告訴我，一面為這否極泰來的消息欣喜，纏她快說黎熙在哪，我好去訪他。荊玉笑說不急，黎熙這會正忙著考試呢。可是才過不久，便聽說黎熙舊疾復發，情況險惡，醫生都說煞不住了。可真是人算不如天算。

「我安撫著她，問她人在哪裏？她說正帶著黎熙在醫院化療。我問她是美國的醫院嗎？她說是國內的，黎熙已經回國了。不逮我多問，她便趕著陪黎熙進診療室去了。後來再接到她的信，竟是黎熙已經病故的消息。」

弗陵暗嘆著人世無常，想起黎衛不也差一步畢業，卻先身絕，兄弟倆竟像悲劇輪迴一般。從適拾起玻璃杯，把杯底幾粒水珠仰頭抖進嘴唇裏，彷彿他真的很渴，客廳氤氳著一種氣氛，說不上是懷舊或者傷逝。

「要不要喝點酒？」弗陵忽然提議。

從適應肯。二人便往廚房去。弗陵從吧檯上端取下兩只倒掛的高腳杯，再從櫥櫃拿了一瓶玫瑰紅，翻著抽屜找開瓶器。從適看她東忙西轉的身影，心下悵悵想著：「她真不像荊玉，荊玉從來不會和我對坐長語，說說心裏話的。」

弗陵終得由一堆雜物裏挑出開瓶器，把手一揚，說：「找到了。」一轉身，卻見從適怔怔瞅著她，二人目光相觸，又即撇開頭去。

「我來開吧。」從適說。

弗陵遞過開瓶器，從適未及接下，屋外扣門聲先響了。弗陵這時倒似鬆了口氣，忙說：「我看看是誰。」便去應門。

弗陵開了門，顯得有些詫異，問道：「雷蘭特，Rose？」

「媽，對不起，我們遲到了。」雷蘭特中文說得很流利，俯身給了弗陵一個大擁抱。他還帶著個女孩子，二人說說笑笑，甚是輕巧逗趣，門一啟，屋裏屋外一時成了反差對比。

「嗨，克麗斯汀。」那女孩子眨了眨眼，叫著弗陵的英文名字，也跟著上前擁抱，和雷蘭特一般笑得燦爛，伸手將長髮攏到耳後，露出一張圓潤嬌俏的臉龐來。

「媽，開飯沒有，我們這一路可餓扁啦。」雷蘭特伸著頸子向門裏眺。

弗陵呆了呆，幽幽說道：「雷蘭特，出事了。」

「怎麼呢？妳不是說晚上家裏有要客，約了我和Rose過來一同晚餐，難道客人有事，餐宴臨時取消了？」

「不是。是黛菲——」

「黛菲怎麼了？」

「你妹妹男朋友鬧自殺，一下午就折騰這事，把約了你們的事倒給忘了。」弗陵悄聲說著，臉上表情相當憂愁。

三人關了大門，站在玄關處說話。

「雷蘭特，你妹妹哪時候交上男朋友的，你可清楚？」

雷蘭特想了想，「是那工程學院的學生，主修電腦科學的嗎？」
「我一點也沒頭緒呀。那男孩子，你們可認得？」弗陵問。
「只聽黛菲提起過，卻是不曾照面的。」雷蘭特道。
「你們可猜得出那男孩子是誰？」
「是誰？」
「那正是我今晚邀來的客人，他倆的兒子。」
二人聽了都覺錯愕，「怎有這等巧合之事。」
「可不是，」弗陵低聲說道，「我也真是尷尬嫌疑，都不敢提起你妹妹和他的關係。」
「他自殺和黛菲有關？」雷蘭特問。
「也不是，但總地怕人聯想，年輕人想不開不就為那幾件事。」
「難道不知道他真正為了什麼事自殺嗎？」
「不知道，遺書上沒提。」
「既然遺書上沒說，媽妳也別瞎操心。」雷蘭特笑勸道，「那男孩子情況怎樣？人救回來沒有？」
弗陵搖頭，把下午醫院、家裏來回奔波的經過概述一遍。
「既然就在波特蘭，怎沒叫我和Rose過去支援，我們一下午都在學校圖書館看書的。」雷蘭特道。
「當時情況亂糟糟，一時也沒想到你們就在左近。」
「黛菲呢？她一定很傷心吧。」
「怎不傷心，一路眼淚沒停過，回來鎖在房裏，叫都不應，等會你們好好勸勸她。」

正說著，從適見弗陵去了許久沒回，自往大門這邊來看看，一面走，一面探問：「弗陵，是誰來了？」

三人一齊回過頭。

「媽，這位先生正是妳說的要客吧？」

雷蘭特正要過去和從適握手，卻是他身旁那女孩子先上前來，對著從適左右上下看了一回，遲疑喚道：「姨父，你怎在這裏？」

「妳是、妳是？」從適也將她上下看一回，半是揣度，半是懷疑。

「姨父，好幾年沒見了，我是若瑰，你認不出了——」

「若瑰？」從適站在那兒，回憶半日，「噢，若瑰，巫若瑰，我想起來了。」

弗陵和雷蘭特看得滿頭霧水，都問：「這是怎麼回事？」

「弗陵，這是我外甥女巫若瑰，怎到妳家裏來了？」

原來這個和雷蘭特同行的女孩子Rose，竟是姚荊玉的妹妹——姚巧玉——的女兒巫若瑰。大抵人取英文名字，或有仿效喜愛的名人，或有沿用幼時教師賜名，最普遍的則是以原名作為聯想，找一個相互對應者，諸如「若瑰」對應「Rose」、「黎衛」對應「Will」，皆屬此例。

這一認親，大家都驚呆了，才說著黛菲和黎衛的巧合，未想後頭還有更湊巧之事。荊玉和她妹妹巧玉因為長年失和，又分處一南一北，兩家子極少來往。女大十八變，偶然一見，從適壓根沒看出她來，巫若瑰倒是眼尖，憑著一點兒印象認出他這個姨父。

眾人都說：「要是沒邀約這場飯局，還不知道兩邊親戚哪時候才搭得上線呢。」

從適跟著巫若瑰敘舊，問她：「妳母親最近好不好？」又問：「妳父親還待雜誌社吧？工作好嗎？」又問：「哥哥巫若堯聽說學成歸國，也成家立業了，一切順利吧？」

巫若瑰一項一項地回應，話未盡，忽然「啊」的聲呼嘆出來，像悟出了什麼。

「姨父，你既然就是克麗斯汀今天餐宴那位『要客』，那麼黛菲的男友，那個自殺的男孩子，難道……難道……」

從適哀傷地點點頭。

若瑰雙手按著心口，面帶惶恐地促聲喃道：「真的是表哥，黎衛表哥……自殺死了？」

「妳不要緊吧？」雷蘭特關切地扶著她。

「我還記得小時候和他，還有黎熙表哥，我們曾經一塊兒玩呢。雖然後來都生疏了，可是他、他們、他們怎麼都死了？」

她與黎衛雖然是中表之親，二人畢竟長年睽隔，路上遇見了都不一定認識，親戚名銜之下其實情誼空乏。聽到黎衛死訊，若瑰內心是詫異多於悲戚，只是斯情斯景沒點情緒，怕要讓人疑作薄涼無義，於是不自覺地做出了一點情緒。倒是說起黎熙時，她心頭才真有了一絲觸動，眼眶一紅，差點要落下淚來。

「姨父，黎衛表哥為了什麼事情自殺？」

「我們也正想不透。」

「阿姨呢？」

「她正在樓上休息，我們原本一道來參加黎衛畢業典禮的。」

「我上去看看阿姨。」若瑰素來有些懼怕荊玉，加上這阿姨又是自己母親的死對頭，難免心懷芥蒂。可是她人在這裏，不去慰問一下總是說不過去，很順口地便說出要上樓看望的話。

從適想起荊玉和她妹妹巧玉之間的嫌隙，當下也不知道該不該攔住若瑰。正猶豫著，雷蘭特已先跟了上去，道：「我陪妳。」接著便是弗陵，從適也不得不跟上眾隊。

四人一道上了樓，那客房位在過道盡底，遠遠地，便聞深裏傳來嗚咽之音，眾人噤聲而前，停步門外。從適將門把輕輕一旋，開了一道狹縫，縫中只見荊玉靠著床頭，手握一張照片，唇胳開闔顫抖，整個人不住上下抽動。燈熄簾閉，夜色充著四壁白牆，她憔悴的面容在灰淡襯景之下簡直慘不忍睹。

「我看暫時不要一夥子鬧嚷嚷地進去吧。」從適帶上門，悄聲說道，並目示弗陵。

弗陵多少知道荊玉憎惡她妹妹一家子，此時見了巫若瑰不啻落井下石，遂幫著圓道：「是呀，看這會多晚了，大家卻還沒吃飯。雷蘭特，你和Rose來幫我弄點晚餐，這裏讓從適處理就好。」

待他三人下樓，從適復又旋開門把，步入房間。

荊玉見了他，哭得更加淒愴，執著照片，道：「你看，這是哪時候的事了？是上輩子嗎？上輩子我也曾有三個孩子的。」

從適切開燈源，一室猝亮。

那照片是二十多年前拍的，夫婦兩個齊肩坐著，女兒黎雁彎身站在後面，雙手搭著母親肩膀，年幼的黎熙坐在從適腿上，荊玉手裏則抱著剛足月的黎衛。

從適看著照片，不住灑下淚來，憶及往事，對妻子的蠻橫好強不由怨恨罪責。但看她此刻蒼老孤絕，不復昔日氣燄，便也不想再多說什麼，走上前，捏了捏她的肩胛，兩人驀地抱頭痛哭，只為著這大半生白費，長年相互厭憎的夫妻，終於有點同病相憐的感情生了出來。

半日，荊玉擡起頭，抹了抹眼。

「不是說下去拿行李，怎耽擱這麼久？」

「我看妳恍恍惚惚，讓妳一個人靜靜。」從適悠悠然地說。

「你碰見弗陵了？」

「嗯。」

「你跟她說了什麼了？」

「沒什麼，隨便閒聊。」從適道，「妳怎跟弗陵說我在電視臺當製作人。」

「你難道不是？」

「那工作不合我志趣，我沒去幾天就辭掉了，更何況我是去當製作人助理的。妳竟然還說什麼我去跟外景出差。」

「要不你教我怎麼說，近的給人笑不夠，還寫信到國外自己招認我丈夫是個遊手好閒的窩囊廢？」

從適咬牙切齒，「怎樣，讓妳很丟臉是吧？讓妳去說善意的謊言是吧？」

「好啊，你很誠實，不怕丟臉。你不如現在去跟弗陵坦白，說你就是沒工作，吃定我。子女生而不養，外面一疊風流爛賬，家裏出事了永遠最後一個知道。」

一番話罵得他語塞詞窮。

「先別說這些了，」荊玉甚是急切擔憂，「我心頭慌得緊，黎衛這事好古怪，你看，這會不會是個詛咒？」

「世上哪有什麼詛咒。」

「可是，你忘了今天是什麼日子？」

「什麼日子？」

「今天是黎熙的忌日。」荊玉看他連這都忘了，不禁光火。「當時黎衛跟我說了日期，我就嚇一大跳，說那是你哥哥忌日，能不能延一延，等我祭過了黎熙再走？可是黎衛說，這時節機票最難買，其他日子都滿了，改不了期。難道黎熙竟是為了此事不滿，認為我們執拗妄為，把黎衛的畢業典禮看得比他的忌日重要，才降下橫禍，要我們在這熟悉的不幸之日再度失去一個兒子？」

「妳別胡說八道，黎熙是怎樣善良仁慈的孩子，何況他兄弟二人一向友愛。」

「你不要不信，事情詭異得很，怪不得我一路心神不寧。」

「那是妳心理作祟，我就看不出來有什麼邪門。」

「說起邪門，」荊玉皺著眉頭思索，神情疑竇。「你注意到下午在醫院那個叫『西里爾』的男孩子沒有？」

「那個拿遺書給我們的男孩子。」

「正是他，他讓你想起誰來？」

「誰也沒想起來。」

荊玉咬咬牙，「你倒是漫不經心，那個西里爾，可不是我們黎熙嗎？」

「妳胡說什麼，那是個外國人呢。」

「正是這樣才更奇怪，你看他身上那件襯衫，黎熙從前也常穿的。」

「那款式的襯衫普遍得很，何足為奇。」

「不只襯衫，你看他那張臉明明不是黎熙，講的還是英文，可那神情、微笑、說話方式簡直是黎熙翻版。黎熙要是還活著，差不多是他這年紀。他來送那封遺書，又搭上這種日子，難道還不夠邪門？」

從適讓她這一攪，也打心底發起寒來，愈想愈是有點兒眉目。為了不添亂，只得壓抑著不安，顧左右言他，卻又教荊玉直怪他談不了正經事，不與他多說了。

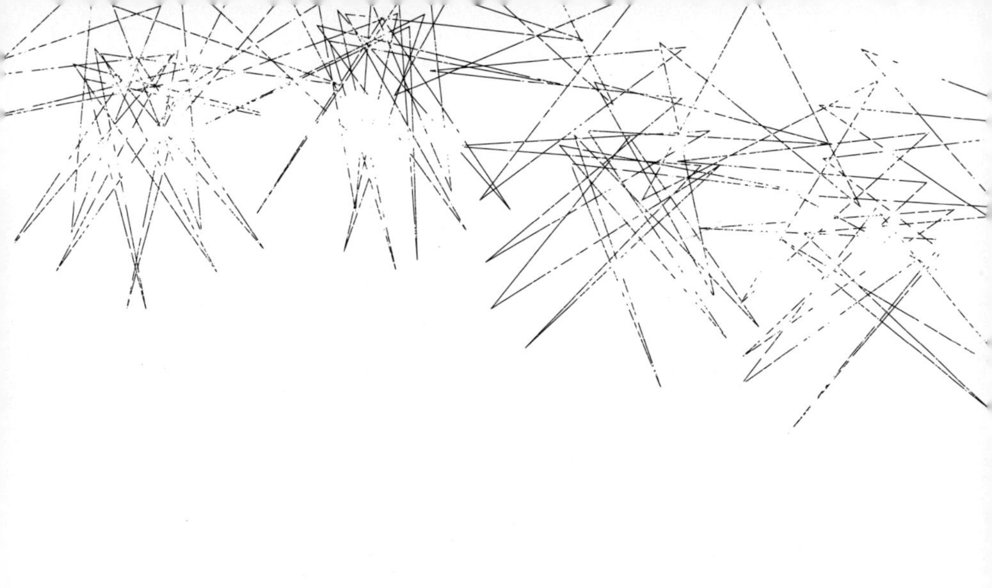

第四章　遺書

這一邊雷蘭特、巫若瑰隨弗陵下樓，三人便往廚房張羅晚餐。弗陵一開冰箱，便看見荊玉托寄在裏頭那只痲袋，不禁悵然想道：「她千里萬里挾著禁品，原想來給兒子燉補煨湯，可惜了一番苦心，再沒處理會。」心裏也不再怪她了，又想：「荊玉一生勤苦，不該落到如此悲涼下場，奈何命運乖桀，教她的燈火一盞一盞地滅了，到頭來，只剩個老伴相望以終。」嘆了口氣，去把吧檯上那瓶玫瑰紅和兩只高腳杯推到邊側，為著方才那點蕩漾暗自愧怍。

原本該是個歡愉盛宴，事發突然，想來沒人有心茶飯。弗陵只把簡便餐食分置於兩只托盤之上，自己端了一只往客房送去，叫雷、瑰二人拿另一只去勸黛菲飲食。

二人上樓來到黛菲門前，敲了敲門，不聞回應。

「黛菲已經睡了？」巫若瑰悄聲說道。

「她是個夜貓子。」雷蘭特道。

「也許哭累了，睡著了。」

此時房門卻無聲無息開啟。黛菲站在那兒，長髮拂面、血絲充眼，房門內一盞微燈自她背後暈上來，宛若女鬼乍現，把廊上二人都嚇了一跳。

「你二人在我門外做什麼？」她問。

雷、瑰進了房去，並把門帶上。

「媽讓我們送些晚餐給妳。」

黛菲不理他們，她房間亂糟糟地，床上擺了兩個紙箱，箱裏物事翻在床上地上。她走到床前，彎身拾起一個馬克杯，「這杯子，是我送他的生日禮物，把我的相片印在上頭，他每回喝水便要想起我來。」又拾起一個心形陶土彩繪，「這是我親手做的情人節禮物，整整三日目不交睫，總算沒錯過時期。」

她一項一項細懷。雷、瑰看著堆垛一床的物事、雪花般散著的信箋，都不禁咋舌地想：「這麼多的禮物、信件，要費多少時間？」

黛菲又翻開一本音樂簿，其上線譜寄著密密音符，「這都是我寫給他的曲子。」言畢拾起匣上的小提琴，姿勢一擺，弄起琴來。

霎時一室琴音充盈，清越孤絕，牽腸掛肚，繞著四面牆垣迴蕩不止。黛菲一曲方罷，又抒一曲，自顧耽延。雷、瑰二人不諳音樂，初時還歎那音節殊妙，數曲過後，漸漸地愈覺得有完沒了。

「黛菲，不早了，別吵了家中客人。」雷蘭特趁她換曲空檔，趕忙說道。

黛菲方才止了。

巫若瑰自托盤上端起一個碟子，走上前微笑勸道：「吃一點。」

黛菲閃過身去，「我哪有心情吃東西。」

巫若瑰又跨步上來，陪笑說：「吃一點，吃一點。」

「唉唉，Rose妳一點不像Rose，非但沒根刺，又圓溜滑膩地忒愛纏人。」黛菲語帶厭煩地說。

巫若瑰暗自吐了吐舌頭，不與她爭辯。一瞥眼看見四處散著的信件，信封上載著黎衛名字，心中升起一股齟齬之感，一時之間也說不上來哪邊不對，忽又靈機一動，持碟而上，笑嘻嘻地說：「妳吃一點，我便告訴妳一件事。」

「不要跟我做交換生意，我不是孩子，餓了自己會吃，不要人來哄我。」黛菲道。

「我要說的事，正與黎衛有關，妳要不要聽？」

她這一箭中標，黛菲惱她巧詐，又不得不依了她，由碟子上拈了一塊蘋果吃了。若瑰遂將黎衛是她表哥一事說出。黛菲詫異不已，情勢倒轉了過來，頻頻去央求若瑰多說點黎衛往昔之事。

「妳想聽什麼呢？阿姨和我們家老早疏遠，連婚喪喜慶也未必見得著面。我還是今天在這裏遇見姨父，才偶然知覺原來大家好幾年竟在一個城市讀書。」巫若瑰道。

三人坐下來，邊吃邊聊。黛菲道：「妳怎連自己表哥在哪裏念書都鬧不清楚？」

「本來兩家各過各的，兩邊家長又都是一輩子沒出過國門，雖然大抵知道都在美國讀書，東南西北幾州幾郡卻分不清楚，很自然地便忽略過去了。」

黛菲仍是一臉不可思議，「你兩家為何不親？」

「兩家一南一北不提，我媽和荊玉阿姨卻似有個姊妹心結結得甚緊，像仇家不像親家。」

「妳媽媽也真是不好，怎可以欺負Will的母親。」黛菲綳著臉道。

巫若瑰暗自咬咬牙，也不發怒，一張圓圓的臉上仍是掛著笑容。雷蘭特對妹妹的心直口快卻有些不悅，故意岔開話題道：「這雞肉沙拉的醬汁鹹了點。」

「雷蘭特，你別打岔。」黛菲蹙起了眉頭，又問巫若瑰：「妳上回見到妳表哥，是什麼時候？」

若瑰想了想，「那是在外公告別式上，約莫八、九年前了。」

「有拍照沒有？快給我看看。」

「那場合大家哪有心思照相。」

「其他時候呢？」

「都是很久的事了，照片也不知道還在不在，再說了我怎會把那些東西帶著留學。」

黛菲聽了，好生失望。巫若瑰硬是從記憶之中擠壓出一點和黎衛的幼時交集，來為自己墊墊份量。

「我記得黎衛表哥自小就愛與人唱反調，外公外婆還在世的時候，爸爸媽媽偶爾帶著我和哥哥若堯，去和二老以及阿姨一家聚會，幾個表兄妹玩遊戲，黎衛表哥總是第一個犯規。吃飯時大人教他不可以拿筷子敲碗，他偏要敲。見了長輩不肯叫，散會時不說道別。大家要拍合照他卻不肯過來，阿姨死活拖著他，好容易命令他站好，他又趁攝影師按快門時故意跑開。」

「你兩家既然不親，拍大合照做什麼？」黛菲不解地問。

「總地還是親戚，不好失禮。」巫若瑰笑道。

「還有呢？」

「還有一回大夥在湘菜館聚餐，我媽說起她有個朋友也曾來這裏吃飯，卻在菜盤子裏挑到了一根頭髮，老闆抱歉連連，忙換了盤新的來，還免費多送了他們兩碟涼菜。正說間，服務生進來添茶水，也不知道外婆還是誰，便嚷起來，說在菜餚裏挑到頭髮，服務生去請老闆進來，大夥或者幫襯、或者緘默，此時黎衛表哥卻來作亂，說：『菜裏哪有頭髮，他們自己從頭上拔下來的，要騙你兩碟涼菜。』惹得大夥萬分尷尬。老闆和氣生財，立刻讓人撤了殘羹，換來一盤新的，可也沒多送其他東西了。」

「所以菜餚裏到底有沒有頭髮？」黛菲聽得一頭霧水。

「那倒是無關緊要之事，要緊的是不該讓長輩失了面子。」若瑰笑道，「黎衛表哥好不懂事，常有這一類驚人之舉，惹得阿姨氣得半死，要罰他，他也不在乎，卻是姨父和黎熙表哥總是替他擋著，左一邊、右一邊拉著阿姨討饒求情。」

「黎熙是誰？」黛菲問。

「他是黎衛的哥哥。」若瑰道，「他們兄弟倆，想來真是天差地別的個性，一點不像同個爸媽生養出來的孩子。」

「還有呢？」

「小時候的事很多記不得了。後來外公外婆相繼過世，兩家愈發生疏，三年五載見不著面。幾次見了，他也不搗蛋了，冷冷的，一個人站在角落不與人說話，不像黎熙表哥陪著父母與人聊天。阿姨說他兩句，他就粗魯地頂嘴，甩門而去。說實話，有時候也滿怕他的。」

「你兩家不親，要聊些什麼？」黛菲問。

「妳也別老在親不親上頭鑽研，隨便敘敘溫寒，總會有些話題的。」若瑰覺得她實在可笑。

「還有呢？」

「後來真的太疏遠了，只聽我媽私下說他自閉又放肆，學校成績一蹋糊塗，且三不五時惹事，是個十足的問題學生。有一回竟然把他自己的母親打到送醫院，驚天動地的，連里長都來關照了。」若瑰憶及母親那幸災樂禍的神色口吻，打心底微微一凜，「直到黎熙表哥癌症去世，沒能完成在美國最後一段學業，黎衛表哥才痛改前非，說是要替哥哥完成夢想，也替父母爭光。怎料到，他竟還在畢業前夕自我了結。」

黛菲心頭一酸，墜下淚來，「你們想，他為何要自殺？」

雷、瑰相覷一眼，皆搖搖頭。

「我思來想去，關鍵總在那一人身上。」黛菲說。

「在誰身上？」

「西里爾。」

「西里爾是誰？」

黛菲將當時情況簡述一回，「我聽媽說，黎衛最近學業緊，要準備考試，才沒去給他父母接機。既然如此，他哪裏還有空約西里爾來？這事不合理，分明是西里爾不請自來。」

「或許他們約著讀書，或者討論功課。」

「說起這事，又更奇怪。今天在醫院時，那西里爾口口聲聲說他二人只是同窗，交情疏淡。可他二人明明從大三選了同樣的主修學科，便開始熟絡起來，非但報告分同一組，課餘之暇還經常約打球喝酒、上射擊場。西里爾平時忙著四處打工賺錢，筆記都來向黎衛借。黎衛原本賃著一個地下室的房間，住了三年，後來不知怎地，卻搬到跟西里爾同個社區的公寓來住，二人寢室只隔著一片草陂、兩條防火巷子。」

「有這種事？」雷蘭特道，「可是這些事，妳從何處得知？」

「我有個同社團的朋友也是念電腦科學的，和他二人都是同學。」

若瑰抿著嘴唇思索，「這倒是不難理解，西里爾要不是黎衛表哥信得過之人，表哥怎會把鑰匙交給他，還讓他來傳遞遺書，他二人想必交情非常。」

「令人不解的是，西里爾為何要推說他二人不相熟絡。」

「我還想起另一事來，」黛菲道，「前幾日我和朋友到學校餐廳吃飯，恰巧他二人也來了，隔著霧玻璃坐在我們一旁桌子。Will問他某天要不要到學校？西里爾說那天有課不能不去。Will又提了幾個日期，西里爾都答說那天會去學校，兩人談了許久，終是不了了之。」

「難道表哥那時正在預謀死期，直到今天總算把西里爾約來，自己則依計劃自殺。」

「那麼西里爾事先知不知道他將有此一舉？」黛菲道。

「我看他不知道吧，否則何必大費周章找人來救援。我看他也是到了現場才驚覺黎衛竟然自殺。」雷蘭特道。

「黛菲，當時妳也在現場，表哥的遺書妳看見沒有？」

「怎沒看見，一字一句都牢牢記得。」

「遺書上說什麼？」雷蘭特問。

黛菲有些扭捏地用中文將遺書內容背過一遍。

「這遺書聽來含糊，怎都沒交代他為著什麼苦衷、留著什麼遺願？」雷蘭特琢磨著，「妳可有漏記？」

「沒有，遺書確實寥寥數語。他的事，我過目不忘的。」

「妳看那遺書可完整？」

「很完整，那遺書寫在一張回收的列印紙上，且寫在紙張正中央，上下左右都有留白，一點沒有裁切過的痕跡。」

「表哥既然留下遺書，為何不把事情交代清楚？他是真的無話可說，或者在暗示什麼？遺書中的『你』指誰？『一切都是熟悉的』又指何事？」

「改天我們去找西里爾問清楚，他肯定知道其中底故。」黛菲道。

雷蘭特卻似不想多蹚渾水，「還是算了吧，那遺體不久入殮火化，骨灰由他父母攜回，妳何必再去追根究底。」

「雷蘭特，我的好哥哥，你幫我，你幫我，好不好？」黛菲語轉悲柔，拉著雷、瑰二人之手苦苦央求，「Rose，還有妳，妳難道一點不關切妳表哥懷著什麼苦衷而自盡嗎？」

二人相看一眼，都有意推拖。

「這個以後再說吧，眼下天晚了，我們還要趕回宿舍。」雷蘭特道。

「是呀，妳明天有課沒有，要不要搭我們的車一道回波特蘭？」巫若瑰應和著。

「我今晚在家裏過夜，不回波特蘭了。」黛菲翻開行事曆，「大後天下午你二人有沒有空，我們一同去找西里爾，可好？」

雷、瑰被她纏不過，只得隨口允了。

是時夜已深湛，二人循著黯弱燈光下樓，厚呢地毯吸收了起落的腳步聲，卻是地毯之下的木造底層咯嘎咯嘎地響，在這寂然之夜特顯突兀。

出了大門，若瑰立在石階上，月光映在庭園裏，草叢蟲鳴唧唧。鄰里屋舍都離得甚遠，入了夜，單棟的宅子猶似遺世而獨立。

若瑰看雷蘭特一路低眉沉思，若有心事，輕問：「怎麼啦？」

「有件事，我心裏納悶。」雷蘭特語帶遲疑。

「何事？」

「正是妳表哥和黛菲的關係。」

「他們不是男女朋友？」

「我從來只曉得她單戀著一個工學院男生，一任情根深種，轉眼數年過去，無所進展，可從不知他們何時交往上了。」

「也許最近交往上的，沒來得及讓你知道。」

「她剛才追著妳問黎衛從前之事，卻似連他有個哥哥都不清楚。」

若瑰想了一想，「是啊，怪不得我總覺哪邊不太對，現在想透了——那些禮物和卡片是她送給表哥的，按理該是在表哥手中，怎反倒由黛菲收著。」

「他二人若真有來往，怎會在餐廳遇上了卻隔桌坐著，招呼也不打一聲。」

「可是他二人如果不親密，黛菲怎會知曉黎衛表哥住處，還在他自殺時正好到那寓所去？表哥今天到底是約了黛菲，還是約了西里爾？」

「黎衛的住處，九成九是她同社團那個男生告訴她的。」

「此人也真好事。」若瑰笑道。

「那男生喜歡黛菲，偏偏黛菲迷戀黎衛，他大概為了討好黛菲，常藉著同窗之便，跟黛菲說一些黎衛的消息。」

若瑰幽幽嘆道：「情字果然難以參解，他既愛她，卻又幫著她去追逐別的男子。」

「我那妹妹是個死心眼，我看黎衛的事，她是非追個水落石出不肯罷休了。」雷蘭特憂道。

「我們真的要陪她去找西里爾？」

雷蘭特聳聳肩，兀自走向車庫發車。巫若瑰隨上，二人一逕向北駛去。一路無話。

黎衛自殺一事隔日上了早報，社會新聞版小小篇幅，外附一張死者寓處照片，記者幾乎和警車救護車同時到的，也不知哪來的消息靈通，弗陵左右躊躇，還是把報紙拿去給荊玉、從適看了。

荊玉捧著報紙面如死灰，直問弗陵文章裏寫些什麼，弗陵乃將新聞內容大致翻譯一遍。

「真缺德，如此揭人隱私！」荊玉氣得顫抖。

「還好記者沒有窮追不捨，文章也只說亞裔留學生為了不明原因燒炭自殺，沒多加油添醋。」弗陵安慰道。

「可真是好事不出門，壞事傳千里。」荊玉看著那張不甚清晰的黑白照片印刷，暗自祈禱事情別要宣揚出去。

*

巫若瑰之事紙包不住火，荊玉很快地便知道這諸多巧合牽繫，因對弗陵勸道：「雷蘭特一表人才，又是個博士生，怎會跟我那外甥女搭在一塊？妳可知她父母都不太入流，我那妹妹姚巧玉就是個逢人討好的假彌陀。她丈夫巫順事是個庸短貨色，在雜誌社混個小職員，好幾年升不上去。父母兩個品性不好、教育水平也不高，生的一兒一女都送出國洗學歷，回去騙騙人說都是喝過洋墨水的，好了不起。這回巴上雷蘭特，誰知道是不是處心積慮？妳可別讓那妮子惑了，她跟她母親一般表裏不一，臉上在笑，內裏卻藏著刀，怪不得她那『瑰』字裏頭就埋伏了一個『鬼』字。」

「怎麼會，Rose聰明伶俐，每回有什麼難事，她一出馬便解決了。再說了年輕人的事讓他們自己決定就好。」弗陵卻是一點也不操心。

「這是什麼話，男女關係首重門當戶對，雖然現在都是自由戀愛了，但孩子年輕無知，父母怎能不幫忙盯著。像雷蘭特這等青年才俊，配了巫若瑰實在可惜，咱們是知己，我才跟妳說實在話，別人不曉得，我會不清楚她家中底細？」

往後時不時要跟弗陵提醒幾句，希望喚醒她一個做母親的責任感，趁早阻止雷蘭特誤入歧途。

若瑰和弗陵都愛做甜品，這日兩人正在廚房裏研究一款改良配方的楓糖酥，若瑰捱著開放式廚房的捍麵桌站著，一旁櫥櫃吧檯正好切出一個方口，對著樓梯邊角，少時聽見那木構基底咯嘎咯嘎響了，便知有人下樓。若瑰把眼睛稍稍斜睨，一瞥來人正是荊玉，於是攏攏長髮，眨著眼提聲笑道：「是啊，這楓糖酥口感細緻，又比一般酥餅健康，等做成了，定要拿去請阿姨品嚐品嚐。我從前看過一篇科學報告，說吃點甜食有助於緩解愁鬱。阿姨為著黎衛表哥的事，想必傷透了心，希望我也能替她盡一分心力。克麗絲汀，妳看這主意可好？」

這番話沒打動荊玉，卻教弗陵深感憐惜，暗道：「明明是個好孩子，荊玉對她成見也太深了。」因溫柔應道：「好。」

「我想等酥餅做成再給阿姨一個驚喜，克麗斯汀，妳可要替我保守祕密。」

「好。」

若瑰本來也沒想用計收買誰，只是臨場一個下意識之舉，事後卻對自己悶悶地生起氣來：

「我奉承她做什麼，我為什麼老是這樣。」

她刻意學著洋禮儀洋稱謂，到了關頭還是每每使出深植的意念來，內裏其實既矛盾又厭倦，既倚賴又不甘。

她怕落人口實，生過了悶氣，依然和顏悅色來向荊玉請安。荊玉見了她便心煩，隨口敷衍幾句，打發離去，等到若瑰真的走了，荊玉卻又不滿。

「你看那巫若瑰多沒良心，自己表哥死了，還跟個沒事人一般，一點不把我這個阿姨放在眼裏。」

「怎沒有，她不是才來陪妳，教妳趕了去。」從適道。

「假惺惺，跟她媽一個樣。」荊玉道，「我可不像你，三兩下教她收伏，還有弗陵，一逕地誇她好。那丫頭手腕高明，我要不是老早摸清她家傳底故，難說一樣教她騙了。」

「妳不要老跟弗陵挑唆，害得人家婆媳失和。」從適很無奈。

「哼，八字都沒一撇，她想嫁雷蘭特攀龍附鳳，還早哩。」

從適為妻子的苛薄苦惱不已，「我們兒子剛走，妳哪來心情老搭別人閒事。」提起黎衛，荊玉忍不住淚眼汪汪。

「要是黎衛還在，他和黛菲倒也登對，兩雙璧人多好看。」從適感嘆道。

荊玉聽了這話，怒不可遏，抓起杯墊向他擲去，「黎從適，你到底幫誰？」

從適急急一躲，「我替黎衛可惜，幫不幫誰來了？」

「你替黎衛可惜，偏把巫若瑰扯進來幹什麼？你非要提醒我，我輸了，我三個孩子都沒了，姚巧玉的女兒卻攀上個博士。看我落魄，你心裏很爽是吧。」荊玉像瘋子般甩頭咆哮。

從適也怒了，跟著吼起來：「說什麼，妳死了兒子，不是我死了兒子？三個子女全沒了，怪誰？他們都在的時候，妳好好待他們沒有？妳給過他們一點母親的慈悲沒有？今天這局面，妳何嘗不是難辭其咎。」

「小聲點。」荊玉面如土色，收斂了音量，「口沒遮攔，也不怕人聽見。」

「只許妳亂說，不許我亂說，妳天天跟弗陵揭若瑰家裏醜事，好有節制。」

「弗陵是我知己，我可全為她好。」

從適冷笑，「妳別以為我不清楚妳心底想什麼，他二人果真一雙兩好，妳的知己便和妳最痛恨的妹妹結成兒女親家。嘿嘿，到時候妳卻排第幾位？」

荊玉簡直氣瘋了，面色陰沉，卻又不敢發作，低斥道：「虧你敢說，我為什麼痛恨巧玉，當年的事你想起來沒有？你這麼維護巫若瑰，怎麼，她是你和姚巧玉的私生女？」

「妳簡直荒謬至極。」從適也無復理直氣壯了，「那時巧玉不過是個高中小女生，我去妳家的時候順便教教她功課，哪有什麼。幾十年的老賬簿妳翻不膩，何況妳們姊妹老早不和，別藉機推到我身上。」

「沒什麼嗎？巧玉都跟我坦白，她喜歡你，崇拜你，說你們『適巧兒』是一對。」

「她少女情懷，不關我事。」

「你就會這招打死不認，四處拈花惹草。你還敢怪我沒有母愛，我為家庭忙得團團轉時，你正在哪裏替女人撿絲巾開車門呢。我對孩子管教嚴厲，可你又做了什麼？你這個跑龍套父親，當然要多慈愛有多慈愛，要多溫暖有多溫暖。早知道你這副德性，當初不如把你讓給巧玉算了。」

從適氣不過，噌了聲，忿忿退出房門。下了樓，弗陵正坐在客廳看書，從適也不朝她看一眼，一逕往廚房吧檯去，四下一掃，抓過邊側那瓶玫瑰紅，波的聲拔開木塞，斟杯就飲。

弗陵看他氣沖沖地自顧喝悶酒，不好不上來問候一聲，從適連吞幾杯苦酒，瞅著弗陵道：「如今我也不管什麼家醜不家醜了，我實話跟妳說吧，我老早受夠那個悍婦。」

弗陵聽他竟來向自己批評荊玉，有些錯愕，正待要走，又看他一臉淒苦之色，不由心生惻隱，坐下來與他徐徐勸解。

從適娓娓道訴婚姻不堪、夫妻情薄，自然略過自己軟弱無當這一節。二人交盞傳卮，飲至半酣，從適又不免言彼意此地描繪他理想中的伴侶。弗陵早知荊玉強勢，對他的話只有憫恤、不加懷疑。她雖然到了這個年紀，一生小浪不險，大浪不驚，算來平安順幸，也不曾在職場上交涉，遇了這等事，倒像個小婦人。那黎從適又是箇中能手，最懂風月機關，什麼女人面前說什麼話，雖不復年輕時意氣風發，老來自有一番滄桑韻致，二人又是舊日同窗，離闊相逢，如遇親故，一時話題無限。

往後從適在荊玉那邊受了氣，便來找弗陵訴苦，弗陵推辭不過，起初還幫著荊玉，心裏卻漸漸同情起他來。人說：世上有兩種人最惹不得——閒漢和饒舌婆。弗陵這回同時惹上一雙，還不知以此為苦，偶爾夜闌人靜，獨自憶起日間情景，輾轉思量，認真自問：「從適說他大學時候其實就注意到我了，我呢？我注意過他沒有？」

黛菲這邊則是頻頻來向從適和荊玉採擷黎衛的消息，只要還能從旁人口中聽到他的名字，就彷彿他還在那裏，和她還有連結。而荊玉看她是弗陵的女兒，又和黎衛有舊，起初也想與她交好，但二人思想相差太遠，很快便起了磨擦。

荊玉數落黛菲：「我看那女孩子文文弱弱，又會拉琴，應該像個大家閨秀。哪裏知道她那麼沒規距，非但見了人不會叫，還一副洋腔洋調，每回跟雷蘭特、巫若瑰關在房間，三個人嘰哩咕嚕盡說英文，防誰來了？」

「她爸爸是美國人，她也是個美國人，母語是英文，她硬是勉強自己跟妳說中文，妳還挑她什麼。」從適道，「再說人家關在房間說話，本來沒妳的事，妳愛偷聽還疑心別人防妳。」

黛菲則埋怨荊玉：「本來兩個人遇上了，我沒看見她，她不能先喊我嗎？她要我叫她『阿姨』，原本我還覺得這樣子的稱呼也滿親切可愛的，願意嘗試看看，但她偏來命令我。我跟她講道理，她說我沒大沒小，我說我中文不好，問她什麼是『沒大沒小』？她也不答覆，只教我不許跟長輩頂嘴，還說黎衛如果還活著，她一定會阻擾我們來往。真是莫名其妙，她誤會我，我難道不能糾正她？」

弗陵原本不拘傳統，在國外生兒育女，不曾以此禮教名目相授，這回才跟女兒解釋這種「輩份文化」，黛菲點點頭，懵懵懂懂想著：「就是一個階級觀念。」

黛菲性子直率，一旦胸中分了涇渭，面上便作不了虛假。她從前心向黎衛，聽說荊玉巧玉不和，一逕為荊玉護短。現在發現荊玉無理，心又偏向若瑰那邊，只要聽見荊玉跟弗陵嚼舌根，立刻出來為若瑰辯護，惹得荊玉愈發討厭她。

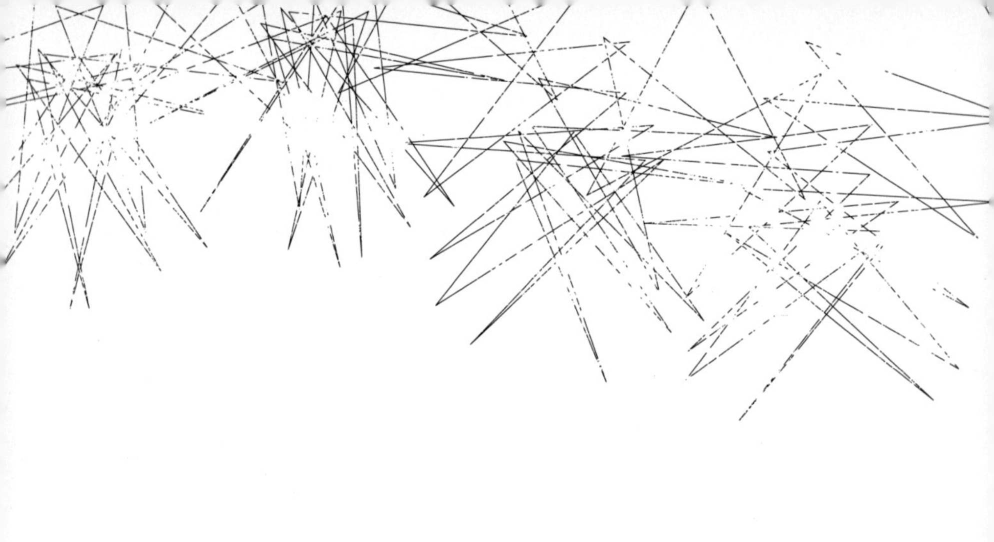

第五章　保密合約

這一日西里爾在威拉米特河河岸一家墨西哥餐館打工，一大早進店，洗菜切肉、磨粉調醬、剝蝦刨魚無一不包。他來得早、做得勤，幾個疏懶之輩看著這一點，把本分之事賴了過去，他也不甚在意，因此店裏人人愛和他排同一班。同事之中有個伊朗籍僑生，名叫倫肯，也是個大學生，平素與他最相厚，看他每每吃虧，卻是忿忿。

「這干老滑頭愈來愈不像話，看看現在幾點了，竟然還不來上工。」

「不要緊，這些自家料理我做來順手，多分擔一點，也算事半功倍。」西里爾黝黑的面上，一雙大眼烏亮如珠，笑起來兩腮鼓鼓的，十分純摯健朗。

倫肯搖搖頭，一面將備好的食材擺放到正確位置，「好吧，能者多勞，老闆請了你也真划算，要是人人如你一般，他經費都能省下一半。偏偏老闆也是個取巧之輩，明知你殷勤過人，還是只肯付你兩塊錢時薪，客人小費少給，恐怕連繳稅都要貼錢，好得不償失。」

「我們打臨時工的，總有這些無奈。」西里爾苦笑。

「你一週七日，日日打工，當初辛苦存錢多年，終得赴美留學，如今卻為了工作荒廢學業，要是真教學校開除，簽證也沒了，不是落得蹉跎時光，空忙一場，那時候可不冤枉。」

「這倒不愁，我想我不久便能提出畢業申請了。」

「是嗎？你上星期不還憂心忡忡，說你的老師跟你提了最後勸告，說你的處境岌岌可危？」倫肯詫然而問。

西里爾回過身去，擦拭流理臺上的水漬，「嗯，幸好導師及時提醒，我才得以警覺。」

「可這星期你不也照常沒日沒夜地工作，你哪來時間準備功課？」

「工作間總會有些空檔。」他仍擦著水槽，背對著倫肯說話。

「成績公布了嗎？」

「沒有。」

「既然成績還未公布，你哪來的把握？」

西里爾擱下抹布，轉過頭拍拍倫肯的肩膀，笑道：「別替我煩惱，成績好壞，我心裏自然最清楚。」

此時同事陸續來了，各自排桌椅、包餐具、掃地擦窗。即到了開店時間，二人無暇再交談，愈近中午，往來食客愈多，很快地便是高朋滿座，二人各自揮汗接應廚房遞出的餐食，穿梭大廳桌椅之間端碗收盤、點餐結賬、奉茶倒水、送客迎賓……一口氣忙到下午三點，總算客人逐漸少了，才得喘口氣。

西里爾和倫肯還了工作罩衫，領了店裏的員工餐，一同辭出店門。

「一會還有工作？」倫肯問。

「傍晚接了一個超市駁貨的班。」

「搭我的順風車過去。」

「你還沒問問那超市在哪，卻知道順路了。」西里爾笑道。

「送你一程，沒有不順路的。」倫肯很豪爽。

「不用了，附近而已，走走便到了。」

天晴日好，河水在陽光下閃耀耀，草地上雀鳥啄食。

二人沿著河岸信步而行，不遠處來了個癟漢，破衣蓬頭，對著岸邊遊客一個挨著一個地求乞，人或施予幾個銅板、或嚕鼻趕了他去。西里爾看了不忍，逕自把手中熱騰騰的餐食整盒送上。倫肯訝然而驚，待要拉阻，卻已不及。

「唉唉，你自己縮衣節食，還去理他做什麼。」

「少吃一餐餓不死。」西里爾泰然不以為杵。
「那些很多是騙人的。」
「要是助了一個真的，也很值得。」
倫肯翻翻眼，掀開自己的紙餐盒，就著中央摺疊之處將盒蓋撕下，「拿著。」西里爾接了紙盒蓋，倫肯便把盒中四個袋餅移了兩個過去，「分你一半，再胡亂捨人就沒了。」
二人各自捧著朝天的食物，行不多時，草地那邊卻似有個輕細如絲的聲音叫著西里爾的名字，聲音由遠而近，伴著腳步聲匆匆趕來，二人止步回望，只見一名纖瘦少女面帶怒容，散髮蹁躚疾奔而至。
「西里爾，我找了你兩天，你為什麼不接我電話？要不是聽傑夫說你在這邊打工，我還真的不知道上哪截你。」那少女正是黛菲。她跑得上氣不接下氣，腳跟差點就要煞不住。
倫肯一看竟是個嬌嗔美麗的女孩子，一上來就興師問罪，追著西里爾的行蹤，一時會錯了意，只朝西里爾投個戲謔眼神，很識趣地自行遁身去了。
「是妳啊。」西里爾朝她點點頭，「抱歉最近事忙，電話漏接了。」
黛菲背後還跟著一男一女，男的是雷蘭特，女的是巫若瑰，這時候才快步踏過了草地，相偕而至。
四人會上，簡介了名姓，尋一處樹蔭下的野餐木桌椅坐著，黛菲迫不及待索問黎衛之事。
「Will的死，我也很遺憾，這幾天每每想起，猶覺心驚，很難相信他竟已離世。」西里爾垂目低吟，聲色俱哀，「我和他是大三選了主修之後才開始熟絡的。在此之前，雖有幾門課相疊，大抵似曾照面、未有交談，直到大三學期開始，又在一門課程遇上，兩人分了一組，自此日益頻繁聯繫。」

雷蘭特和巫若瑰互看了一眼，彷彿暗自說道：「果真如黛菲所言。」

「既然你們相從甚密，你在醫院時卻又為何推拖不熟？」雷蘭特問道。

「當時情況敏感。我承認，我的確因為心情緊張，推諉其辭，事後想想，真的不應該。事實上，我們是很談得來的朋友。Will自殺之前，約我當天中午見面，說有要事請託，我當時沒多疑想，只道尋常的晤面，便答允了他。他相當慎重其事，拿了備用鑰匙，交代我要是他不能準時替我開門，只管直接進屋。我說那天早晨得打工至十一點，趕到他那兒一定是十一點半之後的事了，要是他不在家，我在門外等等倒也無妨，但他卻堅持把鑰匙給我，免不了一番叮囑。他向來話不多，只這一回三番四次地確認提醒。唉，也怪我駑鈍，竟沒察覺出異樣來。」

「如此說來，又像黎衛表哥算好你那天工作纏身，不可能太早到，影響了他自殺計劃，才放心約了你。」巫若瑰道。

「他說有要事相託，又指著什麼？」雷蘭特問。

「我想正是那封遺書。」西里爾說。

若瑰支著頭思考，「我有一點好奇，黎衛表哥既然說他早晨有事，怕沒能趕回來替你開門，怎不乾脆約得晚一些，我聽黛菲說表哥送醫之後，你也陪著留了一會才離開的不是？」

「我那天下午三點以前的確沒事，至於他為何堅持約我十二點見面，我也著實納悶。」

若瑰忖著：「表哥選這時間，只是為了趕在阿姨、姨父抵達前行事嗎？」

雷蘭特想起黛菲在餐廳偶遇他二人之事，因問：「黎衛出事之前，曾在學校餐廳和你商議哪天要不要到校上課，正是和你約定他自殺當日到他家裏見面的行程嗎？」

「不是。那天他有些古怪，我們先是約在體育館打球，他卻全場心不在焉。後來到了餐廳，他盡問我哪天去不去學校。那陣子我因為打工曠課太多，剛收到導師的警告，說我若是再缺課下去恐怕出席率不足被退學，只得堂堂報到。他拿出一張手繪的學校地圖來，要我以不同顏色的筆標出哪天會去哪個地點，我依言標了，他看來似乎相當失望，問他原因，他也沒說出個所以然來。」

「這樣看來，在餐廳發生的事應該與他自殺當天的約期無關了。」

「的確無關，那約期是更後來才定的。」

西里爾也不為三名不速之客的輪番問訊著惱，每一題都答得耐心仔細。

「可是表哥要你標示地圖，又是為了何事？」

西里爾搖搖頭，「標地圖的事，出了餐廳之後便沒下文了。」

黛菲受不了雷、瑰二人東拉西扯，岔題直問：「西里爾，你告訴我，他為什麼自殺，你一定知道，對不對？」

「我原初確實不解，這幾天思來想去，總覺有件事可能與此關聯。」

三人忙問：「何事？」

西里爾自褲袋掏出皮夾，從中取出一張多次摺疊的白紙，「這是前幾天我複習功課時，在一本向Will借來的離散數學書籍裏發現的。文件右上角印著一小行英文字，是一家醫院名稱，日期大概是三年前了，我猜是一張由醫院開立的診單藥單之類。他一直留著這單子，還帶著來留學，不知道是不是久病不癒的緣故。」

三人聽了，頗為詫異。

「黎衛表哥生了什麼病，怎從沒聽阿姨、姨父提起？」

西里爾將物件遞過，「上頭的內容我看不懂，你們認認是什麼文字。」

三人接過單子，打開一看，右上角果然印著一家聯合診所的圖徽，圖徽下方院名中英對照，其餘內容只用中文書寫。那是一張心理諮商的保密合約，合約詳列了諮商師與病人各自應遵守之事項，大致上是說諮商師不得任意公開個案談話內容，但病人倘有傷人或自傷跡象則不在此例云云。單子上洋洋灑灑羅列了十餘項，下方有黎衛親筆簽名，諮商師一欄則簽著「歐曼君」三個娟秀字跡，其後是西曆日期，其後是電話及院址。

「是家位在臺北的聯合診所，看來黎衛表哥的確把這單子特地帶到國外來。」

巫若瑰把合約內容簡要轉譯一遍，西里爾愧然嘆息。

「Will不知有什麼心煩之事，要是我早點看到這單子，多關注他一些，或許他就不會——」

「依你看，他是心中積鬱，才想不開的？」黛菲眼中不自禁泛起了淚光。

「我不知道，但他要有這樣的病史，絕望自殘便有脈絡可循。我聽說有些精神科藥物會導致一些副作用。」

「那也未必吧，而且我記得國內的諮商師是不能開藥的。」若瑰指著保密合約上的日期，「這是三年前的暑假。表哥那時候應該才到美國留學一年，趁著暑假回去，到這家聯合診所諮商問診。」

「是啊，他若是初來乍到，對新環境不適應，趁著回國之際找諮商師吐吐苦水，那也沒什麼。我記得爸爸剛過世時，媽心情沮喪，不也週週上諮商師那邊報到，後來漸漸釋懷，便沒再繼續了。黎衛除了諮商之外，是否還看精神科服藥，實在很難憑著一張諮商合約斷言。」雷蘭特分析道。

「西里爾，黎衛生前，都沒跟你提起他找過心理師的事嗎？他這些年，還看不看診？」黛菲語音哽咽，一雙眸子碧湛如潭。

西里爾搖頭不知。

四人又議一會，奈何線索粗略，難以推詳。

散席之後，西里爾獨自繞出河濱公園，順著前街往東，朝開拓者廣場的方向而去，沿途懷著心事，思緒猶自停在剛才一番談話之中。過了一街，未及向北續行，卻有輛車轉個大彎，放慢了行速。

駕駛搖下車窗，喚著他道：「西里爾，請等一等。」

西里爾回頭一看，卻是雷蘭特，於是回個手勢表示應肯，止步等候。雷蘭特趕緊找個鄰近車位將車停妥，與巫若瑰趕回一街路口，西里爾見他二人去而復返，唯獨不見黛菲，不禁心生疑惑，左右張望。

「黛菲先走了，趁著她不在，我們特地來向你請教一件事。」雷蘭特道。

西里爾這才明白二人是刻意避著黛菲折回來的，不由更加奇異，暗想：「他們什麼事不肯讓黛菲知道，竟私下來問我？」

「黎衛年輕殞命，委實令人欷歔，無論他懷著什麼隱曲，總不該如此草率自絕性命，空令親者哀慟。只是事已至此，多說無益，可惜我那妹妹從來癡頑，一旦認了真，只管往而不返，但憑我們好說歹勸，終不肯易念，最後只得由著她，還要陪著她，免得她迷途失控，闖出禍來。今日冒昧之處，還請你不要怪罪。」

雷蘭特聰敏得志，看事情難免有些居高臨下，他這番話說得不急不緩，看似立場超然，實則有理無情。

「不要緊，黎衛是我朋友，他心裏有何苦衷，有何遺願，確然也是我急於曉暢之事。」西里爾倒是念茲在茲、關懷介意。

雷蘭特自然不是特地回來賠罪答禮的，敘了開場之後，當即引出正題，問道：「有一件事，還想煩你釋疑解惑。你既與黎衛相熟，從前可曾聽他提過黛菲之事？」

西里爾心想：「他們竟是來向我調查黛菲的。」微微遲疑，道：「說來慚愧，直到今日我才發現自己對Will知之甚少。唉，可真枉稱密友。」

雷、瑰對望一眼，皆有憂愁之色。

「黎衛表哥自殺當日的情況，你能否與我們詳述一遍。」

「當日我與他相約十二點晤面，由於交通順暢，我大約十一點五十分便到了。我看見他車子停在門前，心想他一定便在屋內，但按鈴許久不應，我想起他交予我的備份鑰匙來，於是索物開門。哪裏料到那大門一啟，竟是濃煙嗆鼻。我猛搧著鼻頭，往後踉蹌退了幾步。

「鎮靜下來之後，方覺大事不妙，他屋裏怎會傳來這等駭人毒氣？遂摀了口鼻，再往門邊察看。

「他的住處是間單房寓所，臥室、廚房自門外望去一目了然，只見他屋內收得整潔，緊閉的門窗四周都塞滿了報紙、布物，衣櫥前方的空坦之處擺著一只燒盡的炭爐，而他人也橫倒在那炭爐一側。

「我驚惶交錯，也顧不得內裏仍是烏煙瘴氣，吸了口氣，大步上前，將他一股勁地拖出門外，一面大聲呼救，並打電話聯絡救援。

「此時陸續有鄰居、路人來問何事，其中有個女孩子，卻是唐突而出，撲在他身上，哭得傷心悽慘，旁人見了，無不心惻，我亦覺不忍，安慰她道：『妳先別慌，救護車馬上來了。』她頭也不回地哭道：『來不及了！來不及了！』

「我心想她不知是何來歷，與Will有何關係。等待救援之際，我自顧沿著屋子憂心踱步，一擡眼看見邊側垃圾箱堆著滿滿一個大黑袋，把箱蓋都頂開了一條縫隙。再往地下一瞥，隱約看見有只紅色資料夾落在垃圾箱和屋牆間的暗處。我過去拾了起來，資料夾上貼著一張大標籤，其上以粗筆寫著我無法辨識的幾個斗大字樣。正自思量揣測，那女孩子不知何時竟悄然靠近，劈手奪去了資料夾，邊哭邊說道：『這是他的東西，我認得他的字。』並把夾子抱在懷中。

「我也無心與她爭論，便繞出那角落，回來陪在Will身旁。只因站在那門邊，又順勢朝屋裏眺了眺，但見他書桌上擺著一只酒杯，杯下壓著一張紙。我登時一悟：『他今天約我來，不正說有要事託我，難道紙上便是他留給我的字信？』他一向獨來獨往，住處的餐具家具都是單一無雙，那只酒杯是某次約我對飲才特地去添購的，向來也只供我使用，因此更加確認了我心中的臆測。

「其時屋裏一氧化碳已散去了些，我掩著鼻子，再度進屋去將杯子下的紙張取來。此時救護車鳴笛囂囂而至，一行人俐落地將Will放上擔架，移入車箱裏，我把那字信暫時收到背袋中，隨著上了車，圍觀群眾紛紛散去。正待啟程之際，那女孩子又慌慌而來，攀在車緣，堅持她也要上車，醫護人員躊躇不決，她便指著我說：『若只能讓一人跟著，便請他下來，我是傷患的女朋友，比他更有資格陪送這最後一程路。』

「於是她也上了車來，一路只見她哭哭啼啼，肝腸寸斷。到了中途，她掏出電話，顫著手撥號，對著話筒泣道：『媽，媽，我不行了，他……我男朋友自殺了，我也不想活了……』

「到了醫院之後，她直纏著我，說我害死了黎衛，無論如何總不肯聽我解釋。所幸她母親不久趕來，喚著她道：『黛菲、黛菲，妳怎麼啦？』我這時候才知道了她的名字。」

雷、瑰聽了，不勝迷惘，忖著：「如此說來，黎衛從前都不曾對人提起過黛菲，連西里爾也是在出事當天才與她初次相見的，當天……也是黎衛約她過去的嗎？」又想：「為何黛菲一心認定黎衛救不活了？她對他用情至深，不該如此咒他才是。」

接下來的事二人皆已在弗陵等人那邊聽得詳確，毋待繁言。

傍晚二人一同至學校圖書館看書。若瑰坐在那兒，心情浮躁不定，雯兒發呆、雯兒看錶、雯兒靠著椅背嘆息。

天色漸漸暗下來，她離開座位，行至中庭，揀一處幽僻之境獨坐在階梯上。雷蘭特見她久去不回，心下擔憂，也尋出來，與她並肩坐著。

「怎麼了，一個晚上神不守舍？」他問。

「想著白天的事。」若瑰道。

「那西里爾看來也不像壞人，卻是黛菲令人費解。」

巫若瑰卻無心和他討論黛菲，唇瓣微啟，又即闔下，猶猶豫豫，良久方道：「有件事，我怎麼也想不透，那個西里爾……我第一眼見到他時，便覺熟悉。後來交談，他神情、舉止，無不讓我想起一個人來。」

「什麼人？」

若瑰眼中有些迷離神祕，「是我黎熙表哥。」

「黎衛的哥哥？」

「嗯。」

雷蘭特愣了愣，一會笑開來，「幸好，我當妳要說出初戀情人的名字來。既然不是，我便放心了。」

「我跟你說真格的，你卻來鬧我。」若瑰皺著眉頭推他一把，「我心裏詭異得很，那黎熙表哥老早死了，怎今天又似看見他真人復生一般，活靈活現。」

「世上相似的人何其多。」雷蘭特安慰道：「再說如果真有什麼——異象，黎衛和他來往多時，怎會認不出自己哥哥來，他都不覺得詭異了，妳何必多心。」

「我想起黎熙表哥來，心裏也挺感傷的。」若瑰嘆道，「他真有副菩薩心腸，處處替人著想。每回見了面，他總喊我『若瑰妹妹』，笑吟吟地招呼我喫糖喫餅。有一回我把洋娃娃的眼睛弄壞了，正自傷心哭泣，又怕大人發現罵我。黎熙表哥知道之後，便拿出自己的存錢筒，勉強湊足了數目，攜著我上材料行買黏膠、鉗子，費了一下午功夫，總算把娃娃的眼珠子補了起來。我到現在還記得他當時耐心專注的側臉，大功告成時舉著娃娃說：『好了！』那健朗的笑容。後來兩家疏遠，親戚都變成陌生人，黎熙表哥病逝，我們家竟是月餘之後才得知消息，連他告別式也沒能趕上，只有後來去他靈位前補上一炷香，那遺照面容依舊，只不能再與他交談一言，想想也真夠遺憾心酸的。」

她說著說著，已是雙淚交流，一股情緒在心頭翻轉，竟克制不住嗚嗚哭出聲來，冥夜清肅，哭聲鎖在中庭裏低低環繞。

「為什麼上一輩恩恩怨怨，非得過渡到下一代來。」若瑰泣道，「成日裏你誇我逞，誰家孩子多一分少一毫，總不能甘心。荒謬的是，我們明明被這樣算計著，還為著自家父母拼死拼活，參與這場私欲之爭。只在孩童時期，心智未全之際，已先曉得分黨立派，日積月累，再加文化傳統牢不可破，自己都要認假作真。就像古時候講『忠君』，多少上智之人也禁不得自幼灌輸的觀念，平時通情達理，到了這一節卻敗陣下來，變得愚不可及。講『忠君』的時代，任你清廉自守，一旦惹上不忠之嫌，便為世人所不容。要是遇上個明君，還有機會成個賢臣之名，要是遇上個昏君嘛……真可笑，真可笑，其實我們表親之間哪有仇恨，都是為著自己父母被逼著仇恨的，我甚至不敢在我媽面前哀悼黎熙表哥一句，要是惹她不快，擔上了不孝罪名，誰不來把你當作妖怪看待。」

她這一番話說得顛三倒四，一會說兩代恩怨，一會又扯古禮舊俗，一會又哀悼已逝的表親，猶似夢裏話、醉中語。其實只在托古喻今，把「忠君」一詞換上「孝親」，也就文意連貫了。所謂「後之視今猶今之視昔」，今人看不透的孝親迷思正如古者堪不破的忠君執念，也許將來有一天，孝親也會和忠君一樣，成為一個陳腐舊詞，不再讓人天天掛在嘴邊，作為不容申辯的道德評判最高標準，可是眼前身處其境，百口莫辯，遇上慈愛的親長，這套禮教路數也許並不妨礙，有時甚而能夠相得益彰，就像古時候的明君賢臣那樣。只是不幸生在寡恩之家，又當如何？

「妳後天回國的事，準備得怎麼樣了？」雷蘭特忽然問了這一句。

若瑰撇過頭去，找出紙巾把眼淚擦乾，暗想：「他家是太平盛世，果然不懂得這些苦楚。」便也不再續言此題。答道：「差不多了，到時候我會先回高雄去，再到臺北看展，完了再回高雄待到暑期結束。」

雷蘭特點點頭，「對了，我媽問妳明天若是有空，要不要和我一道回達拉斯去，她想替妳辦個餞別宴。」

「餞別宴自然要去的，可每回在你家遇到我阿姨，總令我好不自在，真不曉得還要忍她到哪時候。」她此時夜氣當頭，倒把心裏話都說盡了。

「明天應該是最後一次了，等妳放完假回來，他們老早離開我家。」

「他們何時走？」

「等黎衛後事料理妥了，自然沒理由再留在我家。」雷蘭特摟摟她肩膀，安慰道：「總之一定在妳回來之前。」

「那就好。」

「那麼明天下午我過去接妳。」

「嗯。」

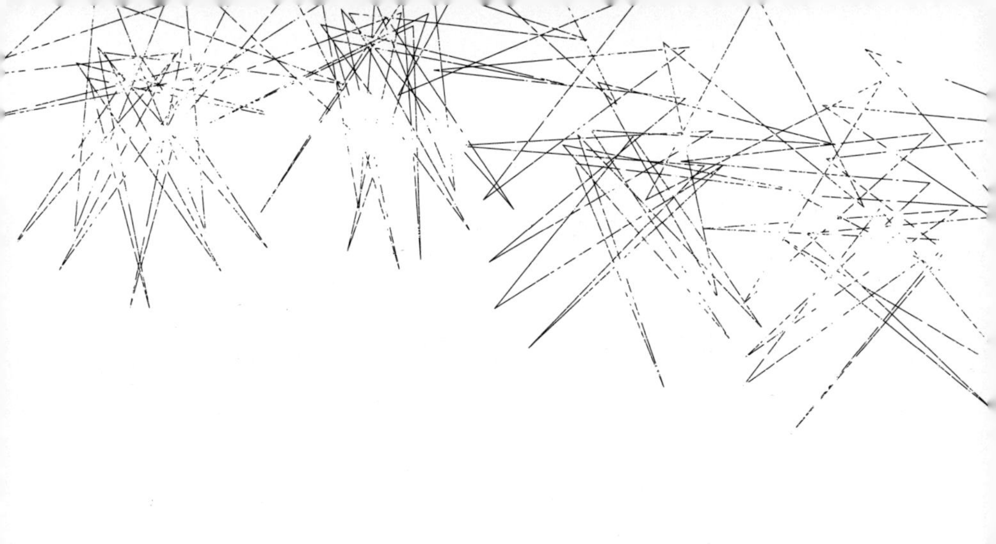

第六章　遺闕的第一封信

姚荊玉、黎從適夫婦這趟遠行，原是歡歡喜喜受邀參加兒子畢業典禮，未想中途生變，好夢落空，還得留下來治喪。也多虧了孫弗陵，他夫婦倆這樁喪事，全仗她四處奔忙、溝通聯繫，日日權作執鞭，載著他二人各地往返。殯殮之外，也做些功德超度。

雷蘭特、巫若瑰依約來赴餞別宴，寃家路窄，姨甥倆又碰了頭。是時還在傍晚，未到開飯時間，一夥人坐在客廳裏閒話寒暄。

「阿姨和姨父想不想吃點什麼家鄉口味？我這次回去，順道帶來。」

荊玉皮笑肉不笑，「難得妳有心，不過我剛死了兒子，哪有心思想這些口腹之慾。況且等事情一了，我們也是要回國的，不會還待到妳放完暑假回來。」

「黎衛表哥的喪事，國內那邊如果有需要我先代為安排、處理之處，請阿姨、姨父儘管吩咐。」若瑰表現得相當積極。

「她這趟回去，黎衛自殺的消息怕也藏不住了。」姚荊玉想著妹妹巧玉那張裝哭假笑的臉，內心沮喪，嘴上跟著苛刻起來：「算了吧，現在大家都在這裏，黎衛的頌經法會妳也愛來不來，我再拿回國要處理的事務勞煩予妳，豈不是強人所難。」

巫若瑰低眉不語。

弗陵勸道：「這其實也不能怪Rose，最近期末考季，連假也不能請，否則她怎會不來給黎衛弔喪。」

「我哪敢怪她，有個這麼用功的外甥女我也很沾光。只怪我自己兒子不爭氣，不學他表妹好好念書，還丟下個爛攤子讓我這老太婆收拾。」荊玉話雖刁鑽，講到了自身處境，還是忍不住掉下淚來。

弗陵心想若瑰畢竟是自己邀來的客人，不願她遭荊玉奚落，便借故說晚餐食材沒買齊，拉著荊玉陪她一道出門。

二人離去之後，從適也推說疲倦，要回房小睡一會，先自上樓去了。

雷、瑰跟著也避上二樓，關起房門綿綿話別。少頃，黛菲過來敲門，她神色忉忉，似是煩惱已極，一見了二人，忙忙跨步向前，如遇浮木般抓住二人之手，促聲說道：「雷蘭特、Rose，我來跟你們自首。」

二人一驚：「為了什麼事呢？」

「我……我不是黎衛的女朋友。」

房裏沉默了少晌，黛菲滿面羞慚地對二人詳述其實：

「事情要回溯到我剛上大學那年。那年冬天特別寒冷，氣溫創下過去二十年新低，臨近耶誕之時，甚至整整刮了一星期大雪，城市白茫茫一片，商家住宅輪流斷電，不知道你們還有印象沒有？」

「我聽說過。那是我出國前一年，好扼腕遲了一年沒看見雪景，這兩年冬天卻都不下雪了。」巫若瑰感嘆道。她與黛菲只相差一歲。

「冬季過後，料峭春寒，到了三月，依舊是夾襖長靴。」黛菲續道，「那時春季學期剛開始，幾個班上同學便提議到霍德山滑雪。我向來運動細胞不好，只想跟去湊湊熱鬧，心想到時候大家去玩，我便一旁坐著看雪，鬧中獨靜，也別有一番情致。可是上山當天有個同學臨時缺席，預租的滑雪用具多了一組，偏巧型號與我合適，大夥便慫恿我一道上陣。我一來不想掃興，二來也是好奇，於是應肯。

「我們這群烏合之眾，個個都是新手，一行人執著雪杖低頭慢行，身旁不時有滑雪客咻咻飆過，大家眼巴巴看著盤旋揚起的雪花，不禁驚嘆：『好厲害，哪時候才能像他們得心應手？』

「在平地練了一會，幾個較有天分的同學慢慢抓住了一些要領，提議要到緩坡上去。大夥摔摔跌跌，相互扶持，好容易爬了一段，舉目四顧，只見道迢屋小，白雪茫茫，正嘆著來時路漫漫不易，一不留神，竟往下坡直衝而去，我驚慌尖叫，雙手亂揮，身子前彎後仰，想使訣竅，腳下卻不聽使喚，亂滑一陣，翻倒路旁。

「我渾身疼痛地仰天躺著，一顆心突突作響。休息了好半日，總算蓄了點力氣，想爬起來，腳下兩根長長的雪板卻一再絆阻。

「正自氣餒之間，有個滑雪客飛馳而過，看我一眼，又折回來，說：『妳把面朝坡北，腳轉坡南，雪杖撐在兩側，不要撐在雪板中間，如此使力，便能起身。』

「我按照他的方法試了幾次，卻仍起不來。他遲疑了一下，似要過來拉我，此時和我同行的友伴叫著我的名字匆匆趕來，他略略一瞥，雪杖點地，手腳並用，倏然而去。

「大夥一窩蜂過來將我扶起，七嘴八舌地問我有沒有受傷，說他們看我摔脫而去，都嚇壞了，人人脫了雪鞋，把雪板拿在手上，趕下山來找我。我腦子裡還想著方才的情景，『他是誰呢？如此乘風而來，御雪而去。』翹首張望，皚皚白雪上兩道連天軌跡，伊人卻已杳然無尋。

「下個學期我選了一門課，叫作『人際關係心理學』，修課人數很多，教室設在學校大講堂，座位依著階梯一層層提高，講臺則在前方最低處。臨近上課之時，學生陸續結伴而入，穿梭來往、高聲交談，大講堂裏亂哄哄地。而我作夢也沒想到，他竟也是這學校的學生，只見他孤身一閃而入，揀個邊側座位，放下背包，安然入座。

「縱使在人聲譁然的鬧境裏，我一樣能遠遠地，一眼認出他來。

「那堂課的講師是個剛拿到學位的年輕博士，名叫班登。課堂氣氛輕鬆活潑，師生互動熱烈，偶爾大家也不諱諧謔，跟講師說說笑笑，比方上到『愛情關係』時，便有一堆人搶著說自己如何裝浪漫、裝癡情，誘騙女生，總之荒腔走板，惹得全班哄堂大笑，講師亦不覺莞爾。

「有一天，上的是『家庭關係』章節，班登先說了幾樁案例，接著問大家是否曾與家庭成員有過關係上的困擾。學生發言踴躍，但大抵是些雞毛蒜皮之事，吵過和好，不足掛念。

「然後，我看見他舉了手，侃侃說著：家庭就是一對雌雄動物，交配繁衍，同處一室，人自稱是萬物之靈，以禮規自恃高貴，但事實上到底高貴多少？粉飾太平算不算高貴？以多欺少，偏要以倫理道德包裝，算不算高貴？人們齊聲諧唱，成就一種信仰，在他的文化裏，血親無疑是這種信仰的巔峯極至，被以各種方式歌頌吹捧，愈霸道愈好，愈畸型愈好，否則不足顯示一片赤心。從前有個孝子，丁母憂深山守喪，風雨無畏，連老虎也為之感動，甘願為其坐騎、供其驅使，人人叫好，謂為美談。正是如此高傲，在本位主義的思考下，連野獸都必須放棄自然生存法則，來為他們的文明服務。而當眾人高歌文明，不容異聲，這種的文明何嘗不是一種野蠻？在他的國家，談到父母家人非得一號著了魔似的孺慕表情，不孝之徒人人得而誅之，血緣的強勢，是連上帝也無從插手的。否則朋友可絕義、夫妻可離婚，怎沒人敢討論一下，合不來的血親如何了結？

「他英語流利稍稍帶著口音，時而引用『我們那邊有個什麼成語諺語』，聽來相當有趣。

「班登說有幸福的家庭，當然就有不幸的家庭，重在如何正視、自處。他卻說：『人的出生原本就是一場無藥可救的鬧劇。』班登說他想法太消極，耐心勸他不要把自己困住，至少來到不同國家，可以多體驗不同的文化，也是另一種海闊天空。

「他點點頭，不再爭論，提筆在記事本寫下一行字，那時我隔著走道坐在他斜後方，座位比他高一格，伸了伸頸子，看見他寫著：

「上帝不存在。社會是屠宰場。而家庭是原罪。

「那是他唯一一次發言。此後我常刻意挑他後排位置，他雖緘默，卻常在講師同學熱烈交流時，獨自在記事本上塗塗寫寫。雖然我也未必看得見他寫著什麼，卻知道他是個有想法的人。

「有一回班登說到自殺議題，諄諄叮嚀了諸多求助管道，他無聲地嘆了口氣，振筆疾書，寫著：

「並不是人人都想把生命拖到最後，『自然』賦予我們最優厚的財寶是『在適當的時機死去』，特別是『得以自殺』。」

黛菲說到此處，想起那最終結果，不覺慘然。

「並不是人人都想把生命拖到最後——」雷蘭特沉吟著，「那是古羅馬博物學家普里尼說過的話。」

「難道黎衛表哥從那時候開始就動了自殺的念頭？」

「後來呢？妳去找黎衛說話了，是不是？」雷蘭特問。

黛搖頭、輕嘆，「其實我看到他這般愁鬱，心中也很不忍。可是我好幾回刻意從他面前經過，或者傳講義、簽到單給他，他都反應如常，看來他並不記得那天在滑雪場偶遇的事了。

「『家庭關係』那堂課結束之後，我回寢室，終於提筆寫了封信給他，信上除了一些安慰之語，也請他若有苦處隨時可以找我傾談。

「再見到他時，已經又過一個禮拜，我雖把信帶著，卻早已沒有勇氣交予他。

「往後每回上課，我總會帶著信，告訴自己今天一定要有所作為，私下演練過百來遍，看到他那張剛毅冷峻的臉總又縮了回來，一直蹉跎到學期末了，仍不曾教他知道。

「那門『人際』課程結束後，我與他再無交集，縱使晨夕仰思，滿腹惆悵也只能付託於紙筆。

「同社團的朋友傑夫知道之後，便自告奮勇要作我的『軍師』，正好他也主修電腦科學，算來是黎衛的同窗。

「可是黎衛簡直像個修僧，他不參加社團、舞會、任何課外聯誼，也不上劇院、不跑酒吧，幾乎日日只在學校和住處兩地往返。他還是個獨行俠，朋友只有西里爾一個，像是充滿防衛地，刻意與人疏遠，也許一整天下來都不曾開口與人交談一言，因此傑夫對他亦是所知有限。

「他這般貧乏的社交生活，讓我根本找不到任何機會自然地結識他。

「情人節前夕，傑夫鼓勵我趁機表白，陪我去材料行買了陶土、顏料，連日趕工作了個陶藝品。當日我按照傑夫從系所通訊錄抄給我的地址來到他住處——那是一間厚土泥牆鑿修的地下室，陡長的階梯深邃可怖，牆垣上不見窗格，裏頭想必暗無天日，我凜凜然想著：『這麼一個永夜的房間。』

「我躊躇不前，愈想愈覺冒昧，要是他拒絕我，該怎麼辦呢？要是他問我地址從何而來，我怎麼回答？最終仍是膽怯而去。

「轉眼過了兩個季節，傑夫打聽到他生日將至，自作主張拿我照片去訂製了一只馬克杯，說把這當成禮物，他往後喝水都要想起我來。

「當天早晨，我獨自開車到有機農場，採買了最新鮮的水果，做成一個鮮奶油蛋糕。下午我帶著禮物和蛋糕來到他住處。坐在車裏，口乾舌燥，忐忑不安。認真想想，自己這行為簡直愚蠢至極。

「如此舉棋不定，還沒等到我開門下車，卻先看見有個男子拎了半打啤酒，自往階梯而下。我登時一悟：此人莫非就是傑夫說的『西里爾』，黎衛唯一的朋友？

「這下可好，慶生一事讓人捷足先登，有個旁人在場，我更不敢突兀現身。我等呀等，心裏愈發堅決，此人一走，我即刻下去扣門。可是直等到夜幕低垂，那階梯口依然不見有人上來。

「看看時間過去，這一天到了盡底，我悄然下車，在離他房間不遠處的一個花圃放下蛋糕，點燃了蠟燭，趁著這最後時刻獨自在心裏替他唱生日快樂歌。寒夜冷清，西風吹得燭火衰頹欲滅。

「我養成寫信的習慣，日復一日，堆砌成碑。我常想著，要是某天他知道了有個女生如此為他癡迷，他會憎惡還是感動呢？

「歲月匆匆，眼看他畢業在即，往後去留不定，我如何不著急。這回也不等別人來出主意了，聽說他已經搬離那間地下室，我於是主動向傑夫索來他新家地址。適逢我的提琴老師最近要在州立音樂廳公演，贈了我兩張貴賓券，我便想以此為由邀他同往。

「是日一早，我攜著券子，來到他住處，心慌意亂地在另一端的草坡徘徊，一面練習等會要說的臺詞，偶爾向那寓所望一望，窗裏簾動，若有人影，我心虛無措，忙忙隱至一棵大樹之後，再不敢朝那邊多看一眼。不知不覺地，竟是好幾個鐘頭過去。

「接近正午之時，卻看到西里爾穿過草坡往那方向去。我暗叫不妙，怎又是這傢伙出來攪局。

「只見他先是在外頭按鈴半天，接著由口袋翻出鑰匙開門，忽地一退一閃，手掩口鼻，少頃，又捱到門邊，滿臉驚惶地衝進屋內，把黎衛橫拖出來，一面大叫救命。

「我心一緊未及多想，當即現了身，奔上前一看，方知事態嚴重。而我明明整個早上都在這裏，卻渾然未覺。我恨西里爾為何不早點來救人，其實更恨自己優柔寡斷葬送了時機。我到的時候，他還活著呀……我回想他關窗閉簾的時間，心底盡是不祥預感，倘使他關窗是為了燒炭，這會恐怕是凶多吉少了。」

黛菲哽咽難以續言。

「這麼說來，妳到黎衛死時，都不曾找他交談過？」雷蘭特問。

黛菲悽愴地搖搖頭，「那天我為了跟上救護車，謊稱是他女友。到了中途，只覺心裂欲死，打電話找媽媽哭訴，車上人多，我一時也說不了實話。」

「妳事後可曾跟媽坦誠了？」

「沒有。我幾次想向媽認錯，又怕姚女士知道了會殺了我。」

「姚女士？我阿姨嗎？」巫若瑰奇異地問。

「嗯，她不准我叫她的名字，我喊她阿姨又喊得礙口，只好稱呼她『姚女士』。」黛菲甚是無奈。

巫若瑰聽了，暗自好笑：「阿姨這下不把黛菲恨死才怪。」

「妳還是要趕緊找機會跟媽說明了才好。」雷蘭特說。

「我知道。」黛菲苦著臉，強振精神，「還有一事，我拿不定主意，要和你們商量。」

雷、瑰問她何事。黛菲自行回房，片晌取回一只紅色封皮的塑膠夾子。

「這就是西里爾說的，在黎衛屋外垃圾箱邊撿到的那只文件夾？」二人看見夾子便想了起來。

「我取了這紙夾，本來只想收著一樣他的遺物當作紀念。」黛菲說。

二人湊上來，輪流檢視那本厚厚的文件夾外觀——深紅色塑膠封面，以及封底皆各自貼著一張大標籤，其上以粗黑筆寫著「物理考卷」四個中文大字，書脊處亦貼有縱向標籤標示。

若瑰掀起塑膠封面，「這是黎衛表哥的高中考卷吧，他怎連這個也帶來留學了？」

「你們看這夾子內，每一片透明塑膠套裏都放著兩張物理考卷，各把有字那一面朝外放，整本文件夾就像一本書一樣，可以流暢地翻閱。」黛菲道，「初始幾頁塑膠套裏的確只有考卷，可從這頁開始，兩張考卷中間卻還夾著一封信，直到末了幾頁又恢復成只有考卷。」

她將那些信抽出來，每封信左上角都標有數字，從『2』標至『11』，一共十封。

「這夾子外觀不斷強調是本『物理考卷』，內裏又層層布置，非但把信藏在考卷中間，前後幾頁又都留空，好似防著人不論從封面、封底開始翻，甚至抽出卷子來，都要真以為是本考卷夾，卻不知中央藏著機關。」雷蘭特琢磨道，「信封上的數字應該是收件次序吧，怎獨缺了第一封信呢？」

「妳看過這些信沒有？」若瑰道。

黛菲搖搖頭，「我不敢，Will知道了一定會生氣。」

「表哥已經走了，怎還會生氣。」若瑰笑勸道，「妳不是一直想追究他為何自殺，也許信裏便有解答。」

若瑰相勸稍久，黛菲方才允了，誠惶誠恐地拆了編號『2』的信件，其上寫著：

小衛：

今日一敘，釐清了彼此心中諸多疑慮，許多年來，我無一日不是殷殷盼著這場重聚。無論你是否記得，我們也確實曾有那一段恬適美好的時光，我們本該朝夕相處，一同吵嚷嬉戲、分享悲喜，奈何流離間闊，只能將這份情誼擱置心底，化成一種無形的牽絆。

發生這樣的事，是誰也料想不到的。或者說，那荒唐至極，早已超出我們認知範疇，而那深切的悲痛，又豈是常人承受得起。可是小衛，事情既已無可挽回，此刻我唯一的冀求只有你平安無恙。

今天回家之後，我獨坐陽臺上，不覺日影偏移，晚霞滿天。然後夜來了，我赤著腳回到屋裏，流淚憑燈，給你寫這封信。其實要再見你一面，我何嘗不是矛盾掙扎，深怕因此擾亂了你的生活。一番促膝長談，總算你也明白我的苦衷，可是看見你為著我們不堪的命運崩潰痛哭著，我又是千萬不忍，心就像刀子剜著一般。

小衛，人生真是一場鬧劇，我們都是劇中無從選擇的卒子，不是嗎？請別讓我再一次失去。

黛菲放下信箋，拆開另一封，其上寫著：

小衛：

你的一番剖白令我十分憂心，終夜輾轉床側，難以成眠。只因我承擔的痛楚與你等重，故而說不出「雨過總會天青」那樣的話來安慰你。

我們都明白，如此以黑為底蘊的悲劇，不論用上什麼色彩皆是徒勞。掩蓋黑的唯一辦法只有將黑一同毀去，而要消滅悲劇，唯有謝幕下臺。

不瞞你，離席一途我何止想過千萬次，因此我早已隱隱猜中你心裏的盤算，只是世上還有那渺渺牽繫，是我放不下的。你知道，那當然包括你。

小衛，請原諒我的自私，在經歷那樣不幸的事之後，我著實再也承受不住心碎。那件事，讓我們傷痕累累，這苦處偏又不能向任何人去提。世界很殘酷，世人為了捍衛他們認定的信仰，會不惜消滅異己。譏笑你、禁止你，或者以一種善意的姿態試圖感化你，其實都是同一個目的。（這讓我想起一個西方諺語，它說：「通往地獄的路，是以無數善意鋪成的。」）正因如此，我更要千方百計將你留住。而今只剩你我二人，能夠相知，你遺棄我，我便成為那真正的畸零者。

黛菲將信一封封拆開，直拆到編號「11」那封，其內容如下：

小衛：

這是最後一封信了，在這之後我會依從你的意願暫不與你聯絡，縱使我心裏多麼渴求。今天再見到你時，你已擺脫連日來的陰霾，從你眼中我感覺得出那鬥志激昂。不可諱言，我心裏仍有一絲疑竇：你的熾烈眼神裏，似乎還隱藏著另一處計謀，用以燃燒你短暫的意志——但願是我多慮了。

你告訴我你不想再鎮日沉浸悲傷，我知道，那並非遺忘。人生的重大關卡，是打進血液裏嵌在骨髓中，要不當你決心割捨，怎還是如此沉痛。我們擁抱著，流著淚顫抖。你拒絕我的提議，說一走了之太過草率，而你心有不甘。你要我別再寫信給你，那會使你心軟流連，我也只能尊重你的決定。

小衛，你要千萬記住，無論何時何地，總有個人，一直在那兒，深愛著你，等候著你。

三人將十封信逐一讀過，內容大同小異，也著實令人費解。

「信箋上怎都沒署名，連信封也空白一片，只有最後這封上頭註明『黎衛　收』三個字。」若瑰道。

「按內容推測，他二人應該老早認識，為著什麼原因不得不分開，直到對方主動聯絡，方復重逢。」雷蘭特道。

黛菲衰敗地跌坐在椅子上，「這些信看來是個女生寫的。」反看自己錦書難託，不勝悵然。

「妳也別多心，文件夾是從前的，信就算真是個女生寫的，也是許多年前的事了。表哥想必對她早已忘情，才會把這些信都扔了。」若瑰安慰道。

「不，那是因為他知道自己要死了，不願讓別人把信奪去，才扔掉的。」黛菲倒是一點也不含糊。又喃喃問著：「這人看來也是真心愛他，為什麼不來阻止他自殺呢？」

「看來她的確猜到黎衛萌生自殺之念，也曾憂心忡忡地阻止過，可是黎衛卻以振作為由，騙她離開，其後居然自行了結。」雷蘭特道。

「信上『那件不幸的事』又指什麼，讓他二人如此慘痛欲絕？」若瑰翻著信，幾乎每封都提及此事，卻未曾言明。

「這也不難猜，那女生學歷不好，妳阿姨不喜歡她，強迫他們分手，二人為此想要殉情。」黛菲頹喪地說，恍恍想著：「我若是她，此刻必定不再獨活。」

「可是依照黎衛表哥的個性，他會順從父母的話嗎？這人好似還提出要和他私……和他一起走，他卻拒絕了。」

「妳們看編號『2』的信裏，對方提起相約重聚之前的心理掙扎。」雷蘭特道，「在此之前，可能還有一封信寫明對方身分、約期。若是郵寄，便還有雙方的地址和郵戳日期，黎衛也許提防到這一點，才刻意不留下那關鍵的第一封信。」

「第二封之後，便什麼線索也沒有了，到底這個人是誰，信是何時所寫，我們都無從得知。」若瑰道。

「Rose妳說這些信都是舊的，這讓我想起兩年前那門『人際』課來，黎衛那時候就隱約透露了自殺之念，妳看信會不會也是那時候的？」

「西里爾給我們看的諮商合約則更早，是三年前。」雷蘭特補充。
「表哥竟是這許多年來一直存著死的預謀？」
此時，樓下傳來弗陵喚三人下去吃晚飯的聲音。
「我去問問他母親，黎衛為了什麼事找心理師。」
若瑰故意恫嚇道：「妳不怕姚女士罵妳。」
黛菲微微一瑟，「我雖怕，卻不能再退縮了。」
三人一道下樓。餐宴設在後院爬藤架下，雖已晌晚，依然日光明亮，那木板搭建的小平臺上擺著一副露天野營用的桌椅，迎著晚風，篩過陽光，甚是舒爽。三人出了落地窗拉門，荊玉、從適皆已上桌，桌上餚膳陳設，弗陵還從廚房陸續盛出菜來，忙裏忙外。
黛菲趁此空檔把諮商合約一事說了，來問二老黎衛為了什麼事煩心。未想荊玉怫然作色，重重說道：「我兒子沒有精神病，你們非得弄得他不得安息才歡喜嗎？」
言畢「豁啦」一聲，頂開帆布椅，起身恨恨瞪了巫若瑰一眼，頭也不回蹀腳離去。
若瑰被她那冷颼颼的眼神嚇一大跳，怔怔杵在原地。黛菲還想追上詢問，卻教雷蘭特攔阻，她只得轉問從適，從適一逕搖頭，答曰不知。
弗陵端菜上桌，正與氣鼓鼓的荊玉擦身而過，荊玉一頭望裏走，也不理人叫喚。眾人把方才之事對弗陵概述一回，從適又上樓去請，門外好說歹說，荊玉就是不願下來。眾人沒轍，拿碟子替她盛一份餐食，自行開筵。
餐後三人要一道回波特蘭。巫若瑰便說要向荊玉辭行，遣雷蘭特和黛菲先去發車，獨自來到荊玉跟前，免不了先說一陣珍重之語，又順勢把話題轉到黎衛，語帶暗示地說他和黛菲二人的關係如此如此，真令人意想不到。

「妳這話什麼意思？」荊玉歪在床上，僵著一張臉粗聲問道。

「阿姨妳還不知道嗎，唉呀，我以為妳早知道，真糟糕……他們兄妹還等著我呢，不能陪妳聊了。」

巫若瑰眼裏閃過一絲狡譎，面帶假意的驚詫急急告辭。荊玉呆了半晌，追出來想問問黛菲這個冒牌女友是何居心，及至樓梯邊口，腳下傳來一陣微微震蕩，一擡眼，便看見窗外車庫的門正轟轟閉下，三人一車，揚長而去。荊玉手握扶把，像恨不得將之捏碎了一般。

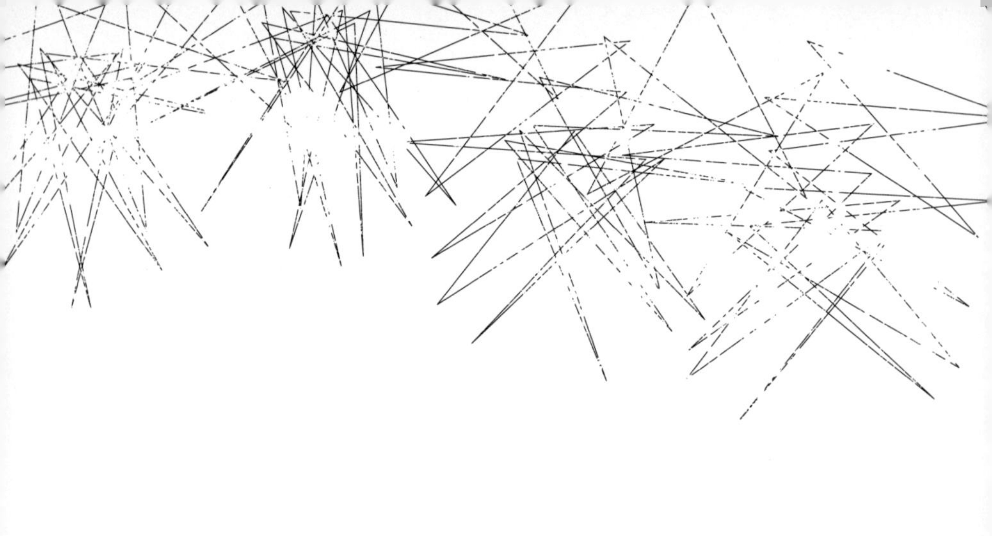

第七章　死亡一刻

隔日兄妹倆一同送巫若瑰至機場，領了機票寄了行李，距離出發時間尚早，三人於是任意走走逛逛。

雷、瑰手挽著手，談笑如常，黛菲則是愁眉不展，靜靜隨在他二人後方，二人只當她為著黎衛之事掛懷，沒多理會。及至臨近時刻，雷、瑰二人正擁抱作別，說些相互叮嚀的體己話，黛菲這時候卻從中竄上來，抱住了若瑰，抽抽噎噎，不肯放手。好半晌緩下了情緒，自提包裏拿出一大袋糖果，說道：「Rose妳愛吃這鋪子的糖果，我特別去買了一些，給妳帶著飛機上解悶。」又說：「Rose是我的家人，我和雷蘭特天天盼著妳回來。」

巫若瑰起初給她驟然一抱，不覺錯愕，看她零淚如絲，離懷別緒比起雷蘭特猶有過之，不由好笑地想著：「這也未免太多情。」自己向來只把黛菲當個應付對象，面上和氣、骨底無情，未想她竟然還記得自己的喜好。若瑰接過那裝滿一袋，五顏六色的糖果，又聽她言真意誠地說那些話，不禁有些感動，想起自己昨晚背地興浪，在荊玉面前陷害黛菲，一時暈紅了臉，赧然無言。

三人分別之後，兄妹倆一同往停車場去，黛菲取出電話一看，竟有多通未接來電，都是西里爾打來的。

「西里爾找我什麼事呢？」

「會不會要和妳談論那張保密合約。」

黛菲聽了，停在原地想了想，靈光一現，轉身就往回跑，也不顧雷蘭特在背後頻頻叫喚，提足疾奔，分開人眾，總算趕上了正要過出境門的巫若瑰。

「黛菲？」若瑰看她去而復返，訝異不已。

黛菲手撫胸口，邊喘邊說道：「Rose，我有要事托妳。」

「什麼事？」

「妳這趟回去，能不能找找那張保密合約上的診所，還有那位在合約上簽名的諮商師歐曼君？」

若瑰心嫌麻煩，面有難色。此時雷蘭特也趕來了，攔著妹妹，催若瑰快走，別延誤了登機時間，若瑰心想：「要是真的轉身就去，黛菲肯定會不高興。反正是三年前的事了，到時候便說找不到，她也不能怪我。」於是隨口允諾了黛菲，三人再次相別而去。

回程由雷蘭特駕車，黛菲坐在一旁，霎兒望窗、霎兒絞指、霎兒嘆氣，甚是浮躁。一晌西里爾又來電，二人交談數言，只聽黛菲嗯嗯虛應，掛上電話之後更添一道愁慮。

「怎麼了？」雷蘭特問。

「西里爾問我一會有沒有空，要不要和他一道去黎衛住處，找找他自殺的原因。」

「他怎會來約妳？」

「他說現在只有我和他真心關懷黎衛的隱衷。」

「妳怎麼說呢？」

「我不知道，那西里爾……我也說不上來他有什麼異處。」

「妳覺得他不是真心關懷黎衛？」

「倒也不是，但深裏總有點兒不對勁。」

「何以見得？」

黛菲想不出個道理，只說：「直覺。」

「既然對他存有疑慮，還是別牽扯不清的好。」雷蘭特順水推舟。

「可是他說的也不錯，除了他，還有誰來幫我找出事情的底故。前天我才聽到媽替姚女士聯絡房東，說不久喪事忙完，便會過去收拾遺物。真要找點線索，也得趕在他們之前。」

「妳怎會這樣想呢，難道黎衛的父母還不如西里爾一個外人？」

「不是不如，但他們一逕熱衷什麼頌經超度，卻不管兒子心裏藏著什麼苦。昨天的情況你也在場，我以為摸著了點頭緒想和他們談談黎衛從前看心理師的事，結果一個扭頭就走，一個一問三不知。要是他住處真留著痕跡，恐怕他們也無心探究，隨手扔了。唉唉，黎衛生前是個無神論者，他們還來期待他下地獄上天堂嗎？」

「宗教儀式常是用來慰藉生者的。」雷蘭特笑道，「不過西里爾也許還當妳是黎衛的女朋友，才來找妳合作。」

「這個遲早也得跟他說清楚的。」黛菲想起自己當時心情激動，蠻不講理，對西里爾著實感到抱歉。

「妳既不是黎衛的女友，何必再為此事苦纏不休。」

「無論如何，他總在我心裏佔了那麼久，我……實在沒辦法說放就放。」黛菲音調寂然。

雷蘭特搖頭一嘆，說：「妳愛上一個幻象罷了。」

黛菲畢竟答應了西里爾的提議，雷蘭特雖無意參和，卻放心不下妹妹獨往，只得相伴隨行。

二人來到黎衛生前所住的社區，在訪客停車處尋了一格樹蔭位置泊了車，徒步而行。

這社區屋舍成排連棟，每棟一至三層住戶，每戶皆有單獨進出的大門，舉目望去，一道道木階梯連接於各戶門前，高樹垂枝，與木梯相映成趣。建築物外觀是以整齊木條橫向搭建而成，色調諧和雅緻，每三至五幢劃作一單位，每單位皆以顏色區分，並標註英文字母。

「Will住H棟一樓，西里爾住C棟二樓，兩處相距不遠。」黛菲手指二處。想起那屋子人去樓空，不勝悵悵。

兄妹倆往H棟去，西里爾已等在黎衛住處門前，比及雙方會上，即取出備份鑰匙開了門。門一啟，下端推過一團布物，看來便是他當時用以塞住縫隙之物，望向內裏，窗框和壁爐四周或以膠布封實，或以報紙填堵，天花板上的警報器皆已拆下了電池，斯情斯景，事過境遷之後兀自遺著一種詭祕，猶似一間演練成功的死亡實驗室。各人不住打了個寒噤，心中暗道：

「如此死念堅決啊！」

三人魚貫入屋。那屋室原本不甚寬敞，卻因家具簡約，僅一桌、一櫃、一床互呈直角，倚牆而置，留出中間一片空坦，因此顯得清曠。更加之四壁禿禿，床被平整，予人一種斯巴達式的嚴厲。也不知道是不是預定了死期，屋裏收拾得甚是整潔，入眼之處不見一處雜物。

黛菲一眼看見淺色地毯上那只炭爐，如畫布一點，醒眼觸目。她走過去，頹然跪坐於地，雙手扶著爐子兩端，爐中木炭已冷，餘灰猶存，她淚落其上，潤溼了灰燼。

「他就是用這爐子燒炭自絕的嗎？」

雷蘭特單手輕搭她肩頭，「我想是吧。」

西里爾則先自廚房、浴室巡了一圈，黯然忖著：「果真囤糧無存，連洗衣籃也已空無一物，看來他這一生孤介俐落，遺物也不願假他人之手。」

轉回房裏，在書桌旁看見那只曾壓著遺書的酒杯，不由地想起從前兩人交厚，相期往來的景況。

那時黎衛還租著地下室，西里爾頭一回到訪時，他竟找不出另一只酒杯，二人只好一個使杯、一個用碗，將就而飲。黎衛看來相當歉仄，隔日趕緊去買了個酒杯，專候西里爾駕臨，可是買了杯子，仍缺了椅子，只得再把空行李箱拉出來，二人就地而坐，箱子權充桌子，倒也中用。後來黎衛經西里爾引薦，退了地下室賃處，搬到這寓所，二人住得近了，更時常你來我往，夜不歸營。

西里爾幽幽一嘆，視線自酒杯沿著桌緣落至地上，桌腳與地毯之間隱隱卡著一枚金屬細物，他彎身辨識，辨出那金屬猶似錶帶末端的針扣，針扣外層鍍色已舊，暗弱光線之下色澤斑駁。他把手探進桌下，果然順著針扣摸出一只手錶形廓來。

西里爾將之取出，仔細端詳：那手錶雖陳舊壞損，卻獨特雅緻，淡褐色錶帶上已有多處脫落裂痕，錶面設計成復古羊皮色的世界地圖，長短指針疊在「十二」的位置，其下還有排數字顯示年月日期。

「五月二十一日，這正是Will自殺的日期。十二點……不正是他和我相約的時間？」西里爾自言自語。

雷蘭特聞聲而近，探了探錶，臆道：「難道他當時戴著這只手錶，死亡之前碰撞掙扎，才落至桌下。而手錶也因此壞損，時間日期跟著停在他倒下那一刻。」

「這錶面玻璃有道裂痕，難道也是那時候弄出來的？」西里爾回想著黎衛可曾戴過這只手錶，「可是我當天明明提前到達，若真如你所推測，手錶時間也該停在十二點之前才是。」

「很多人會把錶調快一些，指針停在十二點，當下時間其實更早一些，也無不可。」

黛菲稍一想像他死前掙扎痛苦之狀，不覺頭暈目眩，氣息難喘。

「你看，這日期雖是他死亡當日，年份卻是五年以前。」西里爾忽道。

「難道是手錶損壞之前，在劇烈撞擊下竟使年份往前移動了幾格？」

二人輪流檢視手錶，皆看不出所以然來。

雷蘭特移開目光，四下瀏覽，他個頭高，一瞥眼看見衣櫃頂端放著一只塑膠袋子，與收拾完整的屋室不相合調，心中奇異，走上前欲一探究竟，西里爾放下了錶，也隨了過去。

黛菲在他二人背後悄悄來到書桌旁，拾起那只手錶，戴在腕上。

雷蘭特取下塑膠袋，手撫其上，未想卻摸出袋中一只槍套形廓來。

「這好像是一把手槍。」

「他怎會放一把槍在房間裏？」西里爾甚是詫異。

二人又回桌前，謹慎地拆了袋子，由槍套中取出手槍來。

「這槍沒有彈匣，扳機也是鎖上的。」雷蘭特曾隨父親使槍，對此略知一二，「這是一把德製衝鋒手槍，據我所知，此一品牌材質高檔，設計專利，價格昂貴，多半是行家才會選購的高級品。」問西里爾：「黎衛平時便是玩槍的好手嗎？」

「最近他常約我上射擊場，從前卻不曾聽說他有這項嗜好。」

「他槍技如何？」黛菲插嘴道。

「他槍技不錯，也很勤奮練習。」

雷蘭特拿著槍左瞧右看，「他有這麼一把槍，卻是令人想不透。」

「寶劍佩英雄，一點也不奇怪。」黛菲道。

「他買名牌槍，不足為奇，即使毫無槍技之人，亦可買名槍純收藏。可是我記得聯邦法規定，買手槍必須有合法身分，要非公民，也得有永久居留權。」雷蘭特道，「黎衛可曾符合這樣的身分了？」

「他和我一樣拿學生簽證。」西里爾道。

「如此只能買步槍，不能買手槍，店家售貨時會查驗證件。」

「他不能買，別人卻可以送。西里爾，你聽說他生前有什麼親近的美籍朋友嗎？」黛菲話出了口又自覺多此一問。

「他不太交朋友的。」西里爾眼神奇異地瞅著黛菲，彷彿在問：「那可不是妳嗎？」

「若不是有人代買或贈送，他沒合法身分，大概只能趁展售會之類的場合私相授受了。」雷蘭特道，又把槍審視一回，「這槍口毫無擦痕，扳機又似從未打開，槍套都還隱隱透著皮革氣味，怎麼看都像店裏買來的新貨，而非二手品。」

「西里爾，你們上射擊場時，他可曾使這把手槍？」黛菲問。

「我們每回都是在靶場上租全套，槍枝、靶紙、護目鏡都是到場現領，離店歸還，沒看他帶過自己的手槍。」

「他既有新槍入手，怎還去射擊場租用？一般人都偏好用自己的槍，比較順手。縱使是新貨，也會想早早用得習慣了才是。」雷蘭特抿著唇思索，「難道是剛買的槍，來不及用？這也不對，他既已預定了死期，便不會再買用不上的物品，除非——」

他霎時住了口，眾人一凜，都悟得了他的疑竇。

「除非他原來計劃舉槍自盡，卻又不知什麼原因臨時變卦，才讓這把手槍原封不動地擱著。」黛菲惶惶接口。

「嗯，不知道是不是臨時未及處理，槍又不能像其他物品任意打包丟棄，方才留了下來。」雷蘭特道。

黛菲想他如此千方百計要摧殘自己的性命，心驚更復哀憫，忽然間，她「啊」地輕呼一聲，似有會悟，扶著桌邊顫巍巍說道：「若真有人代購此槍，那麼這個人……便早已知道他要買槍自絕，沒加勸阻，倒來幫著他達成計劃？」

「對方也可能凡事不覺，單純拿錢辦事。」雷蘭特道。

黛菲對雷蘭特之語恍若罔聞，只一心想著：「要是能夠找到這個買槍之人，便能問出事情端底緣由。」

於是又去翻找原先包裝於槍套外的那只袋子，那是一個普通超市使用過的塑膠袋，顯然是怕槍枝受塵另外找來套上的，不與原來商家關聯。

黛菲探向袋裏，卻有一張類似提物單的存聯，存聯上淡淡的黃色浮水印記，訊示店家商標、地址，其上是以墨筆手寫的字跡，載著槍枝型號、價格、結款日期等項目。

「既有商家資訊，便不是特殊管道私下取得，只是如此一來，便非得有個身分合法者來作中介了。」雷蘭特道。

「你們看，這價格下面怎還列了稅金一項，俄勒岡州沒有銷售稅，難道這槍是由其他州售出的？」西里爾指著單據道。

黛菲將單子移近眼前，想看清墨筆字跡下的浮水印記，心想：「這地址眼生得很呀。」看至州碼，更是奇異：「這店址在加州。」

雷蘭特、西里爾皆湊上來，三人合力辨出了掩蓋於墨筆下的商家資訊。西里爾當即撥了電話過去，想問問這槍枝買賣經過，怎奈那頭鬧哄哄地，甚是忙碌，一時之間也解釋不清。

三人一同出了黎衛住處，並鎖好大門。

「我想，還是親自一訪，見了面較好談。」

「我與你同往。」黛菲不假思索地附議。

「這地點在加州，一路恐怕舟車勞苦，妳——」西里爾遲疑著。

黛菲看這勢頭，心想他大概猜出自己並非黎衛的女友了，才來顧忌她一個外人為此不辭辛勞，不由羞慚地低下頭去。

雷蘭特聽他二人商議南下，路程迢迢，少不得曉行夜宿，那西里爾又不是相熟的朋友，怎放心他孤男寡女同行，可是倘使黛菲堅持要去，難道自己還得千里相陪？

正苦惱從何制止，他電話突然響了，是弗陵打來的，語氣甚是憂切，問他兄妹二人能不能立刻回家一趟。

「走吧，媽催我們回家去。」雷蘭特拉著黛菲。

「出了什麼事嗎？」

「不知道，但媽聽起來很急。」雷蘭特刻意加重語氣。

黛菲躊躇不決地望向西里爾，西里爾看出兄妹二人各自心中的計較，因說道：「你們先回去吧，我上加州，有消息會與你們聯繫。」

雙方遂於此相別，分頭離去。

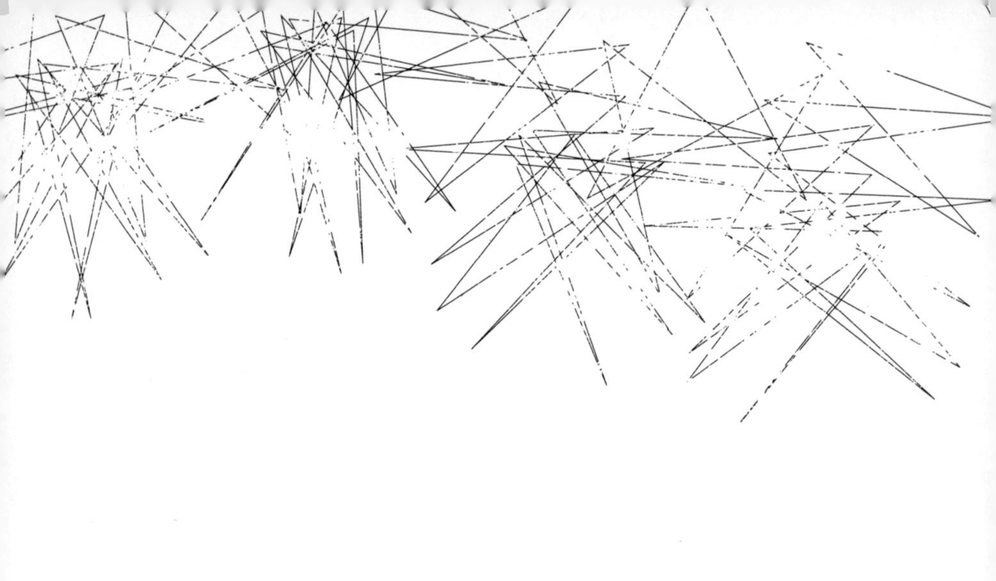

第八章　成績

雷蘭特、黛菲匆匆回返，車行少時，雲鎖天際，落下雨來，沿途雨勢疾增，輪輾積水，滂澍難行。

比及二人抵達達拉斯，天色已晚，家門之外庭園寂寥，鄰里街道僅此一戶燈猶未滅。黛菲下了車，縮著頸子快步避入屋簷之下，找出鑰匙開門，一面說道：「奇怪，平時這時候大家老早上樓了。」雷蘭特聳肩無言。

兄妹倆一前一後進了家門，過玄關、前廊，屋裏悄靜，愈往裏走，隱約似聞陣陣嘆息聲。到得客廳，只見孫弗陵、姚荊玉、黎從適三人品字坐著，廳上燈火通明，各人面上皆有倦色，姚荊玉神情尤其難看，彷彿世上還有比死了兒子更嚴重之事一般。

雷、黛以眼色來往，皆不知從何介入。少頃，雷蘭特總算斂著聲問了句：「我們回來了。」孫弗陵回過頭，起身走來，執著黛菲的手愀然說道：「黛菲，媽媽問妳，妳與黎衛相熟，可知他平日課業如何？」

「很……很好呀，他拿獎學金。」黛菲心虛地瞥了雷蘭特一眼，吶吶答道。一會又忍不住關切地問：「怎麼了嗎？」

弗陵似是面有難色，調頭去看荊玉，荊玉卻茫茫然坐在沙發上，癡若木偶，唇瓣若開若闔，噌噌哼哼，不知在說著什麼。

黎從適走過來，面帶無奈地與二人釋疑：「黎衛他——成績未達畢業標準。今天他學校師長前來弔唁，聽說我們原是為著畢業典禮而來，甚感驚訝，方與我們說明了情況。」

從適說這些話時，荊玉面上血色一點一滴褪得乾淨，慘澹堪比惡鬼。

「黎衛他母親打從法會上回來，一直這麼癡癡坐著，任憑我們如何相勸都無效。我著實擔心，又無計可施，才找你們回來問問。」弗陵低聲對二人解釋，「黛菲，黎衛最近可跟妳提起過課業不如意的事來？」

黛菲窘迫無措，眾目睽睽之下也不好當場向母親坦誠，而荊玉雖已從巫若瑰那裏聽得真底，此時另有牽掛，也沒來說破。

「先時黎衛請你們參加畢業典禮，可曾寄了邀請函？」雷蘭特為了給妹妹解圍，轉而對從適問道。

「沒有啊，自家人不會這樣多禮，幾個月前他打電話回家拜年，向我們提起此事，順便把行程給訂了。」

荊玉在一旁不住皺眉，一臉欲哭無淚。

「難道他是因為期考之後，知道成績過不了關，一時愧怍，無顏面對你們，才會想不開——」弗陵嘆道。

「唉，這有什麼大不了，我們就當出國旅行，他來當個導遊，大夥一塊散散心，不也很好，他何苦——唉，兩張機票難道值了他一條命。」從適感慨萬千。

荊玉聽聞此語，終究打破了沉默，啞聲說道：「你真好興致，成績當掉了還想著旅遊，我倒慶幸黎衛不像你吊兒郎當，不思反省。」

她大半日坐在那裏，不吭一聲，這會開口，喉嚨裏還雜著痰，聲音破碎瘖啞，像為著一件大事掙出一口氣來，非說不可那般。久默發聲，特別引人側目，只是她這些話就好似在說黎衛課業不佳、死得其所，縱使她不必然想到這一層來，仍教眾人倍感刺耳。

「成績、課業畢竟已離死者太遙遠，多說無益了。」雷蘭特道。

荊玉朝他望了一眼，這話要從別人口中說出，她必定不服，但雷蘭特卻是讓她打從心底地，不會去反對他，不會對他端長輩的架子。

「我累了，上樓去躺一躺。」荊玉只是幽幽一嘆。

眾人各自散了，客廳一晌暗下燈來。

雷蘭特回到房間，坐下來正想看一會書，黛菲卻又來敲門。

「好奇怪，他若是成績不好，傑夫為什麼跟我說他每年拿獎學金？」

「也許一時掉以輕心，表現失常吧。」雷蘭特意興闌珊。

「他真是為此自絕嗎？」黛菲愁容滿面。

「應該是吧。」

「可是，可是我們先時發現的那些線索怎麼說？」

「也許只是巧合。」雷蘭特索性合上書本，取來紙筆，「不如把線索整理一下。」寫道：

黎衛可能自殺之原因：

一、為了成績不佳愧對父母。

二、為了情——與「物理考卷」文件夾中書信有關。

三、為了病——與心理諮商合約有關。

可能知情之人：

一、手槍代購者。（須有合法身分）

二、寫信之人。（可能為女性）

三、諮商師歐曼君。

黛菲將紙取過，看了又看。可惜資訊紛雜無章，難以按竅推求。

「我心裏有個疙瘩，說不上來，剛才在客廳裏，黎衛他母親——」黛菲欲言又止。

「她怎麼了？」

「她——好像知道黎衛畢不了業之後，整個人都變了，變得好冷、好陰沉。」黛菲不住打個寒噤，「那姚女士，也真是惹不起的人物，她認定之事，便要執拗到底。比方她認為微波爐會爆炸，我每回用，她便在旁邊不停吵著：『會爆炸、會爆炸。』跟她解釋，她就不高興，我還特地去查了一些資料，想讓她放心，但她看都不看一眼，只說我講不聽。有一次趁著我走開，竟擅自把插頭拔了，我回來看見食物只加熱到一半，請她以後別再這樣，她倒是比我更生氣，說我若是肯聽她的話，她何必來幫我扯掉插頭，什麼忤逆長輩會遭報應。唉，我現在只要遠遠看見她就覺得神經衰弱，真不知道媽媽怎會請來這樣的客人。」

黛菲不想教母親為難，平時也不多抱怨，滿腹委屈無處抒解，這回話起了頭，便節制不住。

「妳再忍忍，他們不會久住的。」雷蘭特勸慰道。

「我這暫時的災難，還可以忍忍，但要是長久的折磨，又該怎麼辦呢？」

雷蘭特聽出她話中有話，「什麼意思？」

黛菲嘆了口氣，坐下來，「雷蘭特，要逼害一個人，精神暴力絕不比直接動刀動槍缺少殺傷力，差別只在於一個是一刀斃命，一個是長期凌遲。她只要不停地說：『你考不好就去死，你畢不了業就去死，別活著給我丟人。』經年累月地施壓，一朝出錯，咒語也就應驗了。」

「不會有母親這樣對待自己的親孩子。」

「雷蘭特，你不能因為咱們的媽好，就斷定全世界的媽都好，像個貴族，去睥睨不幸之人。」

「就算當真如此，她唸唸便罷，何苦跟她較真。」

「為什麼要去檢討承受不住壓力之人，不去糾正那些施壓之人，他們才是禍亂之源，不是嗎？」

此時房門外傳來電話聲，中斷了二人談話。

不久那鈴聲止歇。雷蘭特道：「妳到底想說什麼呢？」

「沒什麼，只是覺得黎衛他母親很難纏，有感而發罷了。」

「其實我倒認為黎衛邀請他父母來參加畢業典禮才是癥結所在。」

「嗯，你說說看。」

「就從那通拜年電話說起。當時學期才開始，畢業邀請言之過早，他甚至把機票都訂了——除非他提早在前幾年把該修的學分都修完，可是事實並非如此，他學分沒修完，導致他父母抵達當天他連去接機都分不開身。再則他父母沒收到邀請函，表示他可能根本沒有提出畢業申請，要知學校慎重其事，通過畢業申請的學生都由校方發出正式邀請函，其上附有校長或系主任親筆簽名，每個畢業生有來賓名額限制，典禮當天也是憑信入場。」

「你的意思是，他處理此事的順序不對？」黛菲由於還在學，對此流程並不熟悉，「也許他先收著邀請函，等他父母來了才給。」

「他終究未達畢業標準，邀請函一事算是我多慮了。」雷蘭特愈想愈是矛盾，「至於事情順序，一般都是取得畢業資格和邀請信之後，才會開始邀約親友。在這之前即使有個口頭約定，也不太可能直接把行程訂了，何況五月不算旺季，出國之事慢慢規劃不遲。就算那是他一時興起、衝動行事，事後難道不能再把機票取消？」

「你是說，他其實打從一開始便沒打算讓他父母參加畢業典禮，那只是個幌子？」黛菲相當驚訝。

「我不敢肯定，只是這其中確有太多不合理之處。」

「倘使如此，他真正的目的是什麼呢？」

雷蘭特和黛菲在重重謎霧中拼湊真相，同時，黎從適和姚荊玉也在另一個房間對坐嘆息。

「怎麼回事，怎麼回事，天下的母親，怎就我這般倒楣？」

姚荊玉癡癡獃獃地，靠著枕頭喃喃自語。

黎從適在一旁聽得心煩意亂，想說點什麼，又強忍住。

「你別在那踱來踱去，每回有事，你不是不見人影，就只會在旁邊走來走去，跟個啞巴似。」

「妳要我說什麼？說什麼能讓黎衛起死回生？」

姚荊玉哭了起來。

「他到底、到底為什麼騙我們說他畢業了，害得我來這邊受人侮辱。今天在那教授面前我連頭都擡不起來了，全部的人都知道我來參加兒子畢業典禮，結果竟給當眾揭穿，要我今後怎麼做人。」

從適原本還想安慰她幾句，聽了這話，火氣也上來了，「妳到現在還在顧面子的事，也不想想那可憐的孩子，畏著妳的淫威，考壞了竟然跑去死。」

荊玉聞言變色，「你說什麼鬼話，我哪時候叫他考壞了就去死？」

「妳沒有嗎？我以為這是妳口頭禪呢。」從適聲寒徹底，「那天他不過晚點回家，妳就當著黎熙靈堂之前，淒淒厲厲地哭罵道：『為什麼老天爺要帶走我優秀的黎熙，我寧可死的是你——』」

「你別胡說八道，那是氣話，怎能作數。何況黎衛給我這麼一激，不是從此改過自新，我哪裏錯了？」荊玉被他說得膽顫心驚，忙忙為自己辯護，「你明知道黎熙……黎熙死後，我也真的怕了。黎衛我從小就管不動，讀書留學，全是他自己提出來的，我何曾逼他了。」

此時房門外傳來電話鈴聲，不久，孫弗陵便來敲門。

「荊玉、從適，睡了嗎？有你們的電話。」

夫婦倆對看一眼，都不明白他鄉異地，何人相找。

從適開了門，弗陵遞上話筒，道：「越洋電話，從臺灣打來的，說是你大哥，叫黎從邁。」

「是大哥沒錯。」從適答道。

弗陵交上話筒，便自行退出房間，帶上房門。

從適接過電話，只聽他言答辭謝，似在回覆黎衛喪葬情況，一會又轉問時間日期、如何會面。

「大伯他們要來？」一俟通話結束，荊玉忙問。

「嗯，他說他和大嫂得知消息都相當難過，後天是黎衛頭七，他們已經安排好機票住宿，要趕來送他最後一程。大哥還說沒能在第一時間幫上忙實在遺憾抱歉得很，並囑咐我們保重身體。」

荊玉根本不想理會這番應酬話，「他們哪裏聽到消息的？你告訴他們的嗎？」

「不是，是大哥自己看到新聞。」

「怎會這樣，這新聞竟傳到那麼遠了。」荊玉口中喋喋，一晌又面露驚恐，「不對、不對，弗陵給我們看過那張報紙，她說上頭沒報出姓名、結果，大伯哪裏得知那便是黎衛，還知道他真的死了？」

「也許有後續報導，我們沒看見而已。」

荊玉按著胸口手指房門，「你快，快去把弗陵找來，問問她後來是不是真有其他報導了。」

「妳不要鬧了。可能只是國內新聞報得詳細些，弗陵未必知曉。」從適煩不勝煩。

「大伯還說了什麼？他們知道黎衛是因為畢不了業羞憤自殺的嗎？天啊、天啊，這回真要給人笑死了！」

從適看她呼天搶地，心裏實在厭惡至極，「成績今天才公布的，大哥怎會知道，況且全世界只有妳還掛著這事。」

「哼，你少天真了，這年頭誰不等著看別人笑話。你大哥也罷了，反正商人本色真真假假，但他老婆可是擺明了跟我們家結仇。這回黎衛的事她竟也要來貓哭耗子，演演慈悲。不是我愛說，歌女從良，作了貴婦，八分洗練還有二分妖嬈，怎麼也改不掉愛作戲的底性。」

「妳別老愛捕風捉影，大嫂從前作什麼的，妳倒像親眼見過一般。」從適沉著臉隆重誡道。

「她兒子取那種名字還不夠明顯？她過去要不是做那見不得人行業，何必神神祕祕怕人知道。」

「她沒把身家對妳一一報告，就是神祕了？」

從適打個呵欠，鋪平枕頭，面朝外躺了下來。

窗外雨聲交著樹影，荊玉草木皆兵，單手握在床頭木架，直著背脊跪坐床上，滿腦子疑竇。

「為什麼大伯會知道弗陵家裏電話？出國之前，明明連你也不知道我安排到了這裏要借住弗陵家的。」荊玉自顧思來想去，萬慮不安。

「大哥人面廣，總有門路打聽。」

「是這樣嗎？是這樣嗎？」荊玉揪著他衣袂要他轉過身來。

「幹什麼，幹什麼，」從適嘖嘖擺開手臂，「妳不睡，我可要睡呢。」

「你起來！你說，大伯還會打聽到什麼，會不會……」

她話音急促，像是快要喘不過氣來，伸手對著從適背後又推又拍，從適不勝其擾、睡意全消，起身披衣而去。

從適忿恚踏出房門，廊道黑魆魆地，他扶牆摸壁，轉過廊角，抓著階梯手把緩緩下樓。客廳裏幽暗闃寂，偶見後院似有光亮，透過落地窗暈了過來。他望燈而循，隔著玻璃門看見弗陵正打傘雨中，來來回回將庭園盆栽搬至瓜籐之下。

少晌，她擡頭一瞥，對他微微笑、揮揮手。從適拉開紗門，弗陵高聲說道：「看來這雨今晚停不了，我把幾株新植的樹苗移進來。」

「我來幫妳。」從適說著操起門邊一把傘走進雨裏。

二人一來一往，合作無間，不移時，便把一整排盆栽全數搬空。

「我去找找遮雨罩。」

弗陵往倉庫去，從適也跟了過來。她沒預期，一轉身，和他撞個正著。那倉庫狹隘，二人對面站著，竟無半分移步之地。她稍一低眉，便看見自己長裙裙襬軟軟褶在他的鞋頭。風轉向，把細雨帶了進來，從適舉起手臂將她一攬，說：「躲進來些。」卻忘了還有雨傘。

二人的肩頭還是不免教雨淋溼了。這時從適忽然說了句：「我恨不得這樣，永遠不要出去了。」

弗陵沉默良久，嘆道：「從適，我們都老了，還是留點晚節，我不能，對不起荊玉。」

「那瘋婦，沒有妳，我一樣要和她斷個乾淨。」

從適說得斬釘截鐵。這句俗濫臺詞，如今落到自己身上來，弗陵竟然無從判別真假，一時無言以對。

「如今我是鐵了心的，就看妳怎麼想，人生一世，草木一秋，幸運活個九十來歲，往後還有三十年時間要過。」

他愈堅定，她愈擺蕩，二人連日相處，言談殊暢，到這一刻才表述了真跡。弗陵想起他總說夫妻恩義老早磨光，為著子女勉強捱著，如今子女都沒了，她和他的三十年卻是另一番風景。夜雨瀟瀟，她心念搖搖，隨時開口便要說一句應承之語，來把二個怨偶換作一雙愛侶。

「啊，啊，有人。」她忽見屋裏黑影一晃，「是荊玉嗎？好像朝這裏來了——」

「別慌、別慌，一會她來，我假裝跌在地上，妳使力拉我，說我後院散步失足，妳偶過門邊聽見我呼救，正拉扯我不動，叫她快來幫忙。」從適一面擺出姿勢，準備荊玉一到便摔至倉庫外的草地上，「穩住，這招從前使過，總不教她疑心的。」

弗陵頓時羞慚無地，又不解從適這下子怎又沒了了斷的氣魄。眼看人影慢慢靠近，正是荊玉，一時閃躲無處，拿不定要不要按照他的劇本走。荊玉摸黑來到落地窗前，停步怔望，目光似無交集，也不知是否望見了庭園倉庫。少頃，逕自轉身而去。

二人吐了口氣，鬆軟下來，「好險，好險沒教她發現。」

荊玉循著原路而回，黑暗之中，無聲地流下兩行淚來。

另一邊黎從邁掛上電話之後，忍不住長吁短嘆。

「好啦，這回行程都定了，禮數也作全了，你還有什麼不滿意的。」翁寶綢坐在沙發上逗著貓玩，「燒炭自殺，唉喲，也只有那小太保做得出來，我光想著就寒毛直豎。」

她手腕交叉，不住以手掌摩擦雙臂。

「注意妳的言行，長輩就該有長輩的樣子。」

「你別忘了那小太保——」

黎從邁打了個手勢，制止她往下說，「別再提那件陳年舊事，人都死了，恩恩怨怨還過不完嗎？」

寶綢向來對丈夫敬畏三分，看他神情嚴肅，縱使心中不服，還是乖乖閉了嘴，抱著貓快快進房去了。

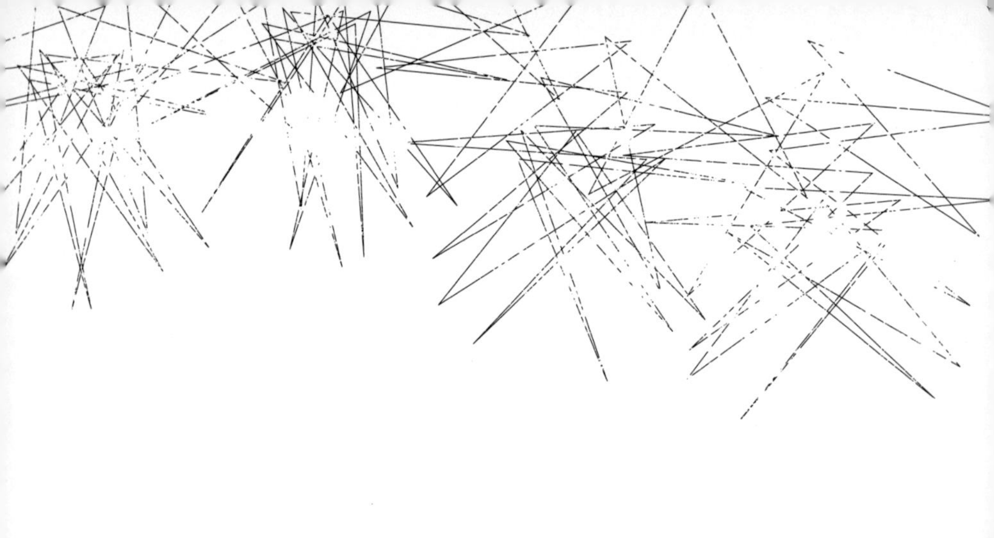

第九章　姊妹恩仇

巫若瑰老家在高雄旗山，早上九點飛機準時在小港機場降落，過了海關又延逾多時。原想父母老早在外頭等候，忙忙趕到會面點，卻不見人。她拖著行李窒礙穿梭於人潮座椅之間，四下走了一圈，遍尋不著家人身影，只得先揀了張椅子坐下，不時伸頸張望。及至十一點鐘，總算看見二老匆匆而來。

她母親姚巧玉當先闖進了機場玻璃門，一進敞廳，不住左顧右盼，搜尋女兒蹤跡，全然不理會跟在背後的丈夫巫順事。若瑰由椅子上起身，朝母親招手，姚巧玉看見了，面上緊張神色換了欣喜的笑容，大步趕上前去。

「小寶貝，妳總算回來了，媽可想死妳了。」巧玉眼中泛淚，推著若瑰轉了一圈，「瞧瞧，怎麼瘦了、黑了。」

「媽妳看走眼了，那邊天天高熱量食物，我一年就胖了三公斤。」巫若瑰笑道。

「胖些好，胖些好，妳從前太瘦了。」巧玉也笑了，母女兩個都生得一張圓圓愛笑的臉。

巫順事也趕上來，若瑰熱切地喚了聲：「爸。」姚玉巧卻是嘴角一垮，把頭撇開，拉著女兒手肘轉過另一邊去。

若瑰看這情勢，心裏多少猜中了幾分，伸了伸舌頭，輕問：「爸爸什麼事惹媽不開心了？」

巫順事呆愣愣站著，也不答話。

姚巧玉看他竟不則聲，面有慍容，瞟他一眼，叨叨怨道：「你還裝傻，咱們寶貝女兒一年才回來一次，你卻為了省一點點車錢，把接機時間都耽誤了，害得我們母女晚了兩小時見面。」

原來巫順事有個開計程車的朋友，今天正好要到機場載客，去程空車，說要給他九五折優惠。巫順事盤量那時間雖然晚了些，卻可省下幾十塊錢，竟欣然同意了。姚巧玉知道後氣得跳腳，要自行叫車，順事卻說這樣變成兩趟車錢，巧玉叫他留在家裏等，他卻覺得一輛車只坐一人太不划算。巧玉要他交出電話，好讓她去把原來的約定取消，他又猶猶豫豫捨不下那點折扣，直拖到車來了時間也過了。

「妳也別生氣了，沒有我一點一滴地計較，哪裏存下錢給兩個孩子出國留學。況且現在高雄天氣這麼熱，若瑰在機場多待一會，還賺些冷氣費。」巫順事搔搔頭，一本正經地說。

母女倆都為他這番論調哭笑不得。

姚巧玉心裏明白丈夫節省都是為了家人，嘴上雖有埋怨，內心卻是踏實，便不再與他嘔氣，三個人高高興興地聊著天，往機場外乘車去了。

回到家中，姚巧玉端出事先備好的檸檬茶，先給女兒倒一杯，再為自己斟一盞。若瑰同母親坐著，細啜那冰涼甜品，不覺透心地舒爽。

「爸，你怎不過來喝杯冰茶，消消暑。」

巫順事打從進門便立在玄關處，揀著一疊剛由信箱取來的傳單、信件。

「妳們喝吧，我把這些廣告單子挑一挑，好多只印了單面的，都能留下來當作便條紙用。」

「爸爸在雜誌社上班，特別珍惜資源，要是人人都像你懂得環保，世上的樹便能少砍一半。」若瑰笑道。

「他哪管什麼環保，他是捨不得花錢買紙。」姚巧玉挑著眉毛。

「就是省下這些錢，哪裏不好了。」巫順事頭也不擡一下。

母女倆老早見怪不怪，搖搖頭，繼續閒說喫茶。

巫順事挑完傳單，看看鐘，已近正午，於是整理儀容，拎著公事包，要趕往公司去。

「爸，爸，你怎不和我們吃完中飯再走？」若瑰追上來。

「唔，前幾天才和同事湊人數訂餐盒，數量多有折扣，已經預繳了一星期餐費，不去不行。」

若瑰回頭看看母親，巧玉沒轍地聳聳肩。

若瑰送巫順事出了門，看著父親老邁勤懇的身影，不由一陣酸楚，悵悵關上大門，回客廳裏坐著。

「爸爸如此克勤克儉，卻為了給我接機還肯請半天的假，他真的很愛我吧。」若瑰自言自語。

「他哪裏肯請假，」巧玉笑道，「我好說歹說，說他不動，最後還是我替他打電話到公司去。總算他們老闆是個明理又乾脆之人，聽了我的解釋，一口答應要放他一天假，偏偏他糾纏在中午那個餐盒上頭，說什麼都要在午休之前趕回去呵。」

巫順事從來慳吝成性，簡直堪比那黑豆皮上刮漆、吐痰還要存下來點燈的張員外了。

姚巧玉收了杯子進廚房去，要給女兒煮麵吃，若瑰跟了進來，巧玉又笑著把她推出去。

「快到房間吹冷氣，妳爸爸出去了，這會電費沒人管。我中餐煮好，再喊妳出來吃。」

「媽別把我寵壞了，一會回美國我連三餐都忘了怎麼打理。」

「難得回來一趟，就該當個大小姐，讓媽寵妳。」

若瑰心裏過意不去，又不想辜負母親一番好意，指著廚房門檻道：「好嘛，我站在這裏陪妳聊天，保證不越雷池一步。」

巧玉甚是歡喜，一面切菜一面和女兒閒搭，把左鄰右舍大小事都作了談資。若瑰察顏觀色，褒揚貶抑都順著母親的心意，二人也就愈說愈投機。

談笑之間，巧玉已俐落地備好兩碗乾麵和幾碟冷菜，笑說：「天氣熱，幾碟家常菜爽口，等週末妳哥哥回來，全家人再一起上館子好好吃一頓，給妳接風洗塵。」

「哥哥週末回來嗎？我原本打算後天上臺北去，順道找他聚聚。」若瑰幫著端菜上桌，一面問道。

巧玉有些詫異，「妳才回家，上臺北做什麼？」

「我要去參觀一個國際家具展。」

「妳整年待在國外，怎回來還忙著參觀國外的展？」

母女倆坐在桌前邊吃邊聊，角落一支老舊電扇左右轉著，吹著熱風。

「趕巧這回展覽，幾個我仰慕的歐洲設計師的作品都湊在一起了。」若瑰說道。

「那展覽不會到高雄來嗎？」

「下一期才到高雄來，有些展品卻會先送回去。而且後天有位法國設計師應邀演講，我正是要趕這場活動。」

巧玉聞言，面露不悅之色，心想：「她這趟千里迢迢回來，竟不是為了父母，而是為了什麼演講、什麼設計師。」

「媽妳別生氣嘛，妳知道我學室內設計，看展經驗很重要，等將來有了成就，給妳和爸爸布置一間舒坦的房子，不是很好。」若瑰撒賴道。

巧玉自顧自夾著涼拌小黃瓜吃，也不答話。

「我不過去幾天，週末就和哥哥一道回來，剩下的假期都耽在高雄，哪也不去，妳說好不好。」

若瑰哄了半天，巧玉才稍稍展顏，哼道：「妳命好，要是生在某些勢利人家裏，倒恨不得妳忘身忘家，將來功成名就了，父母也好沾光，一心往面子上鑽研，把子女都作了自己落後人生進度的替死鬼哩。」

若瑰內心一沉，聽出母親話裏的暗諷，想起那邊發生的慘事，不由恓恓惶惶，琢磨著該如何將黎衛之事告訴母親。

「對了，哥這趟回來，會待多久？」她轉移話題。

「他能待多久，討了老婆忘了娘，這年頭養兒子都不值本了。」說起媳婦，巧玉甚是不滿。

「嫂嫂也跟著回來嗎？」

「哪裏請得動她尊駕。」

「嫂嫂不是為了照顧她癌末的母親，才忙不開身？」

「她媽媽那病拖很久了，有什麼大不了的，根本是個藉口，卻害得我讓鄰居笑話。」

若瑰看母親這副淡漠模樣，好生心驚，忍不住說：「嫂嫂也是趁著最後的機會陪伴她母親，鄰居閒話媽媽就別較真了。」

「我是妳媽，妳怎幫起外人來了？妳別忘了是誰為了生妳，差點命都沒了，妳居然不思感恩。」巧玉惱道。

若瑰自詡人情練達，但有時仍摸不透母親的喜怒無常。

門鈴響了，郵差在外頭報著：「掛號信！」巧玉看女兒怔怔坐著，愈發生氣，站起身來，說：「我叫郵差來評評理，叫街坊鄰居都來瞧瞧妳這恩將仇報的不孝女，一回來就幫著外人欺負自己母親。」

「我錯了。」若瑰趕緊拉著巧玉的手，哀言告饒，又說了幾句兄嫂的壞話，說得巧玉消了氣，回嗔作喜。

「這才是我的好女兒。多吃點，媽去領信。」

巧玉拿了印章出門。若瑰望著母親的背影，暗自鬆了口氣。如此一邊厭煩風俗、一邊助長其勢，在生存機制之下練就了本領，久了便也成為其間的一部分，再分割不開，再沒一點疑問，也許更回過頭來譴責異聲了。

「小寶貝啊，妳那個混血兒男朋友怎麼樣？哪時候才要帶回來給媽媽瞧瞧？」巧玉領信回來，語氣親熱如常，彷彿前晌的磨擦從未發生過一般。

「還、還沒規劃到這一點。」若瑰強自拉回心神。

「妳眼看踏上明途，千萬要好好抓住，下次帶他回來，媽替你們盛裝打扮一番，出去街坊走一圈，誰還不來對我這個國際級丈母另眼相看。妳女孩子家，書讀再高都不如嫁得好，女孩子終究要嫁人的。」

若瑰對母親這番話實在啼笑皆非，笑道：「媽妳不如給他頭上戴個花環，攜他去遊街拜票。」

「妳阿姨要是知道妳交了一個這麼體面的男朋友，不嫉妒死才怪。」巧玉得意地笑不迭，笑得眼睛瞇成了線，擠出眼角的魚尾紋來。

若瑰聞言，心頭猛震了一下，笑容也沒了，暗自忖道：「媽還不知道阿姨和雷蘭特的母親竟是故舊，現在正住在他們家中。」

「到時候你們結婚，一定要辦一場盛大典禮，把妳阿姨請來，看看她怎麼拼死拼活強求不到，我倒是不費吹灰就得個高學歷女婿。唉呀呀，她能不氣死嗎？」

「媽，別說了吧。」若瑰語音虛弱，不敢去看母親的臉。

巧玉不察她眉結音顫，愈說愈是得意忘形，「俗諺說：萬事前定、浮生空忙。人再要強，老天爺不站他那邊又有什麼辦法。妳阿姨這一生就有個士大夫情結，一雙吊梢眼長在頭頂上，自命高尚偏偏成就不及，只好把指望轉移到子女身上。她那三個兒女，大概黎熙還有點能耐，當年聽到妳哥哥若堯出了國，她也卯足全勁把黎熙送出去。一個念哈佛的兒子，那幾年她當真風光徹底了。可惜，黎熙沒畢業先病死。所以我說天命天命，一點不假。黎熙沒了，妳阿姨的博士夢也碎了，剩個黎衛，從小放牛班吊車尾，竟也硬生生把他送出國去。有什麼用呢，這回也沒有哈佛讓她炫耀了，八成念個野雞大學洗洗學歷。我可憐的姊姊，看來她這輩子都別想贏我囉。」

「媽，別說了。別說了。」

「怎麼，我說實話也不行？」

若瑰咬咬唇，煩躁地問：「為什麼妳和阿姨總要鬥來鬥去，妳們不是親姊妹嗎？妳有沒有想過我們作子女的感受？」

「妳有什麼感受？」巧玉掷掷嘴，「妳是我女兒，不站我這邊難道站她那邊？」

「那麼哥哥呢，妳難道希望我和哥哥反目成仇，將來各自的子女也分兩邊站，互爭勝負，鬥個你死我活？」

「什麼話！」巧玉重重放下筷子，「你們兩個的子女都是我孫兒，怎能不相親相愛、不分彼我。」

巧玉喋喋不休，若瑰手肘頂著桌面，交著雙手手掌支在額頭上，只覺頭昏腦脹，耳邊嗡嗡作響。許久，母親總算悄靜下來。若瑰擡起頭，啞著嗓子說道：「黎衛表哥死了，妳知道嗎？」她哀傷地看著母親，「還有，我和黎衛表哥，念的是同一間學校。」

巧玉傻住了。

若瑰拉開椅子，起身而去，行不數步，巧玉便追上來，拉住她，「妳把話說清楚，黎衛——真的死了，妳怎知道的？」

「阿姨和雷蘭特的媽媽有舊，她和姨父來美國參加黎衛表哥畢業典禮，借住雷蘭特家中。未想表哥燒炭自殺，他二人遲了一步，連他最後一面也沒見著。」

若瑰言畢離去，留下巧玉半張著嘴，怔怔杵在原地。

好半日，巧玉摸著牆走回房間，坐在妝臺前，直勾勾地盯著鏡子——黎衛死了？荊玉的三個孩子，到此竟一個不剩？

「可能嗎？這真的可能嗎？」她喃喃問著。內心有種說不出的驚悸。

她憶起幼時跟著父母住在大家族裏，磚砌的宅子不甚寬敞，幾個家庭各據樓層一處擠在其中，每天的生活便在叔伯姑嬸一堆雜亂稱謂中恍恍度過。

姚家據說是個士族，她祖父姚霽光一生就為拼個名銜，奈何屢試不第、世異時移，留下作古的身分，不上不下，總地還能以一種文化交接之下的遺老自居，在記憶中逞能，哄哄體制之外的後生，說要是制度不改，自己便是個博學鴻儒、黃甲狀元。

姚霽光一生以讀書人自居，逢人便提姚鼐，攀親引故，獨尊桐城古文，家裏四壁掛著山水軸畫，書架擺滿經史子集，書畫在年歲中生了灰塵，每年除夕打下一層蛛網來。他愛穿斜襟直裰，坐在書櫃前那張古木桌子招待朋友，把上等茶葉沖了又沖，規矩細節無不講究，時不時吟首詩，十有八九把那首：「天子重英豪，文章教爾曹，萬般皆下品，唯有讀書高——」背上幾句，聽來客稱讚幾句，自己再謙讓幾句。

巧玉印象裏，祖父母總是高不可攀，一座姚家宅子便是一個嚴明的封建社會，最頂端是姚霽光夫婦，其次幾個叔叔伯伯，其次長孫幼孫、其次姑姑們，最底層則是外姓媳婦，以及連同她和荊玉在內的諸般堂姊妹。

重男輕女的觀念連帶引出母憑子貴的現象。巧玉的母親書讀得不高，又沒有顯赫的家世後盾，連續生了兩個女兒之後，在家族裏自然成為人人譏誚的耙子。她父親是個孝子，跟父母同聲一氣，怪罪妻子生不出兒子。父母皺個眉頭，他便趕緊叱罵妻子，要是父母真的發怒，他便當先上前打她幾下給老人家出氣，有一陣子卯起來想找個小老婆生兒子讓父母開心，不知怎地後來沒有成功。

這個可憐的女人在夫家受盡委屈，回到娘家，自己父母也只對著她搖頭嘆息，拎著她回來向公婆彎腰賠罪。

巧玉猶記得，每回母親在眾夥那邊受了氣，便帶著她和荊玉關在房間，對著她們姊妹歇斯底里地放聲咆哮，瞠目齧唇如臨仇寇，質問著她們為什麼不生作男孩子，害得她眾裏擡不起頭來，遭受公婆丈夫的凌虐躓踏。

她命令兩個女兒跪在面前向她道歉，小小姊妹倆依言跪了，低著頭，一面流淚，一面說：「我們不該生作女兒，我們對不起媽媽。」她憤怒極了，扯著女兒的頭髮擰她們的手臂，擠鼻子瞇眼睛，說女人就是愛哭，賤！

有時，母親也會很感性地抱著姊妹倆，說她們是她的心頭肉，坷坎道途唯一活下去的理由，那當下，她也是真心愛她們的。

巧玉猶記得三人擁抱一處，那卑微又絕望的顫抖，記得母親濃濃鼻音的溫言慰藉，更記得母親發飆時的猙獰表情，那一聲她攢眉皺臉由骨底發出的簡潔清亮且充滿恨意的「賤」的聲響，以及種種不堪入耳的污言罵詞。

當時巧玉年紀尚小，對於母親的忽冷忽熱既困惑又不安。每回母親走過來，她總無從預測下一刻將是溫暖的擁抱抑或怨毒的咒罵。

而每回母親發脾氣，荊玉總會衝過來護著她，代她受罰挨打。母親走後，荊玉便拿手帕替她擦眼淚，並替她梳理弄亂的頭髮——大家族裏不允許房門之外的凌亂醜陋——一面剛毅決絕地說：「誰說女孩子沒用，我偏要證明自己比堂哥堂弟都強。」

荊玉這話雖是對著妹妹而發，卻更似一句自行立下的誓言。不知怎地，巧玉總覺得她面上的表情像極了母親的憤怒與不甘，為此凜凜悸動。

年節對於大家族而言，無非是一場比賽大會。幾個家庭悉集一堂，依次排開，逐項比較。第三代孩子陸續上學之後，自然免不了比成績、比排名。

荊玉個性倔強，事事爭先，要在一眾堂兄弟之中獨作個掃眉才子。她挑燈夜戰死讀活讀，拼出個第一名來，可惜家族裏女孩子不作數，祖父母的嘉獎永遠輪不到她們身上。荊玉不服氣地大聲理論，眾人一陣錯愕，跟著一陣訕笑。姚霽光忿忿起身，瞪著她母親，問：「妳怎麼教女兒的，竟敢和親長頂嘴！」鼻孔裏噌了聲，拂袖而去。

從此她們低賤的母親又多了一條罪狀，在夾縫間愈發難堪。大家庭平時各自關起門來誰也不服誰，但一群人聚在一起，要維持表面上和睦，總得有個共同目標讓大夥連成一氣，於是荊玉母女兩個便作了個現成笑柄，姑嫂妯娌閒磕牙的最後一道防線。

巧玉眼看姊姊能力雖強，處境卻惡，加上脾氣硬，四處不得人心，私自忖著：「這麼苦幹實拼到底不是個好辦法。」她默默觀察，把家裏上下互動狀況一一用心牢記。

群眾裏除了需要個倒楣鬼供大夥共同出氣，通常也會有個人緣奇佳、一眾皆服的寵兒。在姚家，那二伯母即是這樣的人物。

巧玉發現，在這男尊女卑的家庭中，只有這位二伯母深得祖父母歡心，非但甚少挨罵，飯桌上偶爾也聽他們讚揚這媳婦賢慧懂事。她在妯娌之間吃得開，連幾個自家姓氏的叔叔姑姑也常圍著她「二嫂、二嫂」地喊。巧玉心底暗暗立志，將來要做二伯母那樣的人，卻把母親和姊姊當個反向指標。

二伯母相貌姣好，儀容端莊，說話輕聲細語，即使不笑，嘴角永遠微微上揚，平時從不與人爭執，遇了有人吵架，她一出面調停便好了——誰能不買她的賬。她的一雙兒女，依排行便是巧玉的大堂姊、四堂弟，因著母親的關係，姊弟倆在親族間特別受寵。巧玉看得好生羨慕，自怨自嘆沒能生作那家子的女兒。

某日，二伯母帶著兒女庭院玩耍，巧玉又躲在一旁偷看。二伯母發現了，招手叫她過去，巧玉起初怯生生地，但在二伯母親切招呼下，很快地與堂親打成了一片。

巧玉嚐到了甜頭，便往那邊靠攏，起先是三天兩頭，漸漸地日日都耗在那一處。二伯母也從不拒絕她——二伯母從不拒絕任何人，她那屋裏總是熱熱鬧鬧，不時有人串門子，常常那個嬸嬸來抱怨這個姑姑，後腳一走，這姑姑前腳便踏了進來，數落起那個嬸嬸的不是。

不管誰來，二伯母都是周全迎迓、殷殷款待。她習慣坐在縫紉機旁的一把籐椅上，聽人訴苦閒說，偶爾應和兩句，偶爾勸解兩句，大多時候則是緘默不言。

有一回，一個嬸嬸來過剛走，屋裏難得清靜。二伯母在籐椅上坐下來，啜口茶，拿起衣褲徒手縫補。巧玉和二個堂親在一邊地上遊玩。片刻，忽見二伯母站起身來，走至門邊，清清嗓子高聲說道：「好孩子，這樣你懂了吧，咱們姚家是書香門第，你要時時以此為念，將來做個和爺爺一樣能詩善畫的一流人物。」說完了卻是從容回座，繼續未完的針線活。

類似情況又發生了幾回，巧玉看二伯母一個人對著門說話，心中疑惑不解，兩個堂親卻若無其事，自顧自玩耍。

一日，巧玉又來到那屋子，正巧二伯母一家子都出去了，她獨自在空蕩蕩的房裏等呀等，一晌來到籐椅邊，把原本擱置其上的一疊衣服移開一旁，爬了上去。

巧玉踩在椅上左瞧右看，那縫紉機倚窗而置，向來緊閉的窗簾由這角度斜眼看去開了道縫隙，視域所及正是宅子裏貫穿上下的樓梯，不論誰要打迴廊經過，都得先由樓梯爬上來。二伯母臨著窗坐，盡把來人收在眼底，她什麼時候該說什麼話因此有了依據。倘使遇上甲來埋怨乙，而乙正由樓梯上來，她便故意說著乙一些好處，對甲好言勸解。乙在廊外聽得，自然要恨甲背地裏說自己的不是，卻感激心如明鏡的二伯母幫著自己說公道話。一待乙走遠了，她又可以話鋒一轉，心向著甲道：「話說回來，這件事她的確做得過份了，怪不得妳要生氣——」如此任人仇隙更深，她卻兩邊都不得罪。至於對著門邊說話，也只是看準誰將經過，順勢討好罷了。

巧玉在二伯母身側逗留愈久，把這裏人際機巧看得愈是仔細。她本來發願作那樣的人，和堂親遊戲只是個幌子，私心裏是來把二伯母當榜樣勤奮學習的。

家族裏起先不以為然，人人都勸二伯母別接近那家子的女兒，二伯母淡然一笑回應，眾人慢慢地便改口誇起她好氣度、能容人。而巧玉自幼生得圓潤可愛，她跟著二伯母，逢人便笑，別人批評她母親和姊姊，她也從不生氣。時日久了大家也不由地對她生出一點憐愛之心，都說她倒像二伯母的女兒玲瓏剔透，不似她倒楣的母親和愚蠢的姊姊處處討人厭，連向來不對孫女們多瞧一眼的祖父母也偶爾誇獎起她來。

巧玉這點成就惹得荊玉大為不滿，對她訓誡道：「做人要憑真本事，不能光會耍嘴皮子。」

「是嗎？妳不是很有本事，怎沒人理妳？」

「總有一天我揚眉吐氣，他們一個個都得到我跟前懺悔。」

「姊姊，妳別作夢了吧。」巧玉眨眨眼，甜膩地笑著，「妳這招硬碰硬根本不靈，不如學學我，不用等將來怎樣了，我現在已經比妳強——」

巧玉長嘆了口氣，望著鏡裏滿頭華髮，人生當真轉眼即過。大家族裏光怪陸離的軼事，足堪編纂一冊《二十年目睹之怪現狀》，門垣外看不到內裏，人人都道是個修德治禮的敦厚之家，二老一個「先生風範」，一個「淑女典型」。

姚家在姚霽光夫婦故世之後，幾個兄弟分了家，便徹底散了。那些叔伯堂親後來怎麼樣，二伯母後來怎麼樣，巧玉不得而知，她甚至想不起大多數人正確的面孔來。

荊玉和巧玉隨著父母搬出那宅子。雖不復往昔繁雜的人際，巧玉依然憑著當時跟著二伯母練就的本領把父母哄得服服貼貼。

她們的母親逃出那扭曲的陛牢，便一心想彌補兩個女兒，看看巧玉這般貼心可人，怎不把她當寶物寵著，根本忘了她從前怎麼因疏間親。至於荊玉，卻是愈發爭強好勝，她祖父那「士族第一」的觀念深植在她血液裏，讓她堅信唯有讀書才能出頭。從前姚霽光老是感嘆生當末代不及考個功名，現在荊玉也有一般的遺憾——她還沒壓過親族眾男丁，姚家竟先散了。而今她只剩妹妹一個競爭對手，她日夜苦讀，讀成個大近視，語粗聲嘎、不修邊幅，自然沒有長髮摺裙，笑咪咪的巧玉那樣討父母歡心。

巧玉攏著秀髮夾到耳後，露出一張圓圓的臉兒，眨眼笑道：「姊姊，我又贏了。」直把荊玉氣得發狂。

荊玉如願以償地上了大學。巧玉既不愛念書，只得從其他方面爭勝。她看姊姊和黎從適來往，便假託請教課業去接近他。從適洋派新潮，對女孩子體貼備至，好處都讓「女士優先」。姊妹倆親眼目睹母親一生的慘劇，因此愈是和她們那專制傳統的父親個性相反的男人，愈令她們動心。黎從適看這個小妹妹醉醺醺地，怎不加緊把些謔浪話頭戲她，表面上在荊玉那裏卻是不動聲色。巧玉終是敵不住狂喜，私下對著姊姊表白了心意，她笑得得意洋洋，彷彿在說：「等著看，這一回合我還是會贏。」

荊玉為此深惡痛絕。從適那邊撇得乾乾淨淨，讓她更加認定都是妹妹一人在作亂。恨歸恨，她心中著實充滿恐懼，為了不教巧玉又贏，她一畢業立即與從適結婚，專注一念，只想趕在巧玉成年之前把大局定下。她父母聽說她要結婚，獅子大開口要了一筆聘金，幾番講價把金額定下來，張羅了一副微薄妝奩，說禮輕情義重。

在此期間，更有一件怪異之事——荊玉和從適結婚不久，某日清早，巧玉照常上學，一進校門卻被人一路指指點點，說她誘拐自己姊夫，同學們各自譁然，頃間一傳十、十傳百，人人私下竊笑，叫她作狐狸精。這事懸宕多年，至今仍是椿無頭公案，巧玉雖不信向來只會死讀書的荊玉能想出這花招來，卻又想不出其他嫌疑犯，自己高中生涯最後一年過得水深火熱，算來，全拜荊玉所賜。

悠悠十年過去，巧玉也結婚生子，跟著丈夫巫順事搬到南部生活，與荊玉南北遙隔。姊妹二人自幼嚐盡重男輕女的苦頭，皆欲極力擺脫這陳腐陋習，怎奈童年創傷太深，時而不察竟連自己也壓制不住。

巧玉生了個兒子，便忍不住得意起來。她母親巴望了一輩子沒抱過男嬰，這會抱著孫子真是樂壞了，把自己從前怎麼因為沒生兒子所遭到的凌辱忘得精光，或者正是受過那樣的迫害，更得堅信這觀念合理，從前吃的苦才不至於只是場誤會。荊玉來探望時，她母親便滔滔誇著巧玉厲害，一舉得男，不像她只生個女兒，憨慢。她母親一面說，一面刮著臉斜眼取笑，巧玉手抱嬰兒，和母親一搭一唱，笑道：「姊姊，妳看我家若堯可不可愛，這回我又贏了呢。」

荊玉一生最痛恨這句話，不甘示弱，隔年竟真的拼出了一個兒子，幾年後又生一胎，即是黎熙和黎衛。又過兩年，巧玉生下若瑰，荊玉知道妹妹這回生了個女兒，心想自己兩個兒子，總算暫時領先了，只是她沒有得意太久，巧玉產女，身體尚未復元，竟傳來外甥女黎雁車禍過世的噩耗。

「怎會這樣？」巧玉抱著若瑰哺乳，心頭沉甸甸地。她雖恨荊玉，聽到消息仍不免慘然震撼，掙扎要起身弔問。

她母親勸她還在月子，不要激動壞了身體，尤其她生若瑰時難產，鬼門關走一圈回來，醫生特別交代定要小心休養，才總算將她勸住。

而今竟連黎衛都沒了，巧玉詫異更復淒涼。想想荊玉一生坎坷，幼時在家族裏受盡排擠，種下思想禍根，父不仁母不慈，好容易嫁個人人稱羨的丈夫，骨子裏卻是個浪蕩胚子，她落得兒女家事都得單打獨鬥。巧玉甚至聽說，黎雁出事之時，這位風流姊夫還不知上哪縱酒閒遊，好幾天才總算找到了人。

反看自己雖然操勞庸碌，至少一雙兒女平安無恙，她那小氣丈夫巫順事總把她氣得跳腳，內裏卻是個顧家的老實男人。夫婦兩個齊心齊力，事事有商有量……巧玉在妝臺前一坐便是一個下午，不停自問，倘使當年是她嫁了黎從適？倘使她和荊玉際遇交換？想著，直感到一顆心隱隱發顫，身子也寒了半截，由衷地同情起荊玉來。

另一邊巫順事回到公司，如期趕上午休時間，吃過了餐盒，正準備開始工作，祕書卻來叫他。

「巫伯伯，社長找你。」

「社長不是正在臺北準備最近的訪問會，哪時候到高雄分處來了？」巫順事放下文卷，詫然而問。

「今早剛下來，一會又得走了。你快去吧，別把時間給耽擱了。」

「妳知道社長找我什麼事嗎，曹祕書？」順事有些緊張。

「我怎知道，你去了不就曉得了。」祕書笑道。

巫順事沒奈何，離座往社長室去。

那社長徐德漾一身輕衣便鞋，靜穆之中帶著幾分姿肆，儒雅之外另有一番桀敖。學生時代便衷情於新聞傳媒，數十年不改其志，一路披荊斬棘到了今日的成就。巫順事是雜誌社裏年紀最大的職員，連社長都小了他一輪，每回總教巧玉調侃：「看看你一把老骨頭，成天對個毛頭小子屈身問好，害不害臊。」

順事來到社長室，敲門進入，屈身問道：「社長找我有事？」

徐德漾指指一旁的椅子，示意他坐下，順事恭謹地坐了，德漾卻站了起來，繞出辦公桌，來回走了幾步，方說道：「聽說你家中最近遭逢變故，怎麼樣，有沒有我幫得上忙之處？」

順事一頭霧水，心想：「若瑰今天剛回來，一家團聚，正當可喜，何來變故？」

「你有個親戚，名叫黎衛，是不是？」徐德漾問。

順事頓了頓，「是呀，他是我大姨子的兒子，算來是我外甥。」

「他不久前自殺，這其中緣由你可清楚？」

巫順事大吃一驚，「黎衛……他、他，自殺了？」

「怎麼，你還不知道嗎？」徐德漾神情高深莫測。

巫順事支支吾吾，一時之間竟答不上話。

徐德漾迴入辦公桌前坐下，靠著椅背若有所思，「咱們作新聞的，天下消息怎能不敏銳。不過畢竟你不是負責這一線，也不怪你。」

順事聽了，背脊流汗，誠惶誠恐地站起身來，說道：「如果社長要追蹤報導，我回去問問內人，或許知情。」

徐德漾想了想，說：「不用了，不算個要聞，不麻煩你們了。」

他連續三個「不」字，順事卻反而積極起來，「一點也不麻煩，我回去問問，馬上就有消息。」

徐德漾躺在椅背上，看他忙於立功，似是有些惱怒。

「咱們《愛德司異聞誌》的命名宗旨，你可還記得？」他問。

巫順事絞盡腦汁地回想，「是——取自一個古老神話典故。」

「是了。」徐德漾悠悠道，「『愛德司』是希臘神話中羞惡憐弱之神，我當初創辦這刊物，正是想秉持一種公平報導的原則。咱們作新聞傳媒的，有所為有所不為，我身為社長，卻利用關係之便，對職員家中凶事窮追猛趕，豈非於理有虧、於德有損。」

巫順事靜聽高論、喏喏應聲。徐德漾又談了一會理想抱負，猶在對牛彈琴，只得收起話題，語重心長地勸慰道：

「你外甥之事著實令人喟嘆，但世事無常，你也節哀。」

「是。」

「夫人和她姊妹想必最是感傷，你有空請代我捎個信息致哀。」

巫順事應諾而去，經過文具間時，正逢祕書抱著一疊賀歲卡片出來。

「巫伯伯，跟社長談完了？」她笑問。

「嗯。」順事一瞥她手中的卡片，暗自打著主意，「曹祕書，妳這些卡片要送到哪裏？」

「今年都過了大半，當然是送回收桶去了。」

「能不能給我一張？」

祕書問他要卡片何用？順事乃將社長要他寫信致哀一事說了。

「巫伯伯，這是賀歲卡呢，上頭紅底燙金字樣，喜氣洋洋，還印著公司名號、社長及全體員工同賀，你卻要拿去當悼喪卡片用？」曹祕書笑不迭。

「我在卡片上貼張白紙，寫個輓辭，不就結了。」

曹祕書拗不過他，索性把整疊卡片由著他選，為他這番吝嗇開了眼界。

順事下班回家之後，便拿早上挑出的廣告單翻面提了幾句問候語，裁切好黏在卡片前後，叫巧玉、若瑰都來簽名。

巧玉初始還道他聽若瑰說的，待得知消息來源，免不了損他兩句：「新聞雜誌社社長果然不一樣，什麼事都逃不出他眼皮子底，你要有人家三分靈敏，哪裏蹉跎到這年紀還在當個小兵。」

巫順事瞅著眼，無話可說。

「不過你也真聽話，他叫你寫信你就寫信，把人家一句應酬話奉作聖旨了。」巧玉叉了塊水果邊吃邊笑。

「有什麼辦法，我領人家薪水的，能不事事照辦？社長行事作風一向有些特立獨行，他說得認真慎重，要是知道我隨便敷衍，恐怕不妙。反正卡片免費，寫幾個字也不花功夫。」

「誰講應酬話不是端一付嚴肅認真。你以為卡片免費，可沒計算到國際郵資呢。」巧玉故意捉弄他。

順事這會卻真的憂慮起來了。

若瑰看父親這個樣子，便拿了信，說：「我來寄吧，我知道那邊地址。」

「這信寄到美國要多少錢啊？」巫順事問。

「很便宜的，二十塊之內就解決了，如果加快遞或掛號就再貴一點。」若瑰道。

「那可什麼都別加，寄平信就好了。」

巧玉在一旁鼓躁道：「妳順便給混血兒寫封情書，裝一起寄過去，一趟郵資兩封信，多划算。」

「對。注意別超重。」順事提醒道。

「還有，要用妳爸爸挑出來的廢紙寫，別拿新紙。」

「長話短說，別浪費原子筆水。」

若瑰受不了他倆一搭一唱，推說累，起身進房。

回到房裏，她隨手將卡片擱置桌上，曲肱而躺，窗外疏星淡月，空寂幽靜，耳畔還有客廳裏父母的談笑聲，以及電視細細碎碎的播音聲。

少晌，她爬起來，從背袋裏摸到了上飛機前黛菲相贈的那包糖果，心中沒來由地泛起一股暖意，靜靜盤算著：過兩天上臺北看展，撥空到那家聯合診所，去訪訪保密合約上那位署名「歐曼君」的諮商師吧。

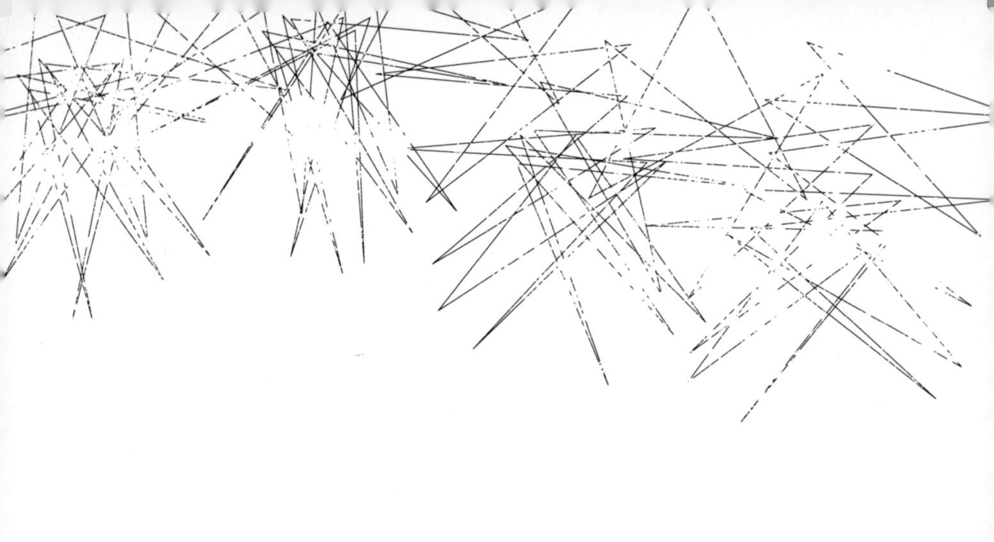

第十章　諮商師

翌日早晨巫若瑰便上郵局寄信，想想荊玉夫婦回國有期，信去得遲了，難免錯過，於是私自買了賬以快捷交寄，不另與父親多言。

兩日後她按計劃北上，借住哥哥巫若堯家中，看展之外，另揀一日空暇，上那家聯合診所，去尋保密合約上那位諮商師歐曼君，豈料歐曼君已離職多年，若瑰不死心，站在櫃檯窗口前頻頻詢問其人去處。

「妳何事找她呢？」櫃檯小姐有些不耐煩地反問。

「我想找她諮商。要是知道她如今在哪個機構服務，我便能夠去預約她的診。」

櫃檯小姐面露懷疑之色，「妳從哪裏得知她訊息的？」

「我——最近正逢低潮，朋友看我悶悶不樂，便勸我來找歐曼君老師談談。聽說她專業熱忱，善體人意。」

那櫃檯小姐聽了，卻皺起眉來，欲言又止，良久乃道：「很抱歉，我真的不清楚她到何處高就了。診所裏還有好幾名專業的心理師，妳果真需要，可以考慮看看。」

巫若瑰察覺出她言語之中的推拖，好像已一眼看穿自己的胡謅又不來戳破似的，到此也不好再往下追問，說了聲「謝謝」，正欲離去，此時一名倚在隔壁窗口繳費的婦人卻撇下單據，匆匆趕上來，叫住她。

「小姐，妳打聽歐曼君的消息嗎？」婦人捲髮圓臉、粗臂寬肩，一身主婦裝扮。

「是。」若瑰答道。

「妳等我一會，我們找個地方談談。」

婦人又忙忙回去櫃檯把錢繳了，偕巫若瑰步出診所，二人臨近找個咖啡館坐著，那婦人自稱姓王，當即說起歐曼君的事蹟：

「我和我先生結婚之後，便一直與公婆同住，這一向生活習慣大相逕庭，幾年下來我都盡量忍讓了。大概四、五年前吧，兩個孩子陸續出生，與他二人的衝突也日益昭揭。上從小孩教育，下至環境清潔、口味鹹淡，無不是處處磨擦、樣樣抵觸。想跟他們溝通，被罵不孝，我先生則是裝聾作啞，對我敷衍應付，偶爾把他吵得煩了，便淡淡地回我一句：『我們家本來就是這個樣子。』我從前工作自己存了一些錢，想到外頭租房子住，他們又不肯，怕鄰居說閒話，還叫我要搬自己搬，孩子留下。

「我終日嗒喪鬱結、進退無路，輾轉經由介紹，到那聯合診所預約了諮商，櫃檯幫我掛在歐曼君診下。

「歐曼君是診所新任的諮商師，和我差不多年紀，但外表看來卻相當年輕。初診相見時，她滿面微笑，言輕語細地招呼我入座，問我要喝咖啡還是喝茶。唇音齒音，一字一句慢慢地，發得一絲不苟。

「我看她舉止優雅、態度親切，便在她的鼓勵邀請之下，娓娓訴出內心苦楚。她耐心而專注地聽我說完，從不在過程中插嘴，完了停頓半晌，待得確認我說畢，才以溫柔感性的聲調說她完全了解身為女人的難處，勸我試著轉念，把公婆當成自己爸媽尊敬，自能寬心。

「此後我每星期都來找她諮商，她說些正面思考之類的時髦建言，大抵隔靴搔癢，對實際情況無所助益，但有個人聽我吐吐苦水倒也不差。

「某日我先生忽然說要到診所接我——我找心理師是瞞著家裏的，只說最近脊椎痛，醫生要我定期追蹤——我推辭不過，便與他約好某個時候在診所的骨科候診廳碰面。

「那天諮商結束之後，我依約去廳上和我先生會合，離開前我去了一趟洗手間，回程上我先生便一路臭著臉，我屢問不答，直到當天晚上，他終於忍不住對我破口大罵。我哭著辯解，說找諮商師只是想自救，況且這也不是什麼見不得人之事，我先生依然暴怒，說他其實老早知道我去諮商，前幾天歐曼君的助理打電話給他，他今天才故意去探探虛實。接著把我曾在諮商室裏對歐曼君說的話背頌出來，要我自己聽聽怎樣在他人面前數落丈夫、抱怨公婆。原來他們竟趁著我去洗手間之際交換了訊息。歐曼君還不忘對我先生殷殷提醒：『好好跟妳太太溝通，你父母生你養你，恩情大過於天，你要時時銘記於心，把他們擺在第一位。你太太應該不是個偏激之人，相信她有一天會了解長輩都是為了她好，不再忤逆你的父母。你們也是做父母的人，一定不會希望子女將來為了他們的配偶背叛你們。』」

巫若瑰詫異道：「她真的這麼跟妳先生說？」

「可不是，她對我親口承認。」

「妳還找她諮商？」

「哼，找她諮商？我找她理論。」婦人相當氣憤，「我問她為什麼出賣我？她說她是一番好心，沒有惡意。至於私下聯絡我先生一事，她倒是矢口否認，說是我先生趁我上洗手間時，自己去找她的，她從來沒有聘用助理。」

「這倒成了羅生門了。」若瑰微笑道，「不過他二人既不相識，妳先生憑著醫護名牌找她，應該比她認出妳先生合理。」

「果真如此，那通電話又是誰打的？」那婦人仍忿忿不平，「縱使如妳所言，她怎能把我的談話內容擅自轉述，我們事先簽過保密合約的，這點可沒半分冤枉了她。」

侍者過來送茶點，二人談話中斷了少晌，若瑰復問：「後來呢？妳從此不去諮商了嗎？」

「經歷此事，我早已對諮商信心全失，認為那不過是打著醫療名號騙人的玩意。而我原本岌岌可危的婚姻，給歐曼君這一攪和，更是雪上加霜。

「那次我怒氣沖天地去質問歐曼君，診所內部多少耳聞，幾個高層主任打來向我道歉，希望能重新替我安排諮商師。

「我起初拒絕，後來抱著姑且一試的心態前往。當然此事既已曝光，我也懶得再苦苦相瞞，當著夫家人面前直接挑明了去向。

「這回同我會面的是個年約六十歲上下的女諮商師，姓廖。我一來有了前車之鑑，二則此人與我婆婆年歲相當，難免對她心懷芥蒂，對談時便小心翼翼有所保留。幸而廖諮商師理解我的狀況，也不來催趕。我遲疑不說，她便先與我分享自身經歷，原來她年輕時也曾有過類似的婚姻關卡，一度投訴無門，幸得貴人箴言提點。後來半路出家，轉職作了諮商師，多少便是想藉此幫助他人。

「在她徐徐引導下，我總算又慢慢敞言而談。廖諮商師設身處地地為我著想，與我討論許多可行辦法，分析公婆和先生的心態，從不拿世俗旗幟來鎮壓我，也沒有那許多情辭洋溢的空泛之言。

「這些年鍥而不捨，我們夫婦總算達成共識，搬出婆家自組小家庭。這一路披風瀝雨，還真不知道怎麼熬過來的，算來廖諮商師便是我的貴人，陪我一步一步往前。直到現在我偶遇挫折，仍會來找她聊天，聽聽她的意見，今天也是剛與她諮商完，便在櫃檯那邊遇上妳。可惜她快退休了，要不我真想推薦妳去呢。」

若瑰本非為諮商而來，當然不覺得可惜。跟著隨口誇讚廖諮商師幾句，複問：「可是歐曼君後來怎會離職呢？」

「離職？哼，我可聽說她是被解聘的。」婦人面上閃過一絲嘲蔑。

「這又是怎麼回事？」

「聽說她後來又重蹈覆轍，私自洩漏個案隱私，還把個案的經歷當作談資，任意傳播，被人告上法庭。

「不僅如此，她聲稱醫院某位同事暗中窺探她，說她連續幾天都收到此人的電子郵件，裏頭詳載著她獨處時發生之事，鉅細靡遺。要她拿出證據，她摸著滑鼠，瞅著眼在螢幕上找來找去，口中喋喋唸著：『唔，在哪呢？在哪呢？』瞬間，惶惶跳起，尖聲道：『啊，郵件全部憑空消失了。』接著又說另一名同事也幹了同樣的事，言之鑿鑿，卻仍提不出證據。接著每隔幾天就換一人指控，說他們不斷寫信描述她的私生活，舉凡她愛買哪個品牌的兒童用品、乘哪班火車回娘家過節、水電賬單價格、買東西時習慣拿陳列在第二個位置的產品……幾個遭她點名的同事莫名其妙，都說他們壓根不知道她這些事蹟。

「如此鬧得滿城風雨，終遭強迫離職。

「據說她走得相當狼狽，管理員強行收了她私人物品將她『請』出門去。她一面與人拉拉扯扯，一面辯解：『不是我，不是我，一定是誰偷了病患檔案擅自宣揚，有人要陷害我，凶手是你們其中一個——』她雙目含淚地瞪著那幾個她指控過的同事。她平素是出了名的芳潔之癖，妝容談吐皆不容一絲雜亂，大夥看她失態若此，無不面露哀矜之色。她喘著氣，背貼著牆，無助地喊道：『我沒有被害妄想症，是你們，你們聯手監視我、像鬼一般地監視我！我說的都是真的，為什麼不肯相信……』」

巫若瑰拈著茶匙攪咖啡，在杯裏繞出一個漩渦來，「她真是被同事聯手陷害的嗎？」

「天曉得。不過像她這般毫無職業道德，只能說她活該。」

「後來呢？她不曾到其他機構謀職嗎？」

婦人聽聞提問，以為若瑰仍想到別處去尋歐曼君諮商，苦口婆心地勸道：「我不知道，聽說她後來好像官司敗訴被吊銷職照。還有人說她苦學多年才考到諮商心理師資格，這會受不了打擊竟然發瘋了。過了這麼些年，天曉得她是不是改名換姓捲土重來。我就是不想再有人吃虧受害，才跟妳說這麼多。我勸妳還是另作打算，諮商師好壞天壤之別，看看我便是個活生生的例子。」

她叨叨說不停，又拉若瑰要一道折回診所，去請廖心理師引薦其他優秀同事。若瑰東推西阻，好容易才擋下她的盛情。

二人分別之後，若瑰獨自沿著騎樓商街信步而行，心忖著：「歐曼君要不是個諮商師，她這樣的思想言論倒也普遍得很。」

當晚她和雷蘭特、黛菲通訊，便把此番際遇詳述了一遍，三人琢磨不出個所以然，歐曼君這一線索也算斷了。

＊

姚荊玉自從知道黎衛成績無法畢業，哀慟心境更添了幾許失落。法會上手捧經書，兩個眼睛卻不住左右瞟移，像身上貼了張跌股標籤，又像個衣不蔽體之人，手腳怎麼擺總覺得有破綻。

「你注意到沒有，今天法會上別人看我們的眼神都不一樣了。」

捱到一日行程結束，總算關起房門，荊玉像個洩氣皮球癱在那裏，垂著四肢對從適抱怨。

「怎麼了？我倒沒聽見誰說了奇異的話。」從適道。

「就是沒人提起，更顯得欲蓋彌彰。你想想，畢不了業是多大一件事，居然沒人來問，可見大家心照不宣，刻意迴避。」

「那是妳疑心生暗鬼，人都死了，誰會把心思放在這種枝微末節的事情上。」

荊玉一臉狐疑，怵惕難安。

「法會上都是心存慈念的善男信女，妳何必自己製造假想敵。」從適鬆鬆衣領，拿了浴巾想洗個澡，荊玉捉住他後襟不讓他去。

「話不是這樣講，善男信女難道就不顧面子了？那師父當初說黎衛自殺罪孽深重，這會可不是罪上加罪。」

從適厭煩又無奈，「別鬧了，閻羅王又不是妳，還來把成績不好的人打入地獄？」

姚荊玉咬著牙生氣，「怎這麼倒楣，偏偏就這一間華人廟宇承辦葬儀。那師父說黎衛自殺有罪，非得做滿幾場法會才能攤回骨灰，硬把我們扣在這裏，逢人取辱。」

「我當初就問過妳要不要換其他辦法，妳偏不肯。」

「用那些外國習俗總是心裏不踏實，我也希望黎衛亡魂真能超度重生嘛。」

「既然是為著咱兒子，妳再累也撐一撐吧。」

「累倒罷了，我這輩子哪天不忙、哪天不累？他要是意外、病死，我還不這麼嘔，偏偏他自殺又落第。唉唉，不提了，總之是冤孽。我現在連看到弗陵都自慚形穢。」

黎從適愣了愣，問：「弗陵可曾說什麼？」

「你別老像鬼打牆似，問誰誰誰說什麼。」荊玉沒好氣地白他一眼，「我告訴你，就是沒說什麼最可怕，這一來你根本猜不透他心裏怎麼想、背地裏怎麼傳。再說了她不笑我，並不表示我本身不是個笑話。人要有羞恥心和自知之明，人家兒子是個博士，我兒子卻是個畢不了業的傻瓜，你教兩個身分旋殊之人如何同住一個屋簷下。」

黎從適聽她說得悲憤激昂，只道她想搬到旅館。他在這闊院大屋住得舒舒坦坦，飄飄然恍若男主人一般，因對荊玉殷勤勸道：「我們在這裏人生地不熟，既不會開車，又語言不通，縱使搬到別處，到時碰了壁還不是得聯絡弗陵前來接應，把笑話愈鬧愈大。」

荊玉哪裏看不出他那點兒心思，悻悻道：「放心吧，我再想走也沒理由，難不成你要我去跟弗陵說：『唉，真不好意思，我兒子不爭氣，我沒臉再跟妳這博士媽住一起，這就搬走。』這樣子嗎？」

正話間，孫弗陵便來敲門，「從適，有電話。」

黎從適開了門，弗陵溜他一眼，指指話筒，道：「你大哥說他們全家今天下午便到美國了，現在正在波特蘭旅店下榻，問我方不方便過來一趟。我倒是無所謂，看你和荊玉的意思。」

從適這才想起兩天前哥哥黎從邁打了越洋電話預意來訪，趕緊接過電話，一口應承了。

「大伯要過來？」荊玉好生不悅，「現都幾點了，你怎不說我們借住朋友家裏，不方便他們夜訪。」

「弗陵說了她不介意。」

「弗陵耳根子軟，不會拒絕人。你倒好，由著外人亂來。」

「大哥怎是外人，」從適惱道，「妳要拒人門外，還要弗陵替妳扮黑臉，到底誰亂來？誰不近人情？」

「讓弗陵扮黑臉你不高興了？」荊玉目光如炬。

「關我甚事，我有什麼好不高興？」從適語氣冷淡，忽然變得一切事不關己。

從適拿電話叫荊玉不想見人自己打過去說，荊玉不肯，二人又吵了一回，看看時機也過了，荊玉只得老大不願地爬起來更衣理容，一面又把從適數落一頓。

將近八點之時門鈴響了，孫弗陵前去應門，荊玉、從適也跟上來。

那黎從邁兩鬢花白，面上一點霜色透露著路程上的匆忙疲倦。他個子雖不高，卻有一種氣勢，站在門前，猶似把大門都充實了，教人看不見他背後風景。

協辦侄子喪葬事宜。

從適喜見親人，迎上前，喚了聲：「大哥。」

黎從邁面色愀然地拍拍他肩膀，喉裏哽著千言萬語，卻先轉向弗陵，一謝倉促到訪，再謝她

弗陵在電話裏已聽知他是個多禮之人，因笑道：「黎先生太客氣了，外頭涼，快請進來。」

一面喊雷蘭特和黛菲下來見客。

黎從邁進得門來，背後跟著翁寶綢和黎燦歌。母子倆手挽著手，面上皆有倦色。翁寶綢一身

黑絨洋裝、墨綠披肩，微微擦亂的雲髻，不減慎重華貴之態。黎燦歌卻是衣寬褲垮，髮覆眼鼻，

使得他原本清癯的面容更加沒精打采，手腳鬆鬆散散若無骨骼，整個人好似隨時便要委頓於地。

這一家三口聯袂現身，直教姚荊玉百感交集。

她猶記得當年和從適來往時，便知道他有個拘謹嚴肅的哥哥，兄弟倆一個苦幹實拼，常繞遠

路；一個聰惠靈巧，愛走捷徑。姚荊玉自己也是那種愨懇之人，私心裏卻欣賞從適悠閒得分的能

耐。再則大伯那刻板性子，每回總令她想起她那傳統又專制的父親來，抑不住心頭一股恨意——

那位父親，老來竟是高高在上地接受兩個女兒的奉養。只為了不能落人口實，她們終究恨著把那

孝道盡完了。

荊玉結婚之初，兩兄弟父母皆還在世，她看著丈夫遊手好閒，而大伯則是拿了公婆一筆資金

白手起家，於是慫恿從適：「你老抱怨工作要看上頭臉色，不如學學你大哥，跟家裏周轉些錢自

己當老闆去。」

從適對事業興致缺缺，為圖耳根清靜，只得陽奉陰違，手頭寬裕了更是肆無忌憚。不久資金

敗光，他便向荊玉訴苦，說原本就要飛黃騰達，豈料運氣不好，差這一步。荊玉被他唬得信以為

真，以為差點做了個一品夫人，心裏埋怨公婆不肯繼續金援，又看大伯鬧了幾年沒闖出個名堂，

公婆卻依然慷慨大方，為此暗自不平。

她公婆都是客氣之人，雖然多少看出她心底事，也不好提她娘家當初狠削了一筆聘金之事，只好言勸道：「他兄弟兩個都是我們生養，對二人習慣老早看得透徹。從邁創業艱難，我們自然盡量幫忙。從適揮霍無度，給他錢亂花不如替他存著。」荊玉不聽，只當是公婆偏坦長子的推拖之辭。後來從邁事業日有起色，二老一生積蓄卻已投資於此，再無分毫留予幼子，雖然從邁成功之後事親至孝，給父母錦衣玉食，終究輪不到弟弟一家半點好處，使得荊玉更是憤恨不甘。

荊玉眼看大伯成就蒸蒸日上，自己丈夫終日逐色追歡，過著紙醉金迷的日子。這時候她多少也認清現實了，只是嘴上仍不服輸，抓著大伯老光棍一條取笑，幾個閒婦人跟著搭腔，討論起某某富翁臨老入花叢的事例。

荊玉笑道：「人家那是生性風流，我大伯獃頭獃腦，哪有那個能耐。」

「果真如此，叫妳家風流老公傳授幾招絕活，教教自家兄弟不就結了。」

「就是，就是，這會總算輪到妳老公露兩手。我看妳不如乾脆叫他開班授課，造福光棍，也算另類創業。」

荊玉損人侮己，當眾羞慚欲死，還得拼命陪笑。事有湊巧，這回竟讓閒人說中。那年春季黎從邁赴美洽公，一年多後，竟攜回個美嬌娘，還有個滿週歲的兒子抱在手中，儼然一家三口，驚煞了眾人、羨煞了眾人。

荊玉一生好與人競爭，眼看這位年輕大嫂過著悠閒奢華的貴婦生活，暗自嫉恨不已。思來想去，這大嫂不到二十歲便結婚生子，顯然是沒進過大學的，胸中有了定見，處處捕風捉影，說那大嫂從前就是個歌舞場小姐，大伯為了娶她，明說洽公，其實是帶她到國外洗一洗身分，好名正言順介紹她出場，兩人避在國外時也沒閒著，抓住時機生了個兒子，大伯這些年來落後的人生進度才總算補齊了。

只有這麼想的時候，荊玉才舒坦些、勵志些，心中妒火滅了幾分，士大夫的優越感漲了起來。算來自己也不是全無贏面，荊玉盤算著：從適既已不堪指望，倒是把下一代算進來，誰贏誰輸還可以博一博，她不過需要點時間把兩個孩子養大成人而已。

至於翁寶綢初來乍到，一心想與夫家的人交好。其時公婆皆已離世，小叔黎從適平時神龍見首不見尾，剩下姚荊玉這個小嬸總板著一張臉與她冷漠應對。

翁寶綢在荊玉那裏碰了一鼻子灰，挫折地想著：「我跟她並無冤仇，她為何不喜歡我？」幾次下來多少也察覺這位「小嬸」放不下年齡身段來敬愛她這年輕大嫂，嘆息道：「實在是非戰之罪，她比我老，我有什麼辦法。」

往後卻陸續聽到姚荊玉在她背後流短蜚長，一次比一次惡毒無狀，寶綢愈發氣惱，對荊玉日益反感起來，她生性一向有些浮誇稚氣，偎親偎得比人緊，認仇認得比人深，這會把荊玉恨上了，便要加倍地譏她，妯娌兩個互不對盤，處處暗相嘲諷，十數年不滅鬥志。

後來黎熙生病，外貌、舉止時顯異常。有一回兩家子會面，黎燦歌一見到黎熙病容，當即上前縱聲取笑，黎衛火冒三丈，出手將燦歌猛推下樓，燦歌重心不穩摔了出去，跌倒前伸手一抓，卻把黎衛一同拖了下來。二人一前一後，沿著鋼筋泥階骨碌碌地滾了下去，一個斷了手、一個折了腿，各自頭破血流，險些喪命。

兩個母親自此更是結成深仇大恨，都怪對方兒子歹毒狠辣，要置自己堂親於死地。從邁、從適這對兄弟雖然個性大相逕庭，卻是自幼友愛，出了這種意外，二人既無奈又沒轍，都不知如何相勸妻子——

孫弗陵引著眾人客廳入座，各自敘了溫寒，黎從邁一霎眼竟是老淚縱橫，哽咽不能言語。

「大哥節哀，黎衛會謝謝你們特地來送他最後一程的。」從適忍淚勸道。

荊玉看大伯涕淚滿臉，一時之間幾分詫異幾分感動，心底多少也為著自己嘴裏的苛言毒語隱隱懷歉。

黎從邁抹了抹眼，啞聲說道：「自家人別說謝謝，我們早該來幫理喪葬之事。」

黛菲聽人談起黎衛便覺斷腸揪心，自顧避到偏廳看書去了。

眾人哭了一回、敘了一回，看看天色晚了，於是起身作別，約定明日法會上相見。

「黎先生交通方不方便，我讓雷蘭特明早去接你們。」弗陵道。

「孫女士想得周到，我們自家車子接送，很方便的。」

黎從邁又提起他在卡梅爾海岸有幢別墅，離此不甚遠，這趟喪事之後，想與寶綢過去小住幾日，邀從適夫婦和弗陵一道同往，到那寧靜優美的海濱散散心。

「大伯好意我們心領，但黎衛新喪，我們還趕著攜他骨灰回去安頓。」

荊玉怕從適一個點頭，把事情敲定，連忙趕在前頭出言推辭，語畢暗暗目示從適，要他也來幫腔。怎奈夫婦兩個沒半分投契，從適竟像故意和她唱反調似，一臉疑惑地問：「咱們飛機不是還有好幾天，是妳說廟裏師姊替妳看的日子，這天正適合攜運骨灰罈？」

荊玉怒瞪他一眼，當眾又不好發作。

「既然不趕著回去，一道去海邊走走，紓解一下心情，何況我們一家子好久沒聚了。」從邁語氣懇切。

「還是你們去吧，我和弗陵難得碰面，正想趁這幾天喪事忙完好好聊聊。」荊玉又拉弗陵推擋。

「孫女士和孩子們如果願意，當然也歡迎同行。」從邁道。

荊玉忙向弗陵使眼色，偏偏這回弗陵也跟她沒默契，笑道：「我陪妳一同去海邊散心，一場喪事下來妳也夠悶了，是該好好放鬆放鬆。」

黎燦歌看眾人明推暗阻，纏夾不休，暗自好笑地噌了聲，雙手插在外套口袋，往另一頭有燈光之處隨意走去。行步所及，正是黛菲看書的偏廳，只見他忽然伸個懶腰，張嘴打呵欠，發了一聲不甚文雅的「盎」的長鼻音。

黛菲聞聲擡頭，把書蓋在沙發扶手上，她本來便聽說黎衛與他這位堂弟仇隙甚深，故而對他懷著成見，現在又看黎燦歌客不像客，在人家家裏走動卻如入無人之境，更為此無禮行徑所惱，冷聲問道：「請問你有什麼事嗎？這裏有人正看書呢。」

黎燦歌站直了身，心想怎會突然有人說起英文，尋聲望去，但見昏弱燈光下一名纖弱少女裹著毛毯蜷在椅子上，她容色秀麗、聲輕如絲，面上卻掛著濃濃的怒意。

「噢，對不起，沒看見妳在這。」他伸了伸頸子，問：「妳看什麼書？」

黛菲不甘願地將書扶成個角度，予他看清書名。

黎燦歌眼珠子一轉，忽然快言快語地說道：「這書就是狄雷德斯在從軍十年之後總算又回到家鄉來，在大主教的幫助下重整了父親留下的栗樹園，後來在一次羅馬旅行中遇見睽隔多年的初戀情人，兩人經歷一番曲折之後總算結為連理，一同回到喬治亞的農莊定居。」

「喂！你這人怎這樣不識趣，你把結局全說完了，我還看什麼？」黛菲阻止不及，一張臉氣得暈紅，想不到他長得斯斯文文，行徑卻如此草率無狀。

「結局看完就可以丟掉，這種書不看也罷，浪費時間。」他不等黛菲抗議，指指廊外，「好像是開門聲，估計我爸媽要回去了，我也得走了，拜拜。」

言訖惡作劇般地咧嘴一笑，眨眼間已溜得不見人影，留下錯愕的黛菲，坐在那兒手捧書籍，看也不是，不看也不是。

隔日是黎衛頭七，雷蘭特一早要赴學校參加學術會議，順道送弗陵、荊玉、從適去和黎從邁夫婦會合。是時黎燦歌已經先回舊金山，姚荊玉不免又犯嘀咕，跟先前責難巫若瑰一般，埋怨燦歌人都到這裏來了，卻不肯多留一天參加自己堂哥葬儀，又想起昨晚他和寶綢手挽著手，母子和諧的畫面，不禁黯然寂寞，自怨自苦。

雷蘭特偕孫弗陵等人出門之後，家中便剩下黛菲一人。

她徹夜失眠，想著黎衛如今將成一甕灰土，二人不曾相識便天人永隔，眼淚撲簌簌落在枕巾上，悽愴更復懊悔，一夜反覆自問：「如果當初找他說話，結果會不會不一樣呢？」

清早眾人各自起床整頓，她便把棉被蒙著頭，閃躲光線與人聲。好半日四周沉靜下來，黛菲把頭探出被子外，爬起來，抱出桌下大紙箱，坐在床邊把那些書信、禮物一樣一樣地回顧，看著想著，愈發傷心欲絕，摀著臉哭一陣、歇一陣，又拉起琴來，神馳物外，不覺恍兮惚兮，如癡如狂。

一晌琴音嘎然而止，她渾渾沌沌地卸下琴和弓，走至倉庫，取了鐵桶、火柴，又到車庫和地下室收集去年餘下的木炭，放進桶內，搖搖晃晃地抱上樓去。

黛菲回到房中，走進衣帽間，帶上門，把鐵桶子放置於地，擦了根火柴，燃起木炭……

下午，雷蘭特因著一份忘在家中的資料，不得不趕回達拉斯來，一進家門，察覺有異，駭然驚愕，趕緊將奄奄一息的妹妹送至醫院搶救。所幸黛菲燒炭時並未將衣帽間的縫隙封死，更有人及時發現，一番急救後終於轉危為安，送至普通病房休息。

黛菲雖已無礙，初醒時仍有些精神渙散，雷蘭特陪著她，一場虛驚免不得說了她幾句。黛菲抽抽噎噎道：「我沒想死的，捨不得你和媽媽。我只是聽說燒炭自殺非常痛苦，我親自體驗一下那種痛苦，也算陪他經歷了一場劫難。而且我聽說他們有個習俗，人死七天會回家省親，他父母現在和我們住一起，我便想，說不定他鬼魂會到家裏來，看到我這般傾慕他，也許肯現身跟我說說話——」

雷蘭特聽了妹妹一番剖白真是哭笑不得，「妳那麼想見『祂』，怎不跟上法會，到那邊招他的魂機會大些。」

「我才不去，怪力亂神好沒意思。」

「妳前後自相矛盾。」雷蘭特笑道。

「我就是騙自己，卻不願別人來騙我。」

「對了，我今天在學校遇見西里爾。」雷蘭特原本躊躇著要不要說出此事，看黛菲頹靡不振，便說來給她醒醒精神。

「他說什麼嗎？」

「他剛從加州回來，正想找我們商量——已有買槍之人的消息。」

黛菲果然專注起來，二人聊了一會，她面上逐漸有了血色。

少時，病房外傳來敲門聲，弗陵、荊玉、從適急急而入。

「黛菲，我可憐的傻女兒。」弗陵在法會結束後聽得雷蘭特留言，一路擔憂徬徨，此刻便一撲身緊緊抱著女兒不放。

姚荊玉一旁蹙眉搖頭，思及黎衛，不由哀慟想著：「現在的孩子，都是這等軟弱自私，一點挫折便尋死覓活。」

弗陵好半日才緩過來，黛菲坐在病床上，舉起手為母親拭淚，歉然泣道：「媽，對不起，害妳擔心了——」

她話音未及，荊玉卻衝上來，截過她因擡手而袖口後縮所露出的手腕，惶惶驚問：「妳怎有這只手錶？」

黛菲猛嚇一跳，竭力掙扎，卻始終與她分豁不開。

「荊玉，妳怎抓著黛菲不放，她這只手錶怎麼了嗎？」弗陵不明就裏。

荊玉回頭看看從適，表情甚是駭異，對黛菲凌厲催問道：「說呀，回答妳母親，手錶哪來的？」

黛菲給她捏得腕骨欲碎，看她像個青面獠牙咄咄逼人，害怕地垂著頭，支吾道：「這是、這是……」

雷蘭特一眼便認出那設計成古羊皮地圖的錶面，幽幽忖道：「莫非她那天悄悄把錶從黎衛住處帶了回來。手錶時間停在他命終一刻，她竟戴著演練死亡的滋味。」

荊玉總算放開黛菲，指著她鼻子冷笑道：「妳這女孩子好不知羞恥，明明黎衛跟妳毫無瓜葛，妳卻宣稱是他情人，還打哪偷來這只手錶？」

黛菲瞠目結舌，想不透她何處得知端底。孫弗陵則忡忡拉著雷蘭特詢問事情原委。

荊玉看黛菲呆坐不言，更復恚怒，罵道：「妳這小孩子，說謊騙長輩，太不應該，還不快道歉認錯，把手錶還回來。」說著又撲上去，要拔黛菲腕上的錶。

「妳幹什麼，快放手——」黛菲這才回過神來，縮向床頭，挪身欲躲。

「把錶還來！把錶還來！」

二人糾纏著，弗陵和雷蘭特想上前勸阻，又自覺理虧。從適看妻子爭鬧不休，幾乎要打人，不得不插手將她拉開。

「你幫誰？快叫她把手錶還來！」荊玉盛怒。

「黛菲身體有恙，妳不要為難她。」從適架著妻子，將她強行拖出病房。

荊玉憤憤甩開他的手，站在醫院走道上大聲罵道：「你健忘嗎？不認得她手上那只錶了嗎？」

「就是認得，才要妳別爭了。妳為了一只錶，當著人家母親面前拉拉扯扯，別人怎麼想？總之人都死了，遺物也是身外之物了，別爭了吧。」從適淡淡地說。

荊玉聽了，便也安靜下來了。

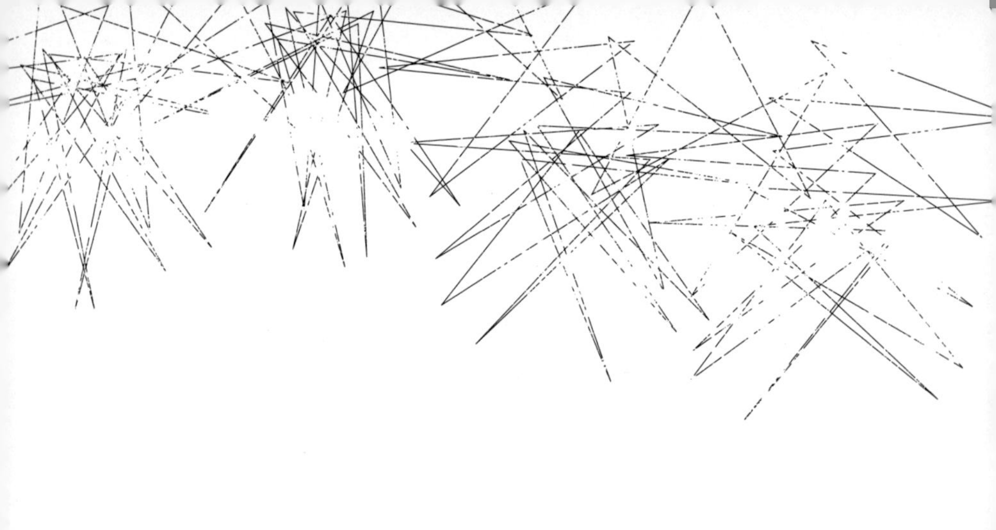

第十一章　買槍客

黎從邁夫婦偕眾出席黎衛殯殮葬儀，各人盡哀而返。遺體火化乘罈之後，暫寄寺廟間，俟時運回。喪禮過後，從邁又來相邀出遊，於是二對夫妻加上孫弗陵，五人一行，往南方去。

卡梅爾鎮位在加州蒙特雷縣，是美國西海岸聖地之一，眾人在聖荷西下了飛機，一路裘車揚揚，抵達目的地時，正是夕曛時分，眼下風景抹著一層金橙色調，暖烘烘地猶似童話場景。黎從邁的別墅建在海灘一隅，層層疊疊、宏麗可觀，遠處銀濤捲雪，不斷地翻起碎浪再落回海中，更襯得這幢廣廈華屋肅穆而沉靜。

「此處是人間？是仙境？」從適等人都對眼前美景看得傻了，或暗自稱奇，或出言讚嘆。

翁寶綢回過頭來，笑吟吟說道：「小叔小嬸還沒來過這小樓吧。不是我說，偌大屋子一年到頭空著，我和從邁平時沒什麼時間出國度假，燦歌也是偶爾才來。想賣了，現在又不是脫手的時機，還得請人管理。往後你們若有閒致，隨時過來小住一陣，添添人氣，再歡迎不過了。」

「我和荊玉兩個窮土包，哪裏能像大哥大嫂出國跟郊遊似的，隨時要走就走。」從適陪笑道。

荊玉狠命地瞪了他一眼。寶綢卻是呵呵地笑。

眾人下了車，早已有人等在屋前接迎。黎從邁對著一名年輕侍者吩咐幾句，他便提起從適和荊玉夫婦的行李，微笑做了個「請」的手勢。二人跟著他走，只聽他在前頭以英文介紹著城鎮歷史、海景潮汐。不移時，便領二人來到二樓一個房間，擱下行李、拉開窗簾，又說幾句，大致是說這宅子各房間臨著不同方向，每個窗子都可以眺望不同風貌的美景云云。

「晚安。」他說。

從適堆著笑送至門邊。倚在門緣，伸著頸子、舉著手掌，左一聲「謝謝」，右一聲「慢走」，直望著人下樓了，才縮回身子、關上房門。

「你真是好興致，真心來度假了。」姚荊玉板著臉坐在床邊，等著與他算賬。

從適也不言語，彎身要整理行李，荊玉一腳把行李袋踢過一邊，從適兩手落了個空，只得直起身，插腰奉陪。

「妳到底想怎樣？都到了這裏，別再心不甘情不願。」

「我要你擋，你擋不下，害得我來這裏看她炫富。」

「沒人要妳來的。」

「大伯一邀，人人點頭，你跟弗陵都來了，我能一個人留著不走嗎？」

從適聽了這話，作賊心虛，斜著眼問：「那妳到底想怎樣？」

荊玉神情清肅，直直坐著思慮了好半天。

「你記不記得大伯當初是看見報紙才得知黎衛死訊的？」

「嗯。」

「趁著這會大家都在，得把事情問清楚。」

「問清什麼？人都來了，葬禮也過了。」

「不行、不行，事情不問清楚，我心裏不踏實，報紙寫了什麼？大伯他們知道了什麼？」

從適看出她的耿耿於懷，只覺悲哀又氣憤，故意挑問：「妳怕人家知道什麼了？」

「廢話，當然是黎衛成績的事！」荊玉跳起來。

正說著，管家來請吃飯。從適應了門，要跟著下樓，荊玉拽過他手臂，低聲交代：「等會別忘了問一問。」從適不想在門口吵架，只得點頭允了。

大屋裏像個迷宮，重重廊徑、到處是門，二人隨著穿前越後、左彎右拐，一轉身已忘了回去房間的路。

管家來到一處雕花拱門前，側身請二人入內，高堂敞廳裏置著復古家具，一張仿中世紀大餐桌上擺著銀色燭臺，水晶吊燈懸在天頂。座位前已整齊排著瓷盤、餐具和餐巾，一待眾人入座，黎從邁回頭交代了一聲，侍者便由廚房端出碗碟，一一上菜，頃間中西佳殽、海陸珍饈擺了滿桌。

「大家不要客氣，我臨時請廚子添了幾道家鄉味，請弟弟、弟妹和孫女士嚐嚐，道不道地。」

黎從邁殷殷勸進。荊玉只朝從適頻使眼色，從適卻不理她，自欲伸手取菜，荊玉暗暗揪住他袖子。

「別顧著吃，快問。」她壓著音量。

「現在問太唐突，等一下再說。」

「現在就問。」

從適沒奈何，只得問道：「大哥大嫂來給黎衛弔喪，可是在報上看到消息的？」

「是啊。」黎從邁用刀叉撥著瓷盤裏的炸茄子。

「是哪家報紙呢？」

「這個……我倒沒留意。」

此時侍者推著小餐車一一詢問眾人要喝什麼調酒，問到從適這裏，弗陵幫著翻譯，點了杯馬丁尼，侍者便當場由餐車上挑出材料混杯遞上，從適啜了啜，讚不絕口。

「小叔是個識貨之人，我們這邊的酒都是請專家選的呢。」寶綢笑道。

大家聊起鎮上一家老酒吧來，說那邊調酒師傅的手藝才堪稱一絕，很多外地遊客都特地來喝他一杯酒。

荊玉眼看主題愈扯愈遠，從適又不聽使喚，只得冒著突兀強自插了一句：「大伯當初看的報紙，可有寫出黎衛的名字和其他事情？」

黎從邁愣了愣，回想了一會，說：「我想不起來了。那時燦歌拿了報紙過來，一面忙忙說著黎衛自殺了，我心裏焦急，草草看了一回報導，便趕緊和你們聯絡，也沒仔細記住報上內容。」問寶綢：「妳可記得沒有？」

「我連報紙也沒看見，聽你說的。」寶綢專注刮著鱷梨塗抹麵包，頭都不擡一下。

「不過報上應該有詳寫吧，燦歌就是看了報紙才趕緊來向我通知消息的。」從邁臆道，「改天問問燦歌好了。」

「大伯看樣子什麼都還不知道。」荊玉想著。心事才從這邊卸下，又從那邊升起：「不對呀，此事怎會是黎燦歌作的媒介？他和黎衛是死對頭，他這麼做到底什麼意思？」

才一遲疑，大家又把話題扯開了，沒問出半點端倪，荊玉只覺白忙一場。

往後幾天黎從邁夫婦克盡地主之誼，領著三人在小鎮四處觀光。卡梅爾是個世外桃源，古道曲折，老樹拔地，隨處可見的歷史印記、工藝巧思。小鎮臨著海，海岸朝西，每晚夕陽落下，彩霞彌天，海浪接著雲浪，美不可言。

黎從邁這幢城堡一般的住宅正矗立於海岸邊，白日裏鎮上蹓轉，晚來臨窗閒坐，窗外隨時可見流雲幻影，浪捲巨石。

荊玉心裏有事，看什麼景色都覺煩悶，想起黎燦歌來，不禁忖著：「這宅子是天價吧，人的貴賤真是一出生就天差地別的。」又想寶綢，心中更嘔：「有些人運氣好，一翻身就成了個上流人物。」

如此爭長較短，愈發慨慨無歡，想找弗陵說說話，卻看她和寶綢有說有笑。荊玉難免一種被遺棄的失落感，「弗陵明知我最討厭這個大嫂，還去親近她。」她心裏不是滋味，面上更是陰沉，旁人只當她還為黎衛之事悲苦，都好言勸她試著寬心一些。

弗陵和寶綢卻真是意外地投緣，大概二人都有那麼點兒物外異想、浪漫情調。起初寶綢只道弗陵是荊玉的好友，年紀和荊玉一樣長了自己許多，難免對她懷著敵意，不久卻發現她溫厚健談，又沒架子，便天天來約她上街。二人手挽著手，買衣試妝、分享美食，簡直像對少女姊妹淘，而弗陵胸襟開朗，不拘小節，荊玉百般刁鑽她都包容了，寶綢一些小性子在她看來也純真可愛。二人日益親近起來，早晚膩在一處，都覺相見恨晚。

「我到底該怎麼辦？」弗陵有一天終於忍不住，趁著和寶綢單獨出去吃下午茶，像個閨密把自已和從適的那點私事全數說了出來，「我真不該對不起荊玉，老來舞出這種事端，像是不甘寂寞，自已都羞愧得要死，孩子那邊更不知道怎麼啟齒。」

「跟我小叔啊——」寶綢詫異不已，「我還以為他到這年紀，早該收山了。」

「什麼意思？」

「妳一點都不知道他的底細吧。」寶綢看她一臉茫然，挺身做起了正義之士，「這也難怪，我那小叔是個慣犯了，別的不會，專門在風月場裏逞能。一生沒做過正經事業，家計靠老婆擔著，對子女都不聞不問。偏偏我小嬸死要面子，到處騙人說他在著名電視臺當節目製作人，一年到頭難得回家幾次，說是四處去出外景。嗯，出外景出到女兒死了還捨不得回家去，可真是夠敬業了。」

「這是真的嗎？妳何以曉得？」

「這種事騙騙外人還可以，近親裏頭老早傳作話柄，誰不知道她老公是風流出名的。可惡的是她連妳也騙，還口口聲聲說當妳是個知己——嘖，好一對騙子夫妻。」

弗陵語減容阻，恍然凝思。看這勢頭，知她所言不虛，心底卻有另一處還在掙扎譎辯：「一定是寶綢誇大其辭，她素來如此，把三分話說成十分，況且她和荊玉處處互別苗頭，是個口舌冤家。」

「不僅如此，」寶綢續說道，「別的男人是花錢嫖妓，我小叔真功夫好本領，憑著三寸不爛之舌，讓女人個個當他是寶。上自良家婦女下到花街柳巷，兼容並蓄、老少咸宜，騙財又騙色。等到女人看清他真目面時，大抵人財兩失、悔之莫及了。我勸妳千萬小心，他來招惹妳，除了在他老婆那邊受了氣，出來解悶找安慰，說不準還算計妳的房資田產，想賺一棟大房子舒服養老，當個不勞而獲的男主人呢。還有，當心傳染髒病。」

這天早晨飄著細雨，濃雲黯霧，伴著冷風，海灘上人跡杳然。屋裏眾人也起了個晚，吃過早午餐之後，便聚在客廳裏有一搭、沒一搭地閒說。

翁寶綢看一室氣氛疏懶，便笑說：「大家怎都昏昏欲睡的，我煮個咖啡給你們提提神。」

荊玉等人都疑惑地想：「他屋裏好幾個傭人，平時凡事不肯動手，怎這會卻要親自做咖啡了？」

「妳在家裏還沒玩夠，天天做一大堆咖啡，大家都喝得怕了。連來訪的客人，不管他飲食習慣、白天夜晚，強要人家喝妳的咖啡，不只要喝，還非得欣賞妳的『傑作』。」黎從邁搖頭笑嘆著，語氣中不是指責而是愛憐。

寶綢俏然一笑，不跟丈夫搭話，只說了句：「大家等我一會，我去去就來。」一轉身風也似地出了客廳。

眾人摸不著頭腦，黎從邁笑說他這樣樣三分鐘熱度的淘氣夫人最近迷上了咖啡拉花，「這回倒像認了真似的，一股勁地天天練習，真讓她練出點成就來了。」

三人這才明白過來，都說有個嗜好真好，生活才不無聊。從邁笑說有嗜好雖善，偏偏苦了旁人總得給她捧場，家裏上下都要把咖啡當三餐喫了。

廚房那邊一晌傳來磨豆機轟轟聲響，蓋過了眾人的話音。

不久寶綢回來，手捧托盤、碎步而行，小心翼翼地使幾盞瓷杯中的液體持平。好容易走到廳堂中央，她屈膝而下，維持著上身直挺，直到將托盤安置茶几上，方才鬆口氣。

「大家看看我的咖啡。」她施施得意，說的是「看看」，而不是「嚐嚐」，一面動手將瓷杯分給了眾人。

寶綢第一杯咖啡先給了弗陵，杯裏是一隻形廓瘦削、目光炯炯的短毛貓。弗陵看著喜歡，由衷讚美道：「好漂亮的貓咪。」寶綢不勝之喜，把第二杯咖啡給了從邁，其上畫的是自家那隻金吉拉。

接著是從適，寶綢遞上杯盞，笑說：「小叔請。」忽覺自己像個奉茶的新嫁娘，不由噗哧一笑，身上彷彿生出美麗的白紗來，顧盼間都別具手采。這杯杯口上有一隻以綿密奶泡堆出的豐毛大白貓，從適愈看愈覺得溫暖可愛，連聲道謝稱許。

最後是荊玉。寶綢有些忸怩地將杯盞遞上，荊玉伸手接過，未及拿穩，卻聽她「唉喲」促呼一聲，杯子一推一滑，向鄰座的從適膝上墜去，又順勢摔到地毯上，咖啡濺得四處都是。寶綢嚇了一跳，尖聲責問：「妳怎麼搞的嘛！」

荊玉呆呆站在原地。

從邁忙問：「你們燙傷沒有？」叫了人進來收拾清理。

從適站起來，弓身拉著濕了半截的褲管擺了擺，一面賠禮道：「荊玉粗手粗腳的，大嫂別怪。」

寶綢只覺得她存心蹧蹋自己的好意，礙著眾人面前又不好發作，暗自恨道：「可惜了我的螺旋紋花貓。」那是她入門第一課，費了多時方才練成，卻教人一剎毀了，不禁憤悶更復委屈，兀自咬著唇踱至一張樓梯邊的搖椅坐著。

「我上去換件褲子。」從適道。

「你快去吧。」從邁一面指揮傭人打掃，一面應道。

從適上樓之後，解下腰帶，褪了長褲，彎腰在行李袋前翻找。少晌敲門聲響了，他只道是荊玉，也沒多想，應了聲：「進來。」

來人卻是弗陵。

這幾日在此作客，二人難有交集。弗陵自從聽了寶綢陳詞，難免對從適心生疑竇，卻苦無機會確證。這會趁著廳裏一團混亂，趕緊悄悄跟上樓來，想問問他到底有何打算、是何居心？未想門把一旋便看見他著著內褲，兩腿赤條條地站在那裏。弗陵踟躕無措，趕緊把頭撇開一旁，進也不得退也不是。

「啊啊，樓下情況還好吧，大哥那條淺色地毯怕是遭殃了。」從適也甚窘迫，隨便拉出一條褲子，手忙腳亂地套上，一面隨口敷衍話題，裝作無事。

二人沉默片晌，弗陵回過神來，便愀然說道：「我來問問你，那個三十年共度餘生的憧憬還算不算數？今日做個決定吧。」

「這——」從適沒料到她會突來一詰，一時難以應對。

「你說呀，算不算數？」

「這裏耳目多，我們改天回去再談。」

「你對我到底是真心，還是假意？」弗陵更問。

「是真心，當然是真心。」

「那你怕什麼？」

門外隱約傳來上樓的腳步聲，並往這方向迫近。

「糟了，會不會是荊玉？」從適語帶急促，四下一望，指著牆邊落地窗垂簾，道：「快，快，妳先躲躲。」

「你讓我躲在簾子裏？」弗陵半信半疑。

「眼下沒有其他遮蔽物，現在出去來不及了。」

「你不能老是置我於尷尬的境地。」

「先躲躲，先躲躲。」

「你不是一心要和荊玉攤牌，不如——」

「下次，下次。」

荊玉進來了，從適總算千鈞一髮地把弗陵推進簾子裏。

「你給咖啡燙著沒有，快讓我看看。」荊玉關上房門伸手要解他褲襠。

「不礙事，不礙事，我們下去吧。」

「我看看，看看才放心。」

從適故意往床邊退，盡量將她引開簾子那端，坐在床緣，捲起了褲管。荊玉蹲下來仔細檢視他的小腿。

「沒事，跟妳說了沒事。」從適頻頻偷眼看向垂簾，想催荊玉快走，又怕引她懷疑。

「小叔，小嬸。」敲門聲又響，翁寶綢在門外高聲招呼，「你們在裏面嗎？」

從適如獲救援，放下褲管，迅速應門，「大嫂。」

寶綢由門外望裏邊巡視一圈，目光停在微微拂動的垂簾上，又旋即移開，「我讓廚房準備一些點心，你們一塊下來吃吧。」

簾子裏弗陵暗自垂淚，覺得自己既卑鄙又窩囊。

「好好，我們這就去。」從適直拉著荊玉。

寶綢無聲一嘆，率先轉身下樓，夫婦倆跟著。房門帶上之前，荊玉也不由地回頭望了那垂簾一眼。

*

黛菲等不得多休養兩日，一從醫院出來，便聯絡西里爾約定晤期。是日雷蘭特也陪著來了，三人在學校圖書館登記了一間討論室，猛陝空間裏僅有一套簡單的木桌椅，一側牆上懸著大白板，頂上日光燈發出蜂蠆般的「嗡——」的微鳴。

「西里爾，你這趟南行，可問出手槍買主的身分了？」黛菲開門見山地問。

「的確有點眉目了。」西里爾道，「那日分別之後，我當即南下去尋事件源頭，卻在最後一節卡了關，只好先回來，找你們商酌下一步該怎麼走。」

「你親自出馬，都還卡關，我們不曾親訪，怎會有任何辦法。」雷蘭特道。

「西里爾，你快跟我們說說你此行經歷。」

西里爾點了點頭，把那張手槍存據拿出來，置於桌上，「那日下午我租車南下，中途不敢一刻停歇，到達目的地時，已是深夜時分。四周街道昏暗冷清，店家老早都打烊了。我於是尋個地方把車停妥，當晚便在車上暫歇一宿。翌晨天明，才依著單據找到商家店址。

「那槍店位在一條繁榮的商業街上，門面極為普通，只有窗上安著欄杆。若不細辨，還道與一爿服飾店、餐飲店一般，是家供應男女老幼閒逛進出的休閒去處。

「進了店門，內裏生意相當興旺，滿滿的顧客把小店擠得寸步難行，兩個旋轉玻璃櫃前圍著人群，店員們各自回答著顧客的疑難雜症，三臺收銀機前排了三條長隊。

「我雜在人群裏，心想：『來得真不是時候。』可是當時只是個週間早晨，已忙碌若此，其他時段難道會更清閒？

「正踟躕著，一個身著獵裝、髮色灰白的男人走了過來，問我有什麼可以效勞之處。他口音聽來像個英國人，大約已是退休的年紀，卻精神奕奕，毫無老態。

「我有些訕訕地說其實不是為了買槍而來，要是店務繁忙，我等一會沒有關係。他倒是從容，動動眉，說買不買槍都不要緊。

「我拿出手槍存據，問他認不認得這位買主。

「獵裝老者接過單子，迴入一邊櫃檯，由抽屜裏找出老花眼鏡，半彎著身子，抱著肘壓在玻璃櫥櫃上仔細看單子。櫥櫃裏展示著各種槍枝配件，我則站在外邊隔著櫥櫃與他正面相對。

「『這把手槍的確由店裏售出。』他抬起頭。

「『你可還記得手槍買主？』

「他瞅著我，眼裏似有揣度和懷疑，反問我因何調查這名顧客？我說我的朋友為著不明原因燒炭自殺，他住處留著這把手槍和單據，我特地跨州尋來，便是想釐清事由。

「獵裝老者沉默許久，面色有些嚴峻，似乎在估量我話中的真假。

「『難道不是你朋友自己買的槍？』他問。

「『我朋友是外籍生，學生簽不能買手槍，對吧？』

「『對。』

「我又解釋我們平時在俄勒岡州讀書，他應該不會特別跑大老遠來這買槍才是。

「『你朋友幾歲？』他忽然問了句。

「『二十二歲。』

「『確定二十二歲，不是二十一歲？』他看我一臉迷惑，便說他會這麼問，其實是因為對這位手槍買主印象很深，『他到店裏那天正好是二十一歲生日，看來就是刻意等著這天合法年齡一到便來買槍的。』」

黛菲望了望桌上單據的日期提在四月初，說道：「黎衛生日是在年尾，不在上個月。」

「我也是這麼跟他說的。」西里爾續道，「他說這買槍客生日當天獨自來到店裏，也不要人介紹，一進門便指明了某款手槍──那是一款昂貴高檔的進口品，店裏沒有現貨，調了許久才由供應商那邊調來。買槍客前來取貨、離開，過沒幾天，竟又回來訂購一模一樣的槍款。

「『怎麼呢，如果是槍壞了，店裏有提供保固，期限之內都可以送回來免費維修。』獵裝老者提醒道。

「買槍客卻說槍不是壞了，是掉了，只好又來買一把。獵裝老者看他面上漫不在意，跟掉了一枚桐板那般輕鬆，心中難免疑惑，但也沒仔細追究。這名買槍客三次來訪都是由他親自接待，因此印象更深。第二次來訂槍，由於上次調貨時多調了幾把來，當日便是現場交貨而去。」

「這名買槍客到底是誰？」黛菲問。

西里爾搖頭，「獵裝老者說他雖然很想幫忙，但實在不便洩漏顧客隱私。我便想先留下自己的聯絡方式，請他代為傳話，看看對方願不願意與我接洽。可是他說他也沒留著對方訊息，無法代為轉達。遲疑了一會，取紙筆寫下一處射擊場位置，說槍店和這家射擊場有合作，許多客人都是那邊介紹來的，建議我不妨過去試試。我稱謝接過。那獵裝老者又遞來名片，說有需要可以再來找他。原來他正是這家槍店店主，名叫皮奧凡尼。」

「你去射擊場了嗎？」

「我當然去了。」

「有收穫嗎？」

「離開槍店後我當即往射擊場去，對櫃檯表明了來意之後，職班人員先自進去稟明主管，一會出來領我到裏邊一間辦公室去。

「進了門，一個四十開外的非裔男子主動上前與我握手，說他叫庫萊伊，是射擊場的經理，邀我一同在沙發坐著。我把事情對他概述一遍，並拿出皮奧凡尼的名片，說是這位先生指點我到這裏來的。

「庫萊伊用左手握著拳頭摩娑著下巴，思量半晌，說：『這位客人我確實認得，也的確是我介紹他到那槍店買槍的。』

「『他常上射擊場來嗎？』

「『是的，他是我們的會員。』

「但是和槍店店主一樣，庫萊伊也表示不方便透漏客戶隱私。不過這回倒是讓我留下了私訊，說好下回那位客人來練槍時，便要代我詢問他的意願。

「庫萊伊送我到辦公室門口，又說這位槍客雖是新會員，來得也算頻繁，請我莫要焦急，一定很快便有消息。

「當晚我又在車裏過了一夜。等呀等地，一晃眼兩三天過去，卻不曾接到庫萊伊的回覆，我想再耽擱下去也不是辦法，便想先回來，待有確實音訊了再南下去尋。」

西里爾向來拮据刻苦，出門在外住不起旅館，幾個晚上都在車上權宜度過。只這一趟行程耽誤了許多打工時期，再下去恐怕要丟了工作。

「所以你終究沒見到那名買槍之人？」雷蘭特問。

西里爾搖頭，「不過動身前我又去了一趟射擊場，想跟庫萊伊打聲招呼，並請他若有消息可能得等我一下，我會儘快再趕過來。庫萊伊神情收斂，不似上回一般自信，他說這位客人自從兩個月前加入射擊場，每星期至少來兩三次，但最近卻不來了，已經一個多禮拜沒看見他蹤影，往後還到不到場實在難以預料。

「庫萊伊看我無功而返，有些過意不去。我趁機問他這槍客大概是個怎樣的人。庫萊伊猶豫少晌，說這是個很特別的槍客，每次總是一個人來。他走路時步伐拖延散漫，談話聲音扁平含糊，穿一身寬鬆名牌服飾，很顯然地尺寸不合，一頭亂髮蓬蓬，臉上永遠一副沒睡飽的疲態。

「他槍技普普通通——應該說，根本糟透了，下場時靶紙常和上場前沒兩樣。他來得勤、射得勤，卻總漫不經心，舉槍隨意連發，好像子彈不用錢一樣。問他怎不專注練習，他笑說：『盡興就好。』

「庫萊伊雙手比出食指和拇指微微抖動，嘴裏發出答答聲，模仿這名槍客使槍時的任性。

「『要是有其他槍客上前與他攀談，』庫萊伊繼續說道，『他從來也不拒絕，很制式地與人應對酬酢，原來他也懂些世故的。有幾回談到一些主題，可能正好對了他胃口，他竟一下子變得相當專注，與人滔滔雄辯，條理分明，原來他也有不散漫的時候的。

「『人群中他還算隨性，可從沒見過他和誰真正地成了朋友，也沒聽說有人來邀他加入一些槍客俱樂部、社團、派隊之類的活動，興許有人相邀，而他卻巧妙迴避了。

「『他談話間從不吐漏個人私事，儘管幾番接觸，至今仍不知他來自哪州哪郡。他身上時常有一股味道，說是油漆味，倒也似是而非，可他衣上偶爾沾著顏色，若猜他是個油漆工人，橫豎怎麼看卻也不像。』」

「這樣看來，庫萊伊亦是對他所知有限。」雷蘭特道。

「他能說的就這一些了。」

「如此依然毫無頭緒。」

「怎會毫無頭緒，答案已經很明顯了。」黛菲卻說。

二人詫然問道：「妳識得這名買槍客？」

黛菲道：「除了黎燦歌還能有誰。」

她一提，雷蘭特也想起來了。

「黎燦歌是誰？」西里爾問。

「他是黎衛的堂弟，前晚還跟著他父母到我家拜訪，他們為了黎衛的喪事特地趕來美國的。」雷蘭特道。

「是了，我忘了說，」西里爾連忙補充，「庫萊伊還告訴我，這名槍客雖是說一口標準英文，卻有一張東方面孔，估計是個亞裔美國人。」他想了想，又不解地問：「既然他是由別處特地趕來美國，怎會在這兩個月間頻繁上靶場，還到那邊商店買槍？」

雷蘭特道：「我是指，他父母特地趕來，而他也陪著一塊到我家去。」

「是呀，他平時好像在舊金山念書，前陣子回臺灣去，兩天前又和他父母一同趕回美國來。」黛菲說。

「這樣也解釋了他為何一個多星期沒上靶場——因為他回臺灣去了。」

「嗯，那槍店和靶場離舊金山不遠，距離上也算合理。」

「年紀上也應該吻合。」

「可是，黎衛的堂弟怎有合法身分買槍？」西里爾問。

「雷蘭特，你聽見黎衛他母親譏過她大伯一家沒有？她說她大嫂從前是個歌舞場小姐，認識她大伯之後，兩人一起到美國來避風頭，回去便成了幸福的一家三口。」黛菲道。

「黎燦歌既是在美國出生，便是美國公民，買槍身分自然合法。」雷蘭特道。又問黛菲：「妳知道黎燦歌是什麼專業吧？」

「我記得姚女士老說她的敗家侄子拿父母的錢出國畫畫。」

雷蘭特點點頭，「我猜想，靶場經理說的那股氣味，應該是油彩，不是油漆。二者雖有所差異，但庫萊伊先看見他衣服上沾著顏料，便有個先入為主的概念，認為那味道與此關聯，最直接想到的便是油漆，如此視覺與嗅覺相互映證，更沒再往下思揣，那氣味果然與衣上落色有關，卻不是他最直覺反應的那一個。」

「穿名牌衣物畫畫，且不在意顏料沾衣，難怪名槍掉了再買一把，靶場上不慮虛發。」西里爾露出羨慕神色，又說：「這位堂弟倒是有心，都回臺灣去了，還特地再回來參加葬禮，如此兩頭奔命，想必他二人情誼甚篤。」

「你錯了，黎燦歌只陪著他父母過來，自己卻不出席葬禮，隔日一早便獨自回加州去了。據說他堂兄弟二人素來不睦，從前打得你死我活，兩人差點都成了殘廢，這些年老早不相往來。」雷蘭特道。

「有這等事？」西里爾相當意外。

黛菲尋思：「他二人若是不相往來，如何互通物事？那把手槍真的是黎燦歌的嗎？」

「他既然已經回去加州，接下來如何處理？」雷蘭特問。

「當然到那邊去尋他。」黛菲不加思索地說。

西里爾才由加州折返，只覺往來行程倦累拖沓，雷蘭特更是壓根不想去。黛菲雖熱衷前往，畢竟不知他詳細門牌地址，只得暫且緩下，一待有了定奪立刻出發。

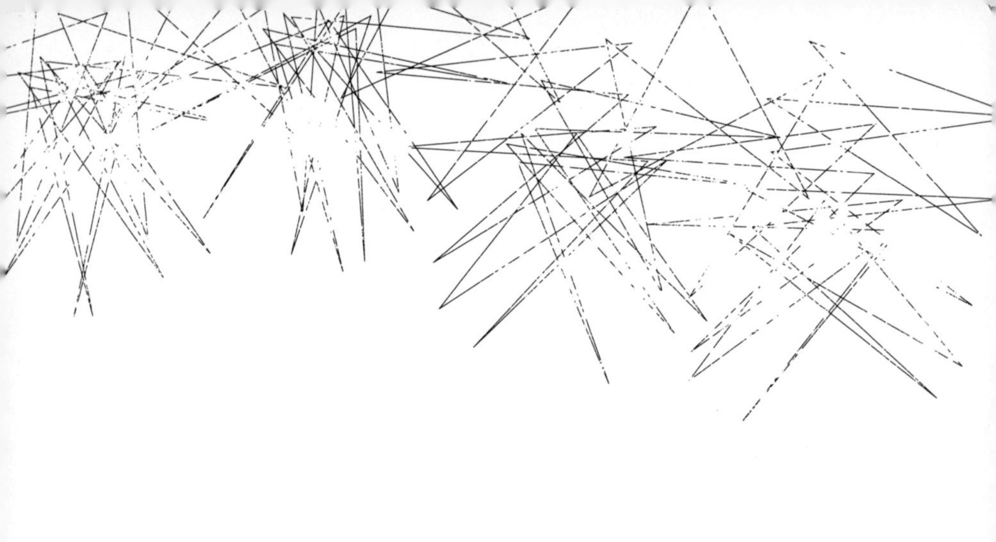

第十二章　代罪羔羊

買槍客身分雖近實遠，三人一時間也無對策。討論室佔用時間將屆，半扇門上安著的玻璃可以看見下一組登記使用者已在外頭等候。雙方於是各自收拾散了。

其時，弗陵、荊玉、從適已隨從邁夫婦至卡梅爾海濱度假，黛菲原想藉著層層親友關係，尋訪黎燦歌通訊，只今卻差了一步，不禁扼腕。

「現在怎麼辦呢？」

「只好等媽媽回來再問問她了。」雷蘭特道。

「他們哪時候回來？」

雷蘭特搖頭不知。

黛菲幽幽嘆道：「從前總期盼姚女士快走，現在卻等不及她趕快回來。」終日對影長愁，熬不住兩日，便打電話找母親，請她代詢黎燦歌聯絡方式，又問他生日、年齡、嗜好、專業，以再度確認他便是大家推測出的買槍之人。孫弗陵疑惑不解，問女兒因何打探此人，黛菲卻支吾不清。弗陵事後反覆琢磨，悟得：「一定是那天燦歌隨他父母來訪，黛菲見了他，心生好感，是以問訊，又害羞不敢直言。」

她原本正擔心女兒會為了黎衛之死一蹶不振，甚或再尋短見，這會看她積極起來，既意外又寬慰，說什麼也要助她一臂之力，並默默祈禱著：「希望這一次是個好緣分，不要再讓我的女兒失望傷心了。」

於是找了個空檔，便把黛菲的問題轉問於寶綢。寶綢聽說有個女生喜歡自己兒子，還專程打聽他消息，不免洋洋得意。再則她和弗陵剛交上朋友，情誼正熱，巴不得有機會表現誠意，遂把燦歌生平大小事蹟全都說與弗陵聽了。

「不是我說，妳女兒眼光真的太好，一眼看出我家燦歌聰明可愛。」寶綢眉開眼笑。

荊玉雖然早已知道黛菲從不曾與黎衛相識來往，聽說她移情別戀，心裏卻很不是滋味。另一方面又想，倘使真教他倆交往上了，雷蘭特和巫若瑰、黎燦歌和黛菲，弗陵的一兒一女竟分別往她兩邊對頭靠攏，「何止她的一兒一女，連她也……」荊玉由憂愁到悽惶，由悽惶到慍怒，只覺全世界都背叛了她，至此不再存著一點情份，暗罵道：「好一對水性楊花的母女！」自此深以為恨，終日算計不止。

這可真是，一場誤會，牽擾出三位母親的不同心事。

黛菲把資料收齊在手，當即聯絡了黎燦歌，將心中疑惑追問再三，對方卻只淡淡回一句：「我不喜歡在電話裏長篇大論。」對於她是黎衛什麼人，為何對他自殺底因如此眷顧皆不曾多問一句。

黛菲莫可奈何，但細思其言，他似乎是個曉事之人，只要和他面對面地談，他便願意把一切事由和盤托出。當下心一橫，著手預定機票，準備親往黎燦歌處所。

雷蘭特不願妹妹獨自長途走訪一名陌生男子，左右勸她不住，只好又跟著。兄妹倆又來邀西里爾，三人一行，當夜便往舊金山去。

到得目的，已是翌日平明，黛菲拿出電話中與黎燦歌抄來的地址，三人趕上了第一班公車，春末的清晨天光微亮，車上沒有其餘乘客。街上不見行人，剛下過雨的路面濕漉漉地，更顯得城市冷清。

「怎麼辦，才五點多。」

三人在臨近站牌下了車，雷蘭特有些遲疑地拿出地圖找路。

「妳跟他約了幾點？」

黛菲搖頭，「他說隨便我哪時候來都行。」

「包括早晨五點？」

那目標在地圖上看似不遠，但舊金山地勢是出了名的連峰續壑，一巔接著一谷，實際走來，難免在那忽高忽低起伏不斷的路段上費足了體力。

「就是這裏了。」雷蘭特微微喘氣，指著一處門牌。

那樓宇像個雅緻精巧的雙層奩子，高身斜頂、對襯平均，與鄰里一帶屋舍相看和諧，門庭前種著一排矮樹籬笆，修剪成各種幾何立方體的枝葉樹型，綠意盎然，饒富生趣。由於位在斜坡上，整個屋子看來便向一側傾著，在這一路坡峰起伏間，房子都似這麼斜斜磁附於路面。

「現在進去呢，還是再等一等？」

雷蘭特和西里爾正自拿不定主意，黛菲已提步走上門前石階，扣響門環，寧靜的晨曦中金屬環樞在摩擦之間發出嘰嘎嘰嘎的尖刺聲響，與木門撞擊聲特別震耳。他要是抱怨她擾人清夢，她便要理直氣壯地回復一句：「是你說哪時候來都行的。」黛菲心裏暗自盤算著。

過了一會，即有人來開門，正是黎燦歌。

「噢，是妳呀。」他仍是一身寬鬆便衣，蓬頭亂髮，語調沒精打采，倒也沒半分不悅或者詫異之色。

黛菲目光越過他向屋裏一瞥，只見四下裏窗簾緊閉，一室黑幽幽地，僅一絲微光從視域不及的深裏安靜地流淌。

「我來得太早了，吵醒你，實在抱歉。」她還是赧然致歉了，只因他一臉惺忪太令人難過。

「早晨了嗎？怪不得我這麼累。」他自言自語，呵欠連連。

黛菲心想：「這人好奇怪，住在屋子裏，卻來問屋外人晨昏時節。」因問道：「你不曉得早晨五點多了嗎？」

「不知道。」

「你屋裏沒有時鐘嗎？」

「沒有啊，那是什麼，破碎生命的工具嗎？」

「你屋裏當真四季一氣，八表同昏呵。」黛菲笑道。

「是啊，一片渾沌。」

二人就站在門邊一陣清談閒扯，忽地屋裏傳來薄物拍擊塑膠袋的啪啪聲響，醒耳清亮，黛菲嗟異道：「你屋裏有人？」燦歌回了回頭，背後接著啪啪幾響，櫃上文卷飄下幾張紙來，文卷一旁瓶花竄動，一隻毛色綺豔的小鳥由裏頭振翼而出，在頂上盤旋一陣，啾啾飛來，停在燦歌肩頭。

「我室友。」他伸了食指把鳥兒引到二人面前來。

「好可愛。」黛菲輕撫牠的羽毛，「對了，上回那本書我看完了，結果根本不是你說的那樣。」

「那本書我沒看過，哪知道裏頭寫了什麼。」

黛菲訝然笑道：「你說個假故事騙人啊？」

「是封面和書名誤導我。」

此時雷蘭特和西里爾也跟上來，黎燦歌面色微微一沉，向黛菲瞥了一眼，轉身進屋，欹倚在沙發上逗著鳥玩。

門外三人相互看望，一時間也不知道如何進退。

「你們要不要進來，決定好之後替我把門關上。」黎燦歌提著嗓子向外頭說道。

三人進了門望裏走去，隔開了屋外草木香氣，隱約有一股顏料味自二樓畫室傳來，大夥不約而同地想著：「這應該就是庫萊伊誤判的那股油彩氣味吧。」

黎燦歌對來客不聞不問，自顧伸手到鳥嘴前，牠舉喙輕啄，他指頭向旁一閃，牠轉頭至邊側，又是一啄，他又是一閃，一人一鳥來回玩耍，自得其樂。

來客一橫排立在光線晦暗的客廳中央，黎燦歌則獨佔了那張長沙發，成了三立一臥，隔著茶几分置兩邊的窘態。

「呃，我們能和你坐下來談談嗎？」雷蘭特道。

黎燦歌從容不迫地站了起來，指指沙發，「喏，請坐。」

三人依言過去坐了，卻換了他立在茶几另一端，成了一種鶴立雞群的局勢。他也不去另尋座處，站在那兒俯視眾人，兩手插在外套口袋裏，把胸前衣物布料扯得又平又長。

西里爾想起自己與他初會，站起身來，伸出手說：「你好，我是西里爾。」

黎燦歌打量了他一眼，說道：「好，我知道你是誰了，你果然很像黎熙。」一面出手與他握上。

雷蘭特聽聞此言，赫然想起那日在圖書館中庭聽若瑰泣訴往事時，她亦曾提過西里爾神似黎熙一事，尋思：「黎燦歌何以說『你果然很像黎熙』？他二人若非初見，西里爾何須自我介紹？但他二人若是初見，『果然』一詞卻似他早已熟識西里爾一般。難道在他二人見面之前，他已在別處聽說了西里爾神似黎熙一事，才讓他發這『而今親見，果然不假』之嘆？可是誰會來對他提起此事？」

黎燦歌目光巡視眾人一回，慵問：「好吧，還有誰要握手，或者有什麼需求的？」

大夥頓了頓，雷蘭特複開口表明來意，並解釋三人如何由黎衛住處尋得手槍，一路追縱線索找到這裏來。

「嗯，我以為你們是特地來叫我讓座、握手，討論我屋裏該不該掛個時鐘的。」黎燦歌似笑非笑，走到鳥籠子旁，在槽裏添水加飼料，小鳥便撲進去啄食。「有句話說：『有鐘不打，卻去煉銅。』你們大老遠跑來問我黎衛為什麼自殺，卻不去問問尊府兩位嬌客，實在令人困惑。」

「老早問過了，但他們不知道。」黛菲道。

「不知道嗎？還是不願說？不敢說？」

三人都覺心驚。雷蘭特道：「怎麼呢，他們是黎衛的父母，難道還能做什麼傷害他的事？」

「好一句至理名言。」黎燦歌冷然一笑，餘更無言。

黛菲不堪這言語糾纏，攢著眉直問：「黎燦歌，請你告訴我，你是不是黎衛住處那把手槍的原來買主？」

黎燦歌點點頭，道：「是啊。」眾人都沒料到他會如此爽快承認，只是他答得迅捷，卻簡略。

「你說下去呀。」黛菲急道。

「說什麼？」

「你二人不是老早互不相見，為什麼你買的手槍會出現在他屋裏？」

「我送他的。」

「你……明知他要自殺，還送槍給他，你、你真的那麼恨他嗎？」黛菲面色惶懼，音調顫抖。

「你為什麼又不說話了？」

「妳到底要我說什麼？」他卻似無辜困惑。

黛菲起身來到他身旁，哀言道：「請你全部告訴我吧，你在電話裏答應過我的。」

「是嗎，我怎不記得了。」

黛菲啞口無言，他的確不曾明言，是她興頭上誤解了。

「那麼，你到底知不知道？」她憂心地問。

「妳連我知不知道都不確定，竟冒然跑來。」他頓了頓，說道：「好吧，既然電話是妳打的，妳過來，我只跟妳一個人說。」他離開鳥籠，往屋子裏邊走，黛菲忙跟上來。

雷蘭特起身問道：「你要我們迴避嗎？」

黎燦歌也不理他。客廳底端有一處小平臺，比其他地方多了一階高度，他走至平臺盡底，唰的聲拉開窗簾，陽光灑下，頃間一室通亮，眾人皆不由地瞇起了眼。那半面牆安著維多利亞式多角形凸窗，窗外臨著地緣，藍天白雲，居高臨下，城市風景一目了然，棋格狀街道邊界隱約可見水畜行船。

那鳥籠子的門從未關上，鳥兒見了光亮振奮飛來，燦歌將牠輕握在手中，打開窗戶，看著天空，雙手一放，小鳥一瞬間飛向雲際，轉眼已不見蹤影。

「啊，啊，你怎把牠放走了？」黛菲輕呼。

燦歌抿嘴不答，指指凸窗窗臺上的椅墊，請她坐下，自己依然站著。

這平臺雖在客廳一側，大抵仍兩處相通。雷蘭特等不到他回答，想想總不能把妹妹一個人留在這屋裏，於是又坐回沙發上。他和西里爾所處位置對平臺那邊動靜皆可見聞，黎燦歌雖表明只願與黛菲一人談話，卻也未曾對雷、西二人下逐客令，一任他二人在客廳裏坐著旁聽。

「好吧，言歸正傳。」燦歌立在窗戶邊，仍是一副漠然而遙遠的神情，「妳想聽的，歸根結底，就是個代罪羔羊的故事，而這一切，還得從一個人說起。」

「誰？」黛菲問。

他朝客廳中的西里爾掃了一眼，道：「黎熙。」

「黎衛的哥哥嗎？他不是已經過世了？」

「我們這兩個家庭恩恩怨怨，妳大概也略知一二吧。」

「聽姚女士提起過的。」黛菲答得相當含蓄。

「那位『姚女士』，嗯，該說是我嬸嬸，她借住妳家，果然也沒少興風浪。不過這樣也好，省得我多費唇舌，而且恐怕沒她口才好，說得不夠生動精彩。」他掉頭去看窗外，「話說，我爸和我叔叔這對兄弟生來性情迥異、際遇懸殊。前半輩子是哥哥營營苟苟，弟弟逍遙風光。後來局勢轉變，哥哥人生慢慢上了軌，相襯之下弟弟也就黯然失色。兄弟兩個本來沒爭先後，卻有人先眼紅，處處要來一較高下。」

黛菲心想，他自己說不要多費唇舌，結果卻把舊案重提，忍不住提醒道：「這些我都知道了。」

「嗯，我只是說個前情題要，故事不起個頭很難說下去。」

黛菲只覺他風雨難測，點點頭，不再打岔。

黎燦歌續道：「總之親戚間勾心鬥角，也不是什麼稀罕事，壞就壞在自己樹了敵，還要結黨派，把原本不相干的人牽扯進來。」

「把誰牽扯進來？」

「妳說呢？人要結黨，怎能不從最親近的人找起，尤其是蒙昧無知，對你百般信賴的親人。」

眾人皆聽出他幾句話輕描淡寫，卻隱含著深濃的怨責。

雷蘭特又想起在圖書館中庭，巫若瑰痛苦泣訴著不敢在母親面前哀悼黎熙表哥的情景。不知怎地，總覺與眼前黎燦歌有著幽微祕異的重疊。

「小孩除了可以組黨結盟，成為上陣代打的戰將，更是平時和人比賽競爭的法器。」燦歌續道，「我那嬸嬸，也不知著了什麼魔、什麼道，一生信奉學歷，自恃高卓。她的子女之中，正好有個黎熙，自幼是個資優生、小神童，讓她揣著成堆的獎盃獎狀，逢人炫耀，好似把那些榮典全數據為己有也不為過一般。而黎熙堂哥性情溫克，在文化價值觀的洗禮之下，也認為子女順從父母是天經地義的事，因此一向勤勉自律，拿好成績討母親歡心。

「表面上母子兩個相得益彰，可是我嬸嬸內裏卻有著極度的不安全感，深怕哪天黎熙不管用了，她還能上哪去獲得讚賞。她在人前笑過了，回過頭來卻是對黎熙更嚴厲地鞭策，可謂有功無賞、有過必罰，慎防他驕矜出錯，累她丟臉。」

「好可憐啊。」黛菲忍不住說。

「可憐嗎？很多人認為很好呢。」燦歌頓了頓，「我還記得每回去我叔叔嬸嬸家，最常看見的便是黎熙堂哥房門緊閉，他在裏頭用功讀書，連出來和大家打聲招呼的時間也沒有。到了吃飯時間，嬸嬸會把飯菜盛好，放托盤上送進去，一會估計他用餐完畢，再送水果。她如此頻繁進出，不止端飯送茶，更是順道看看黎熙是否在房裏偷懶。到了聚會結束，我爸提議想見見侄子，嬸嬸不甘不願地進房把人提出來，令道：『跟伯父、伯母說再見。』黎熙可能還沒弄清楚狀況，只能聽話地說了聲：『伯父伯母再見。』我嬸嬸立刻匆匆忙忙把他推進房間，關上房門，再不許他出來——如此不分時節，朝夕苦讀，頗有古代寒士困守場屋之風。

「有一回過年，我又隨父母過去拜訪，嬸嬸正好出門買菜去了，大夥坐在客廳閒話家常。黎熙大概聽見外頭動靜，心生好奇跑了出來，我爸高興地拉著他道長問短。

「半刻，嬸嬸回來，看黎熙竟沒在房間念書，頓時滿臉脹紅，也忘了還有客人在場，尖聲問道：『你為什麼自己跑出來？』黎熙未及回答，只見她鞋也沒脫，三步作兩步衝上前去，一個揚手揮臂，狠狠抽了黎熙一記耳光，哭喪著臉破嗓叫道：『進去！』她另一手還拎著採買的塑膠袋，幾個水果隨著她踏步扭身之勢震了出來，在地上跳了跳各自滾開。

「黎熙哭著跑進房去，這一幕把大夥都嚇壞了，由於發生得太快沒人來得及阻止。我仍記得我媽把我緊緊抱在懷裏，皺著眉頭，口裏發出嘖嘖輕響，大概連她都看不下去了，為著黎熙心疼起來。

「我大哭，以為我嬸嬸是個神經病。她聽到我的哭聲回過了神，好生懊惱地解釋道：『那孩子上次考試退步了，我才對他嚴加督導。』我爸忍不住勸了句：『孩子還小，不要對他太苛責。』嬸嬸不悅，自顧自蹲身撿拾地上四散的水果，收齊了抱進廚房去。我叔叔則自始至終坐在旁邊不吭一聲，臉上是笑也不是、哭也不是的尷尬表情。當時黎熙還是個小學生，聽說嬸嬸有意將他栽培成為博士，她這輩子才能在人前擡頭挺胸，活得有滋味。」

雷蘭特暗自憂忖：「他們偶爾到訪，所見之景恐怕不過冰山一角。」他畢竟也慢慢領會一些事了。

「姚女士好奇怪，她喜歡面子，為什麼不自己去爭取？」黛菲怎麼也想不透，「後來呢？是不是黎熙病逝，她便把目標轉到黎衛身上，逼得他考壞了，竟然自我了結？」

燦歌續道：「我嬸嬸最愛以讀書人自居，說自己來自書香門第，她和我叔叔大學時總佔著系上冠亞軍。可是她心裏清楚，往日風光一提再提，老早過時。她必須趕緊有些新的戰績，並把此一希望全數寄託在兒子身上。

「黎熙不負所望，一路過關斬將，念了最好的學校，在最好的學校中還是最好的學生。

「高三伊始，嬸嬸便宣布黎熙高中畢業後將赴美留學。經過連月努力，參與考試，並順利申請了學校。

「我爸帶我們到他府上恭賀，笑說：『怎麼都沒來向我們報喜，還好我們從朋友那邊聽到消息。』他對親戚間的疏離見外是相當在意的。

「嬸嬸陪笑道：『就怕沒學校念丟臉，本想確定了再讓大伯知道，沒想到你們已先聽得消息。』

「『決定了哪間學校？快說來與大家分享。』我爸問。

「『哈佛。』

「這可把大家驚呆了，人人知道黎熙優秀，可沒料到他竟然如此優秀。當晚我爸作東，兩家子一起上餐廳吃了筵席，給黎熙賀喜。」

黛菲想著：「怪不得Rose兩三年下來都不知道和自己表哥在同一個城市讀書，姚女士老這麼拒人千里之外的。」

「不久之後，我爸的一個朋友來訪，閒聊間說起最近常在醫院看見一個很像黎熙的人，一個月來已遇過兩、三回，每回都是由我嬸嬸攙著，情況看似不太好。由於不甚肯定，也沒上前招呼，問我爸可真是黎熙病了？我爸亦不曉其事。那位友人因為陪丈夫術後復健，那陣子常上醫院去。

「送走客人之後，我爸連忙撥電話過去確認，我嬸嬸在那頭飲泣，說黎熙上個月身體不適，上醫院檢查，竟驗出了癌症，這會正積極治療，才會三天兩頭往醫院跑。

「『怎會這樣，年紀輕輕的——』我爸既擔憂又感慨，多少也為他們未曾主動告知而懊惱。

「往後幾次見面，黎熙堂哥病得憔悴不成人形，且不時行為脫序、說話含糊。我爸問起病況，嬸嬸一逕地哭，叔叔則是支吾半天說不清楚。嬸嬸見他如此，抹了眼淚，忿忿地揮著雙手打過來，一面哭罵道：『窩囊廢，成天跑哪風流快活，連自己兒子生什麼病也記不住！』

「叔叔一面閃、一面擋，切切道：『別、別這樣……難看……』
「『你也知道難看！』
「我爸幫著勸架，道：『目下是把黎熙的病治好要緊，他是什麼癌，哪一期的？你們對我細細說了，我正好熟識幾個腫瘤科醫生，都是醫界權威，一定能替黎熙安排最好的醫療。』
「嬸嬸停下手來，嫌叔叔站得太近，補推他一把，好不甘願地從鼻孔裏噌了聲。叔叔似要過去安撫她，被她又推一把。夫婦兩個毛毛躁躁，我爸在一旁無奈地催問：『你們別再鬧性子，快把黎熙的病情說給我聽。』
「叔叔正要開口，嬸嬸瞪他一眼，搶道：『大伯費心了，黎熙一番治療，已漸有起色。』
「『他是什麼癌，我再替你們問問，有備無患。』
「『醫生說不礙事了。』
「『後續治療安排妥了嗎？需不需要我幫忙？』
「『上星期已經跟醫生確定了腫瘤切除手術。』
「我爸看她三推四阻，大概病況真的無礙，不想積欠人情。他也就不再堅持了，只問了手術時間，不巧和他一場商務會議撞期。
「『那天恐怕不能到場支援，抱歉得很。』我爸遺憾地說。
「『沒關係，事後再請大伯過來探望，也是一樣的。』嬸嬸說。」
眾人皆搖頭想著：「這位母親怎麼為了私人恩怨拒絕大伯的幫助？一般家人生病，聽到哪裏有名醫，不是該比遇上荒漠甘泉更欣喜？」
黛菲道：「這夫妻還真是一對活寶，一個緊張兮兮，一個卻狀況外，倒是他伯父慈愛熱心。」

「他伯父是我爸，兒子敘述父親，不要輕易認作客觀評論。」燦歌漫不經心地提醒。

「後來呢？黎熙的病果然在手術之後康復了？」

「嗯。」燦歌點點頭，「我爸出差回來，聽說黎熙手術相當成功，已經回家休養，於是揀備薄禮，前往探視。

「嬸嬸領我們來到黎熙堂哥的房間，他倚床而坐，身上覆著一條毛毯。雖仍蒼白消瘦，但神志清爽，與人對答無礙。動作遲緩了些，也還算有條理。顯然已好轉許多。

「後來幾次我爸還想前去探望，奈何時間排不攏，只在電話裏聽說他情況一日好似一日，這才安了心。

「幾個月之後，黎熙高中畢業，按原定計劃出國念書。

「『怎不延後一年，把身體養好再去？』我爸憂問。

「『謝謝大伯關心，我們問過醫生，說這會啟程沒問題。』

「我爸憂喜參半，憂的是黎熙大病初癒，身體可能負荷？喜的是他真的好了。而這回嬸嬸照例沒來通知消息，等我爸主動問起，黎熙已出發一個多月，當然也趕不上替他餞行了。」

黛菲道：「姚女士是不是想，好不容易拿到哈佛大學入學許可，怕延遲有變，才不顧一切，趕著把黎熙如期送出去的？」

燦歌聳聳肩，也不言語。

「黎熙堂哥出國以後，」他續道，「起先大家有些掛慮，但時日益久，不聞他健康變化的消息，想來真的穩定無虞了，漸漸地也將此事略下。

「倏忽三、四年過去，這些年黎熙堂哥一直待在國外，幾次回來正好碰上我們全家出遊，嬸嬸每回都是事後才告知，導致我們始終與他緣慳一面。偶爾我爸赴美洽公，想順道一訪，嬸嬸卻總說他正忙考試、忙論文，硬是推辭掉。算來，那次手術之後到他家中探望，是最後一次和他見面了。

「我爸這人，要說念舊也好，說傳統也罷，總之他就是認定血緣的連結，縱使一廂情願，依然心心念念這個多年不見的侄子。

「他提議大夥一道前往美國參加黎熙堂哥的畢業典禮，把人熱熱鬧鬧接回來。我嬸嬸照例推辭了幾次，一個一個理由都教我爸解開了，她只得應肯，大夥於是認真準備了起來。

「我還記得當時我媽天天愁眉苦臉，偷偷跟我抱怨，說我那嬸嬸這會小人得志，她兒子哈佛畢業，她跟著大佛鍍金裝，而我爸竟還要舉家同往供迎佛像。

「約莫在出發前一個月，某天下午，叔叔突然匆匆來訪，說黎熙癌症復發，我嬸嬸正要趕往美國處理。我爸忙問詳情，叔叔說前幾天黎熙突然病倒，醫院查出是多年前的癌細胞再度感染，需要緊急治療。

「『不如大家把機票改期，一同過去照顧黎熙。』我爸提議。

「叔叔說好，等一接到嬸嬸的消息，確定轉往哪家醫院就診，便來知會。

「幾天過去，一直沒接到叔叔報訊。我爸去電詢問，才知道原來黎熙在美國治療不順利，嬸嬸打算帶他回來找從前那位醫生診治，畢竟當年是他全程處理，最是了解黎熙病情。

「這下子美國也不用去了，大家等著黎熙回國，再圖後計。叔叔那邊又是好幾日無聲無息，我爸憂心如焚，又致電詢問，叔叔只說快了快了，他們母子預計後天回來。眼看歸期將至，黎熙病情卻一朝急轉直下，醫院評估他熬不住長途飛行，因此繞一大圈，仍得留在當地就診。

「我爸心想，照這情況，恐怕相當嚴重了，忙問我叔叔如何打算。

「『我正要去和他們母子會合。』叔叔說。

「『好，哪時候的飛機，我也一同過去。』
「『就是現在了，大哥抱歉，計程車在外頭候著。』
「叔叔話音倉卒。我爸看看趕不上同行了，匆匆交代他到了美國務必馬上聯絡，便趕緊讓他出去搭車。
「接著又是漫長的等待，他們一家子此刻都在美國，我爸雖然著急，卻苦無通訊。不覺間十多天過去，我爸實在心慌，抱著姑且一試的心情撥號到他們家去，沒想到不久便有人來將電話接起。那是我嬸嬸，她說黎熙癌細胞擴及全身，藥石罔效，已在一星期前病逝。
「我爸大驚，直問詳情，又問後事，嬸嬸說已經在當地火化超度，攜回骨灰，我爸語帶責備地問她怎都沒聯絡親屬，嬸嬸哭哭啼啼，說當地華人廟宇的師父看的日子，時間匆忙，他們又人生地不熟的，每天為著喪事忙得暈頭轉向，這才疏忽了聯絡，請大伯原諒。我爸嘆口氣，也不好再說什麼，攜了我們過去弔唁。這事情他一直引以為憾，多年來耿耿於懷，因此這回聽到黎衛死訊時，當即二話不說預定了行程，總算沒像當年一般錯過了來送侄子最後一程的機會。」
黎燦歌言終意止，目光投在窗外無窮之處，他始終站著談話，聲無高低、顏無喜慍，眾人猜不出他抱持怎樣的心情訴說這段往事，總地算不上哀戚，時而甚至有些輕率。
「難道他真是如此薄涼之人？」黛菲一望他漫不在乎的側臉，沒來由地一陣憂惶接著一陣惆悵。
「黎熙生病，他父母赴美照料……可我怎記得他們大半生沒出過國，這次為了參加黎衛畢業典禮才初出國門？」雷蘭特著實疑惑不解，起身向平臺這邊走來。
「真有此事？」西里爾也跟上來，「可是黎熙病危，再怎麼說也不可能丟他在國外撒手不管，你可有誤記？」

黎燦歌仍是悠悠立於窗邊，一副事不關己。

「不僅如此，我還聽媽感慨過，說當年知道黎熙癌症復發，原本要幫忙介紹美國的醫生，他母親卻說已經帶著黎熙回國治療了。不久黎熙去世，媽媽沒能趕上葬禮，始終覺得遺憾。」雷蘭特又說。

「是嗎？可她不是對她大伯說黎熙情況太糟，受不了長途勞頓，只得留在美國治療，最後病逝異鄉，還在當地治喪出殯，事後才攜回骨灰？」西里爾道。

「姚女士不喜歡她大伯，找理由不讓他來參加葬禮倒也說得通，可是她跟媽是朋友，沒必要對媽有所隱瞞才是。」

「黎熙到底在哪裏病逝的？美國還是臺灣？」

「還有一處奇怪，我聽媽說，黎熙當年去了紐約，怎會是去念哈佛？」雷蘭特突然想起。

「媽說他去紐約嗎？你沒聽錯，或者記錯？」

眾人言三語四，不得明白，只覺黎燦歌之言驟然聽之，不覺其為非，細細剖析，卻大有謬處。而他竟爾冷眼旁觀，更無一句解釋之語。群議無衷，聲漸悄靜，他總算懶懶調回視線，譏誚之色一閃而逝。

「這故事破綻百出，是嗎？」他慢條斯理說道，「那還不簡單，這故事是假的，只是你們認真什麼呢？」

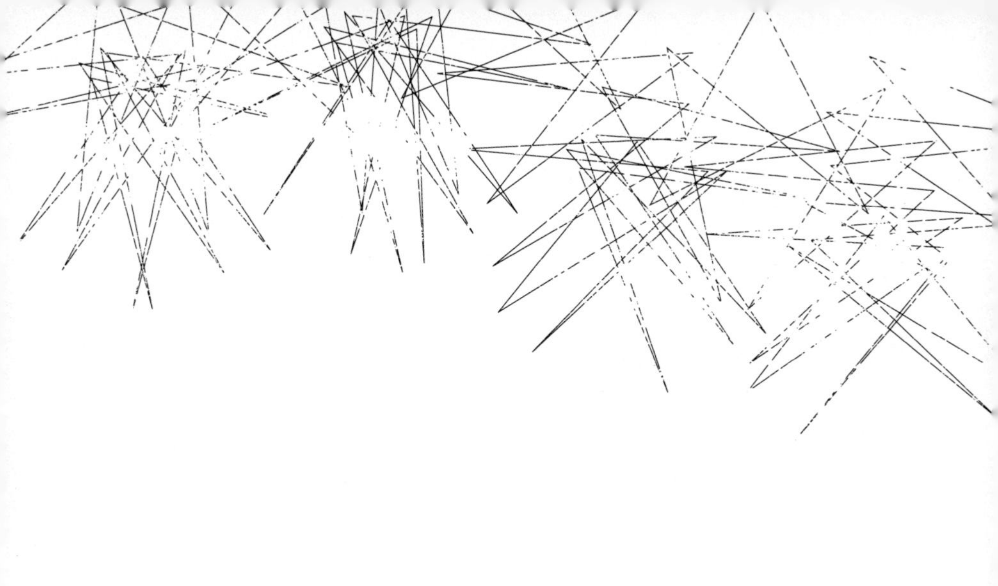

第十三章　真與假

黎燦歌此言一出，把眾人性子都挑了起來，皺眉忖著：「此人開玩笑一點不懂分寸。」

黛菲霍然起身，慍道：「你倘使不願悉告真相，明說了便是，何必這樣惡作劇，說假故事來愚弄我。」

「假故事不是我說的。真真假假也不是真能一刀兩斷。」

此時窗外一陣清風徐來，把他額際亂髮吹起，只這一剎那間，黛菲乍見他一雙朗目竟酷肖黎衛，她方寸大亂，如懾心魂，輕抽了口氣，往後一個踉蹌，伸手扶住窗緣，綿惙欲絕。

黎燦歌見她如此，只道她不甘遭騙、氣急攻心，有些後悔失言，遂愀然發諾道：「妳坐下吧，我不會再騙妳了。」

黛菲迷迷幻幻地，依言坐了。

雷蘭特、西里爾也各自回客廳沙發坐著。

「其實我也不是有意欺妳，我說過故事不起個頭很難講下去——」燦歌語悃意誠，倒不像在自我辯解。他擡手撥了撥亂髮，又把瀏海撥回了眼前。

黛菲寒著臉，一語不發。

「我嬸嬸這人，說她可惡，倒也可憐；說她可憐，卻更可悲。」燦歌續道，「大概因為一生際遇坎坷，好容易盼來個黎熙，正似長夜初曙、嚴冬遇春，怎不把這點希望緊緊抓牢。在她嚴格操作之下，總算漸漸地把黎熙捏塑成她理想的模樣。而她理想的模樣，就是別人嘴皮子上所認可的模樣。

「黎熙敏惠夙成，雋朗而有詞藻，自幼便對文學很有興趣，學校老師都誇他情韻深摯、文筆雅暢。嬸嬸原本只圖個博士頭銜，對於領域不加設限。但與人閒聊，說起某些科系時大家總露出特別欽服的眼神。她於是逐漸轉念，再不許黎熙以文學為志，要他將來非念個人人羨慕的熱門科系不可，最好是個醫學博士。

「她野心勃勃，樣樣都要爭第一，對於子女，恨不得揠苗助長，遇上外來妨礙，阻擋不了便想除之後快。有一回，黎熙學校舉辦自然實驗比賽，是場團隊活動，同年級孩子各自組隊報名，獲勝者不但升旗時上臺接受表揚，名字還會貼在一樓的文藝走廊。嬸嬸幫著收集材料、準備器具，幾乎比所有老師、學生更投入。比賽當天，黎熙那組卻有個隊員臨時因病請假，導致進度稍緩，未能奪冠。嬸嬸知道後盛怒不已，闖到學校要求重新比賽，指著那個生病的同學大罵害群之馬。老師們都來相勸，說比賽明年還有，最重要的是讓同學之間學習團隊合作。那個被罵的孩子的父母知道後相當震驚，來找嬸嬸理論，她則理直氣壯說比賽就是爭輸贏，為一點小病缺席根本沒有榮譽心。」

「你現在這說些，到底是真的、假的？」黛菲無奈地問。

「是真的。」

「我若是黎熙，一定沒有顏面再見到那位同學。」

「妳若是黎熙，沒有顏面再見到的人可多了，但這難道是他該負的愧責？」

「黎熙怎就甘心讓他母親操控？」

「人總是可以訓練的。」燦歌道，「當萬眾一口的大合唱震耳欲聾之時，人人都必須以此為真理。加上黎熙雖然優秀，嬸嬸卻是從小蠢呀笨呀沒少悉落過，人前不忌打罵損他自尊，導致他內裏相當自卑，遇人稱讚，不喜反畏，總覺得自己就是又蠢又笨、毫不特別，只有母親還願意收留他這個一無是處的兒子。既然害怕被遺棄，只有對母親言聽計從。」

「唉，我小時候隨便一張塗鴨，我媽便要高興地誇我半天。」黛菲感嘆地說。想起母親對自己的呵護，心頭一陣暖。

「我們都有個基本常識。」燦歌忽道，「但凡要拉在一起比較的項目，或多或少有些共通之處。例如水星和火星都是天文學範疇，自然有許多可比面象。比較桌子和椅子，不如比較兩款桌子，或兩款椅子來得容易。倘使比較桌子和水星、椅子和火星，又更困難了點。可見差異度太大的物件，放在一起比較，效果、意義都不彰顯。」

眾人都不解他這突如其來的理論。

「這道理用在人和人之間的比較也很適合。年紀相近的孩子比起來才更刺激、更有意義。」他又將主題收回，「我嬸嬸出了黎熙這個資優兒子，恨不得全數親友的子女都與他年齡相若。可惜我和黎熙相差有年，她只能期盼黎衛長大後和他哥哥一般輝煌，屆時就能把我這個小他一歲的堂弟壓下去。夫家親戚這邊暫時出缺，倒是聽說她娘家有個和黎熙年歲相當的表親，那是她妹妹的兒子，她姊妹二人據說感情不睦，這位表親自然成為嬸嬸替黎熙設下的頭號對手。」

雷蘭特心想：「他說的應該是若瑰的哥哥。」

「我嬸嬸的妹妹的兒子，稱謂饒口冗長，偏偏我不曉得他尊姓大名。」燦歌停下來，像在認真思索一個簡便的稱謂。

「姑且叫他X好了。」黛菲提議道。

「為什麼不叫Y？」

「叫Y也可以。」

「那麼Z呢？」

「你別在這小枝節上糾葛，」黛菲急道，一時也沒想到此人便是若瑰的哥哥，「他是你遠房親戚，你叫他遠房哥哥如何？」

「不行，我不要和人攀親認故。」

「他叫巫若堯，你喊他本名便是。」雷蘭特在一旁提點道，並把自己和若瑰的關係簡述一回。

燦歌點點頭，「好，總之這位巫若堯只比黎熙長一歲，成長過程中自然成了兩邊家長比拼的選手。

「巫若堯為人如何，抱歉我實在不清楚。但課業上大抵不及黎熙，因此當他高中畢業立即赴美留學的消息傳至我嬸嬸耳裏，她便不甘示弱，宣布黎熙隔年也要出去。

「『出國留學，要花好多錢的。』旁人道。

「『學校老師說黎熙未來不可限量，送他出國更能一展所長。為了他好，做父母的縱使省吃儉用也要擠出錢來，供應他出國去。』嬸嬸語重心長地說。

「『真偉大，祝你們馬到成功。』

「『去美國聽說得考英文，黎熙英文好嗎？』

「『人家資優生呢，輪得到我們瞎操心，等人家好消息吧。』

「眾人你一言我一語，便把事情定了下來。

「為了『不負眾望』，嬸嬸開始對這項留學計劃認真起來。其實以黎熙的程度，稍加準備應不成問題，但嬸嬸卻不放心。她交予黎熙一本英文字典，命令他按照她的方式逐頁記誦，舉凡單字、詞性、例句不可一項疏漏，並規劃了進度，日日給他考試，不拿滿分不得休息。她相信所有題目只有一種標準答案，不管句子對不對，只要與書上一字之差就是不行。

「黎熙為此苦不堪言，寂夜寒窗，時常鬧到清晨四、五點才得就寢，七點又得起床上課。而嬸嬸卻是精神矍鑠，好似完全進入了備戰狀態，音調鏗鏘地督促他：『吃得苦中苦，方為人上人。從前我作學生的時候，也是一路苦過來的。』母子兩個經常徹夜通宵，非把當天進度完全熟練了才肯休。廟裏的考生祈福法會，嬸嬸也不缺席。空曠場地上屈膝埋首，跪成一片五顏六色，都是來替子女祈禱的家長，甚是虔誠壯觀。

「除了字典，嬸嬸只要聽見哪本留學書籍好，便一股腦地買回來，叫黎熙背。黎熙撐著疲倦的身子走到書桌前，剛坐下，嬸嬸便迫不及待地伸手把他的頭按下去，替他打開書，催道：『快背，快背，所有成功的人都是拼命用功來的！』他每天在書桌前吃飯，洗澡超過時間，嬸嬸便焦躁地拼命敲門，守在浴室門口貼耳肅聽，一逮他出來立即捉回房裏念書。

「黎熙耳鳴眼痛，哀求著讓他休息一會。嬸嬸氣急敗壞地跳起來，罵道：『沒出息，叫你念點書就哀聲嘆氣。你媽五、六十歲的人了，又要工作、又要煮飯，照樣天天陪你到三更半夜，我喊過一聲累沒有？我把你伺候得跟皇帝一樣，茶來伸手飯來張口，一點家事都不要你做，為著你的前途，犧牲我的人生，你非但不知感恩，還來跟我討價還價。你可知多少孩子想讀書，卻得幫著父母去賺錢。哪像你好命，連出國的錢我都替你準備好了。』

「嬸嬸嘵嘵不迭。黎熙便說要去替她煮飯做家事，要去半工半讀。

「『什麼話，你這樣念書不專注，明年申請不到學校怎麼辦？』

「『我也不是非得出國，我留在國內念大學，給家裏省下一筆開銷，妳也不用這樣辛苦。』

「『你胡說八道什麼，我都跟人家說了你要出國，你現在反悔，我要怎麼對別人交代。』

「『那不是我的決定。』

「嬸嬸聽了這話簡直氣瘋了，揮臂掃落桌上書籍，雙手搥胸，搥得砰砰砰地響，臉上五官皺成一團，『我到底造了什麼孽，丈夫沒用，兒子沒用，一輩子註定給人笑話！你怎樣？翅膀硬了，會反抗了是嗎？也罷，我、我不如去死！活得好膩……我活得好膩……』她跪在地上一項一項細數人生的不幸，喉嚨嘶沙就像喊著千年奇冤一般激動。又跳起來，向黎熙衝過去，猙獰地攫住他的手往自己身上打，一面歇斯底里地哭叫道：『你打你母親！你殺你母親！今天不是你死就是我活！』抓一把剪刀塞在黎熙手裏，要拉他來刺自己。

「嗯，到底是人模仿戲劇，還是戲劇模仿了人。

「黎熙這會哪敢再說不出國，哪敢再喊累。流淚道歉，將一地的書撿好，乖乖坐在書桌前。心中對母親既慚愧又心疼，覺得自己是個不孝子。」

「這些又是真的，還是假的？」黛菲有了前車之鑑，屢屢不忘確認。

「唉，看來『狼來了』真喊不得。現在我說什麼，妳都只想著是真是假，卻把內容略在一邊了。」

黛菲有些赧然地笑了笑，「我也不是專注和你記仇，只是這對母子的行徑太令人匪夷所思。」

「嗯。」

「我聽著都覺累。黎熙真是個神，我要是他，肯定瘋掉。」

「黎熙不是神，瘋掉是遲早的，事實上他早就瘋了，只是壓抑著，連他自己都不知不覺。」

黛菲愕然，「怎會連自己都不知不覺？」

「因為有兩股力量暗中較勁——深裏的感受和外在的認值。」燦歌頓了頓，「黎熙性情淳厚含蓄，有種寧人負我、我不負人的宗教情操，路邊乞丐、遠方饑童，都令他憂愁悲憫，有點能力便傾力幫助。我媽和他媽是天敵冤家，他對我們也是和和氣氣、彬彬有禮，而且磊落坦然，絕非虛偽。

「這樣一個人，對於生養自己的父母，怎能不纏綿孺慕、縈心牽腸。何況他自認質劣，對於自身的存在有著強烈的愧疚感。在父親長年缺席的情況下，母親非但沒將他拋棄，還盡力栽培，恩澤山高水深，他心懷虧欠，因此『不讓母親失望』成了人生最大目標，對於母親的要求都認作合情合理。」

「他的優點正好成為他的致命傷了。」黛菲道。

「有憂無恨，最是傷心。總之黎熙就是在這種極度自我懷疑的處境之下，懷著罪惡感長大。表面上他成熟懂事、人見人誇，內裏卻創傷累累，支離破碎。

「留學考試只是他長年困慮的導火線，他變得愈發沉默寡言，終日鬱結難歡、食不下嚥。

「嬸嬸燉了補品端到他書桌前，勸道：『吃點吧，看看你愈來愈瘦，再這樣下去怎行。書沒讀成反倒先生病。』

「『妳擔心我不吃飯傷身體，還是擔心我不吃飯沒體力念書？』

「『你這孩子怎麼了，這可有什麼差別？快吃吧，特選的烏骨雞，很貴的，我清早冒雨去買回來，即刻下鍋燉了一整天。』

「黎熙接過湯碗，舀一匙到嘴邊，不及就口，先教那氣味嗆得心脹欲嘔，『我真的吃不下。』

「嬸嬸臉一沉，劈手奪過碗來，踏步至廚房。爐上燉著一整鍋補品，她把碗裏湯藥潑進鍋裏，再端起大鐵鍋整個摔進流理臺，一聲砰然巨響，湯汁油漬濺得四處，薑片中藥胡噴亂貼，整隻燉雞滑出鍋口，咚的聲，落在流理臺鐵槽內，半堵著排水口。屋裏原本瀰漫的中藥味更加勢不可擋。

「黎熙趕到廚房已阻止不及，嬸嬸也不看他一眼，一面唸著：『好心給雷親，哼哈，我好心給雷親……』一面踱腳往房間去，經過木櫃旁順勢伸臂刷下一排調味品。

「黎熙忍著脹噁之感，拿掃把抹布清了半天，總算讓廚房恢復整潔，然後進房去向母親認錯。

「『知道錯就好。』嬸嬸躺在床上，慵慵地揮揮手。『你去吧。』

「黎熙站在床前思慮良久，昏暗燈光下嬸嬸彎著一條手臂壓在額頭上，遮住了半邊臉面。他輕喊了聲：『媽。』

「『嗯。』嬸嬸虛應一聲，半睜開眼，換了個姿勢躺。

「『媽，我真的很痛苦，我快不行了。』他聲音隱微，幾乎聽不見。

「『你怎麼呢？別學人家為賦新詞強說愁啊。』嬸嬸半瞇著眼，聲如囈語，像具油盡燈枯的殼子。

「黎熙遲疑了一下，走過去摸摸母親額頭，竟炙燙如燒。他當下一陣愧怍，趕緊拉被子替她蓋好，拈熄了燈，退出房間，回自己屋裏加緊用功去了。

「此後他也不再說什麼，母子倆依舊日日按表操課。有一天，嬸嬸接到學校電話，說黎熙因為體力不支，昏倒在通向天臺的樓梯上。嬸嬸趕到時，他已經甦醒，面色慘白地躺在保健室床上休息。護理師建議讓他回家去，嬸嬸則猶豫不決。

「『下午還有什麼課？躺一會便回教室去吧。』

「護理師憂問：『這樣沒問題嗎？』

「『沒事，沒事，年輕人身體好，吃點東西就復元了。』

「護理師轉頭問黎熙：『你真的可以嗎？』

「黎熙沒有答話，只是深深地看著他的母親。那天他其實預備爬上天臺跳樓自殺的。」

黎燦歌言述於此，眾人都覺心頭沉甸甸地，暗忖：「難道他是積憂成疾，終至患上絕症？」

「黎熙……他真的太壓抑了，他怎不找個人說說話，他學校裏總有些同學朋友吧。」黛菲道。

「說什麼？說他有個克勤克儉、任勞任怨的母親？說他有個在祈福法會上為他跪到膝腫腰痛的母親？說他有個為了替他燉補，淋雨生病的母親？說他有個獨撐家計，還替他存好留學費用的母親？」燦歌悠悠反問。

「說他不想出國啊。」黛菲道。

「可是——那是他母親逼他的。」

「那是他生在福中不知福，奢侈的煩惱。」

「那是為了他好。」

「明明是他母親想炫耀。」

「父母生你養你，不該讓他們高興嗎？」

「不是嘛，他母親逼他太緊了。」

「愛之深、責之切。」

「再怎麼說也不該擅自替人決定未來吧。」

「少見多怪。」

「他母親亂發脾氣。」

「不該惹媽媽生氣，而且抗壓性太低。」

「怎是抗壓性低？那是精神暴力。」

「想得太嚴重了，長輩說了不中聽的話，聽而不入心，笑嘻嘻帶過便了，何必跟自己過不去。」

「別人無理取鬧，你還笑得出來？」

「不是別人，是長輩。」

黛菲又驚又惱，「黎燦歌，你好無理，怪不得黎熙找不到人說話，憂鬱得想跳樓。」

「妳別著急，明理之人還是有的，不是人人像我一般昏聵。」燦歌隨性一笑，「事情過後，我嬸嬸依然每天督促黎熙讀書，只在飲食上特別留心，確認他每餐都有足夠營養。倒是學校老師隱隱察覺了不對勁，主動替他安排至輔導室洽談。

「當時負責此案的是一位年長的輔導老師，姓田，其人明鑒識、通情理，慷慨親切且歷練豐足，黎熙喊她作『田媽媽』。

「田老師與黎熙深談數回，立即發現問題嚴重，接洽了我嬸嬸，劈頭就問：『妳知不知道妳的孩子在想什麼？』

「嬸嬸笑道：『他是個學生，就是盡好學生本分，除了專心讀書，還能想什麼。』

「『妳希望黎熙如何呢？』田老師又問。

「『我希望他聰明健康、懂事孝順。目下好好準備留學考試，未來功成名就、榮耀父母，做個社會上有用之人，來往的朋友都是飽學之士，娶個書香門第的妻子，妻賢子孝，一生風光得意、受人景仰。』她長長開列一串清單。

「『好，那麼黎熙自己又希望如何？』

「嬸嬸語塞。少頃方道：『難道不是這樣嗎？』

「田老師長長一嘆，告訴嬸嬸，黎熙有強烈的自殺傾向，最好趕緊帶他到醫院找正式的精神科醫生治療。

「『精神科……這傳出去還得了。』嬸嬸膽戰心驚。

「田老師見她如此反應，有些慍怒地告戒道：『黎熙情況很糟，妳要想閉目不見，屆時釀成悲劇，休怪沒人事先提醒。』

「出語極重，嬸嬸大概也嚇到了，於是帶著黎熙至醫院求診。醫生開了藥，請他回去按時服用，一星期後回來複診。

「往後他便按照醫生指示定時服藥看診，學校那邊則時常去找田老師談話。在田老師循循善誘之下，黎熙終得緩緩道出內心苦楚，壅塞初潰，積水如洪，他第一次在人前痛哭失聲，赤裸裸地碰觸深裏的絕望與黑暗，原來那些創傷早已刀刀見骨。

「『我真不孝，竟背地裏非議自己父母。』

「『你只是受傷了。』田老師柔聲安慰著。

「黎熙走出輔導室，不住流淚想著：『如果田媽媽是我母親……』思未及，一股罪惡感浮上心頭，遏阻他拿母親與他人相比較，他微微一顫，覺得自己是個叛徒。」

眾人都想：「總算他及時遇上個貴人，到此尚能轉圜。」

「這時候距離黎熙高中畢業僅剩數月，親友對於他的出國計劃頻頻追問。」燦歌續道，「嬸嬸硬著頭皮與人周旋：『應該快了，一有結果立刻告訴大家。』

「『怎麼這麼慢呢？我姪女也是今年申請，學校都寄入學許可來了。』

「『托福考了嗎？考幾分呢？SAT成績如何？』一個過來人問。

「『他申請了哪些大學，哪個學院？』

「嬸嬸面對紛至而來的提問忡忡無措，事實上黎熙因著發病、吃藥，精神頹靡，考試當天根本缺席。

「時日愈近，眾夥詢問愈急，好些人都似生出懷疑來，勸道：『學校早該通知消息了，會不會送信送錯了地址？我看妳主動查一查，以免錯過時機。』眾皆附議，催嬸嬸快去查問，又推派一個英文好的當場替她擬了稿，教她練習發音，又替她算了時差、又研究國際電話撥打方式。一群人忙忙碌碌，好不熱情，嬸嬸在一片聲勢浩蕩中隨眾起伏。

「到此她大概也沒勇氣坦白真相了。眾人不停催問，她只好順勢說打電話才知道當初寫錯了地址，好幾家學校寄了錄取通知都沒收到。

「『黎太太這會該怎麼謝謝我們，要沒有我們幫忙提醒，黎熙恐怕錯過註冊，那多冤枉。』大夥沾沾自喜地邀功，喊著要她請客，嬸嬸僵笑著，連聲答謝。」

黛菲搖頭道：「這真胡鬧，竟說起謊來了。」

「消息傳來，我爸特地攜我們親往恭賀，那天我們並沒有見到黎熙——他去參加學校來臺舉辦的行前說明會了。

「『決定了哪間學校，快說來與大家分享。』我爸問。

「叔叔支支吾吾，嬸嬸趕緊說：『哈佛。』大概一時半刻也想不起其他校名，又不能躊躇太久，惹人疑竇。

「當晚我爸作東，上館子吃了筵席，席上就缺黎熙，嬸嬸留了便條請他一看見立刻趕來會合，卻到筵席結束也沒見到他人影。」

眾人好生錯愕。

雷蘭特暗自揣度道：「若依此類推，媽媽問起黎熙當年去了哪一州，他爸爸道：『紐約。』大概也是一時想不起其他地名吧。」

「怪不得她不再高調炫耀。」黛菲嘆道，「黎熙呢？他還上醫院看診嗎？後來怎又患上癌症的？」

燦歌道：「嬸嬸避開熟人，選了一家偏離親友生活圈的醫院與黎熙就診。事有湊巧，我爸卻有個朋友住在鄰近區域，那陣子為陪丈夫術後復健繁頻往來醫院。此人幾年前在我爸的生日酒會上與黎熙曾有一面之緣，也不知哪來的記憶力和視力，竟給認了出來，拆了我嬸嬸的局——」

「等一下，」黛菲忽然喊停，「這是到你家拜訪，聊起常在醫院看見母子攙扶畫面的那位朋友嗎？」

「是。」

「可是——」黛菲抿唇而思，有些混亂，「這時候黎熙已經患了癌症嗎？你敘述跳躍，我聽不太懂啊。」

「我沒有敘述跳躍。黎熙這時候還是去看精神科，嬸嬸一面哄著眾人留學之事，一面私下陪著黎熙延續治療。我爸聽聞動靜，憂急致電問訊，嬸嬸握著話筒，『精神病』一詞哪裏說得出口，只恨黎熙不爭氣，又恨閒人多傳言，心中委屈，嗚嗚咽咽哭了起來。我爸催問，她吞吞吐吐，說黎熙身體不適，上醫院檢查，驗出癌症，才會三天兩頭前往治療。

「我爸一聽竟是癌症，哪裏還能等閒視之，連忙找齊我媽和我一同前去探望。黎熙堂哥果已病容毀悴、行止失常。

「我爸問起病況，嬸嬸拭淚掩泣、含混其辭。叔叔好像剛從外頭回來，脖子上還打著蝴蝶結，沒弄清家裏近來事況，夫妻兩個不及串通，就先接待了我家三人。嬸嬸以淚代言，答話的勢頭落在叔叔身上，他搔頭乾笑：『黎熙生病……這個嘛……』

「嬸嬸見他這副模樣，怕要穿幫，揮著雙手追打過來，一面哭罵道：『窩囊廢，成天跑哪風流快活，連自己兒子生什麼病也記不住！』

「叔叔一面閃、一面擋，切切道：『別、別這樣……難看……』

「我爸多少知道自己弟弟的習性，只當黎熙生病，嬸嬸心情不好，才在人前吵架，有些尷尬地在一旁勸著。

「我爸刨根問底，嬸嬸應付不及，只得說已安排腫瘤切除手術，要不我爸瞎纏下去，早晚看出破綻來。偏偏我爸還不死心，說手術當天要陪同前往，可惜那天正與原訂行程撞期，只好作罷。」

眾人都想：「怪不得她不要名醫，要真教那大伯介紹醫生來，謊話還能不揭穿嗎？」

燦歌續道：「我們告辭後，嬸嬸總算鬆口氣，『好險，好險我聽見大伯說下星期要出國開會，不然真教他到了場，我哪裏去生出一場手術來。』

「『怎麼呢？』叔叔仍在狀況外，『黎熙又不開刀了嗎？腫瘤怎麼辦？』

「嬸嬸氣炸了，『開你的鬼刀，為什麼不是把你拖去閹了！』

「二人就站在黎熙床前大吵不休，幾乎要打起來。」

黛菲暗自疑惑：「好奇怪，他怎會知道告辭之後所發生的事，該不會這回又是個假故事？」強忍著不問，只說：「可是你不是說手術之後你們又去探病，黎熙果然好轉許多？」

雷蘭特忍不住提醒道：「問題是根本沒有那場手術。」

「既然癌症是假的、手術是假的，好轉自然也是假的。」西里爾也參與討論。

燦歌卻說：「不，好轉是真的。」

眾人愈聽愈糊塗，都問：「他既然沒有癌症，後來怎麼會死？」

「該不會他死了也是假的？」

「世上只有癌症會致死嗎？」燦歌不答反問，「沒錯，我爸回國之後，我們又去探望黎熙，他面色溫潤、眼神集中。雖然虛弱清減，坐在床上與大家談天答禮，言語清晰。嬸嬸說是手術成功，病去魂來。大夥說了一會話，嬸嬸便說醫生交代手術剛過，不能太勞累。

「這道遂客令一下，我們也便告辭，黎熙稍稍輾轉，似要起身相送，嬸嬸忙叫他不要亂動，替他把毯子蓋好，耳提面命說醫生交代傷口尚未復元，不能吹風、不能下床走，並自行送客。

「往後我爸三番四次期晤不成，只在電話中聽說他漸轉康復，再後來，竟是他已痊癒，出國留學的消息。」

眾人愈發混亂。

「好奇怪，既然沒有腫瘤，怎會手術後真的好轉？」黛菲問。

「沒有手術，沒有手術。」雷蘭特再度提醒。

黛菲垂目思索，好半晌似有悟得，「既然不是癌症手術使他病體康復，大概就是精神科藥物令他情緒平衡。」

「一語中的。」燦歌面帶激賞，「事實上，黎熙在服用精神科藥物初期，效果不甚理想，一些脫序行為，便是藥物副作用所引起。幾經調整，逐漸改善。他與醫生配合良好，學校那裏，則有輔導室的田老師作他心靈支柱，兩邊相得益彰，病情控制住了，輕生念頭也暫時緩解。我們那次去看他，正是他處在這個狀態之下，嬸嬸說是手術成功，誰也沒深入探究，便教她敷衍過去了。」

「雖然沒有手術，但他既已好轉，終得如期出國去了，是不是？」黛菲似是又有悟得。

「他沒參加考試，按理無法申請學校的。」西里爾隨即提出反論。

黛菲望著燦歌問道：「他到底有沒有出國？」

「妳說呢？」他偏不直言相答，「這個騙局眼看覆水難收，嬸嬸無時無刻不權衡著：『再這麼下去，早晚給人發現，屆時顏面盡失，往後如何做人。』

「有一回，她到學校去，正逢黎熙去找田老師談話，她沿著林隧小徑，獨自來到輔導室門前，葱蘢蔭下，踽踽徘徊。

「俄而，輔導室裏走出一名端潔秀整、細眉長眼的女士。

「『請問妳是學生家長嗎？』她問。咬字斷句清楚分明，絕無雜調，音量語速亦拿捏得宜。

「『是。』嬸嬸簡要地說她在等黎熙，『請問妳是？』

「『我是學校的輔導老師，我叫歐曼君。』

「二人不知怎地聊了起來，愈聊愈投契。嬸嬸滿腹委屈無地宣洩，免不了避重就輕地把心事對她傾訴。就這樣，母子二人一裏一外，分別對著兩個輔導老師大吐苦水。」

雷蘭特和黛菲皆大感意外，直在心裏搖旗呼道：「啊，那個歐曼君！」

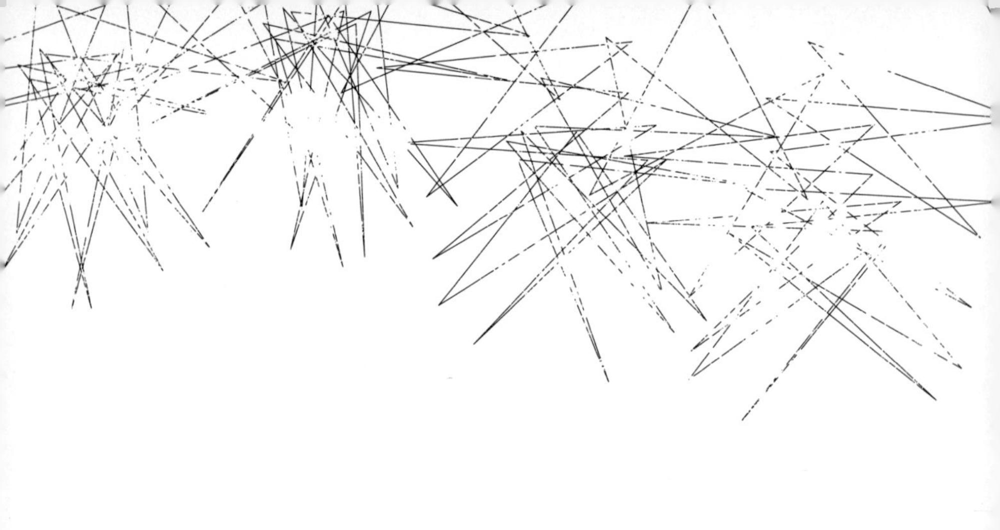

第十四章　永夜的房間

「那歐曼君三十多歲年紀，初為人母，情潮難克。」黎燦歌續道，「她聽見嬸嬸為著孩子傷神，可真有說不出的愁緒、道不盡的佩服。

「『真的難為妳了，早晚奔走家計，還要為孩子前途操心。』她語柔聲細。

「『天下父母心呵，雖然苦，也甘之如飴。』嬸嬸說。

「歐曼君綿結悱惻地和道：『是啊，誰教我們身為女人、身為母親，天生的死心眼。為了子女家庭，一任紅顏枯萎，情之所至、一往而深，教別人粗心踐踏了，依舊無怨無悔。』明抑暗揚，用性別、身分很可愛地便把人劃分了精粗。

「『歐老師真是一言說中了一個母親的心事。』

「『癡心父母古來多呀，可是孝順兒孫誰見了。唉唉，妳也別太難過了，母愛就是這樣毫無道理的。』

「『可不是，天曉得我生他養他，只恨不能把世上最好的事物都供應他，卻把自己擺在末位，這會他還來埋怨我。也不知道正在裏頭說著什麼壞話，對個陌生人說自己母親壞話欸。』

「『這孩子真的太不懂事了，忍心讓旁人來做中介，叫自己母親上了審判臺。』

「嬸嬸聽了這話，滿眼汪淚，激動問道：『歐老師，妳真是這麼想嗎？』

「『當然，我也是作母親的人，怎不了解一個母親對孩子的愛。』

「『怎那田老師也是作母親的，卻不懂我的難處，還說我不了解孩子的想法，天下哪有母親會不了解自己孩子。』

「『田老師是假民主、真墮落，自以為學人家開明平等，把咱們傳統孝順美德一旁擱著，但文化豈能這樣移花接木。一味放任孩子無法無天，等將來他們出了社會沒有成就，卻苦了誰？』

「二人對語不足，需長言之，長言不足，需歌謳之。高亢低迴，任自動人，一下子來不及掏心挖肺，都覺遺恨，但覺紅塵之間只她二人傲然孤獨，相互知解了。」

黛菲道：「為什麼開明平等將來就會沒有成就，這也太過武斷了吧。」燦歌神色晏如，不置可否，「嬸嬸艱境之中得了這麼一個大知音，不啻柳暗花明，更復重拾了自信。她想著：『原來問題出在田老師身上，是她離經叛道，不是我專制異常。奇怪，同樣都是輔導老師，怎麼一個天、一個地。』又想：『既然歐老師也在輔導室服務，不如把黎熙轉給她，相信在她纖細溫婉的感化之下，黎熙又會變回從前那個聽話懂事的好孩子，否則繼續由著那姓田的挑撥離間，終將把黎熙愈帶愈遠。』

「決心既定，當即向學校提出要求，起初田老師和黎熙都不肯。

「田老師道：『信任感建立不易，黎熙剛有起色，妳硬要把他轉給別人，從頭來過，難道不怕他病情惡化？』

「嬸嬸道：『歐老師說了沒問題，就是沒問題。』她原本便不相信黎熙真的有病，這回更是有恃無恐，頻頻搬出『歐老師』來。田老師相當氣憤，覺得自己的專業遭到質疑，奈何學校最尊重家長意見，田老師雖然心痛黎熙，終究無能為力。

「黎熙由此轉到歐曼君案下，把一切情事細說重頭。

「歐曼君原本只道嬸嬸對孩子嚴厲了點，未想竟是這等過當。她憂心忡忡地跑去問我嬸嬸：『黎熙說妳時常無聲無息地轉開他房門，就著門縫在背後瞷他。妳偷看他抽屜和書信、按著他的頭逼他徹夜讀書。他鎖門妳就拿鐵鉗子破壞門把、他不聽話妳便鬧自殺。時常威脅要把他趕出家門、要和他斷絕母子關係，還要他在爸爸媽媽之間選邊站。這些事當真屬實？』

「嬸嬸倒也滿會察顏觀色，她看歐曼君眼神中含著詫異，不再像上回和她同聲一氣，連忙解釋道：『歐老師妳千萬別誤會，小孩子誇張其辭，拿氣話跟我較真。我就是怕他念書累了，端水果去給他吃，離開前忍不住心疼地多看他幾眼，那不正是一個母親對孩子的戀戀不捨，怎讓他想偏了。抽屜是替他打掃擦桌子時不小心碰到的。信件是怕有緊急要事，不得已才先幫他拆開看看。我對他課業是嚴格了點，可不都是為了他好。那次破壞門鎖，是我叫門半天不應，擔心他在裏頭出事才使出的下下策。至於要他選邊站，那是他爸爸說的，不是我說的。』

「歐曼君聽了，露出『原來如此』的釋然笑容，無條件接受了母愛之說，回頭去勸黎熙，所有事情都是一場誤會，如今說開了就好，不要一直放在心上，自我糾結，跟自己的媽媽哪有什麼事情過不去的。

「往後黎熙說什麼，她便找嬸嬸確認——原來一切都是誤解，是強烈的母愛讓孩子有些招架不住了。

「她充滿感情地勸嬸嬸：女人一定要多愛自己一點。嬸嬸憂心黎熙的狀況，歐曼君胸有成竹地安慰道：『別擔心，我遇過許多頑劣叛逆的孩子，經過輔導都漸漸改善了。黎熙善良溫厚，領悟力又高，最適合用愛來點撥。人總有迷惘的時候，也算是種成長轉捩，過關之後會更煥然一新。』

「歐曼君的話相當勵志，嬸嬸心中石頭頓時卸了大半。

「當此之時，那場『癌症手術』已移日有時。嬸嬸忖度著：『黎熙手術成功、病情好轉已成為人盡皆知的事實，如若再讓人看見他頻頻上醫院就診，如何自圓其說？』終日掛慮，寢食難安。」

眾人皆感嘆道：「謊話真的說不得。」

燦歌續道：「一來為免啟人疑竇，二來在歐曼君那裏吃了顆定心丹，嬸嬸於是決定不再讓黎熙到精神科看診。

「這一下子自行斷藥，黎熙跟著摔下萬丈深谷。他心悸、頭暈、嘔吐，站在月臺遠遠聽見列車隆隆進站便想跳下軌道。仰頭看見天頂橫樑，估量著那夠不夠支撐一條繩子吊住他頸上的重量。下樓梯時不自覺地併攏雙腳，上身前傾……諸般念頭揮之不去，日益強烈激狂。他步履蹣跚地來到輔導室想找田老師求救，但田老師不在，卻是給歐曼君叫了進去。

「黎熙恍惚困蹇，對歐曼君喊著：『我媽就是監視我，像鬼那樣地監視我！像鬼那樣地控制我！沒有誤會，妳為什麼就是不肯相信……』他一向儒雅守禮，鬱結或怨責也頂多不說話。歐曼君看他這般失控，趕緊聯絡嬸嬸到學校來。黎熙蜷縮在椅子上渾身顫抖。血絲充眼，凌厲注視著她，『去呀，妳再去說呀！妳再去告訴她，全部告訴她……』他涕淚俱下，嘶啞不能成聲，頗有一種英雄末路的蒼涼悲壯。

「歐曼君見了我嬸嬸，忙問：『他怎會變成這個樣子？』並把他剛才語無倫次中的控訴轉述一回。

「『怎會這樣呢？』嬸嬸也束手無策。

「『他說妳像附骨之蛆，除非他死了永遠擺脫不了。』

「『這……都是他自己幻想的。歐老師，妳一定要相信我。對了，不是有個症頭，叫什麼……被害症？』

「『被害妄想症。』

「『對對，八成是他從前服藥的後遺症。』

「歐曼君有些意外，『妳讓他停藥了？』

「『吃太多藥對胃不好。』

「歐曼君猶豫了一下，嗯了聲，不曾多言。

「『歐老師，我聽說吃藥會造成幻覺，對吧？』
「歐曼君搖搖頭，並沒有多作解釋。
「『這就對了，黎熙本來沒病，吃藥吃出病來。年輕人多愁善感哪裏是什麼症頭，當初真不該危言聳聽，現在變成這樣子，都是田老師給害的——』
「嬸嬸喃喃自語，說是數落誰，更像是自我開解。
「歐曼君沒與她搭話，轉身走向黎熙，扶著他肩頭言輕語暖地勸道：『沒事了，跟媽媽回家去，好好睡一覺，別再胡思亂想，媽媽永遠是最愛你的人，你是好孩子，千萬不要誤會她，聽媽媽的話準沒錯的，嗯。』黎熙於是跟著我嬸嬸走了。
「當時已近黎熙畢業之期，他每下愈況，連連缺席。他是個備受矚目的資優生，一下子不見了，大家都在猜他是不是提前保送大學，或者老早出國去。也有人根據一點端倪猜他壓力太大不堪負荷而休學。而歐曼君與人閒聊時也不諱言此事，幾個疼愛黎熙的師長都悵然喟嘆，也有好事者竊竊訕笑，說往日的驕兒原來是個瘋子。
「嬸嬸思來想去，認為黎熙一定是撞邪了，否則一個文質彬彬的好孩子怎突然又是鬼啊，又是死的，違抗起自己母親來，於是帶著他四處拜佛收驚，卻不肯讓他看精神科再走回頭路。」
黎燦歌一口氣說至此處，眾皆默然無語，客廳裏一片沉靜。
黛菲幽幽嘆道：「這時候如果有個人來及時揭露妄局，該多麼好。」
雷蘭特、西里爾亦如此期盼。
「黎熙日益神銷形損，羸瘦更勝從前。」燦歌道，「這段時間我爸不時想過去探望他『術後情況』，但他這個樣子自然無法見人。嬸嬸一面想盡理由推拖，一面擔心萬一親友和黎熙學校兩邊搭上了線，如何了得。」

「她乾脆自首吧。」黛菲道。
「哪有那麼簡單。妳太不了解妳的『姚女士』了。」燦歌半帶諧謔地說。
「要不怎麼辦？」
「妳說怎麼辦？」
「你就直說了吧，幹什麼老提問題要別人猜測接下來的發展。」黛菲悠悠地說。
「光是我滔滔不絕，妳不覺得沒有參與感？」
黛菲思量片刻，「如果不坦誠，便得騙到底了。」
「怎麼騙到底？」
「你又來了。」黛菲甚是無奈，認真考慮合理的說詞，「我猜，她乾脆把心一横，將黎熙送出國去，這一來少說也有三、四年清靜的日子。」
「太費事了。」燦歌道，「我嬸嬸被人問得煩不勝煩，屢屢計無所出，差點要露出破綻。好容易挨到六月，她乾脆把心一横，說黎熙按著原定計劃出國去了。此事當初是貼公告昭示親友的，若不是他中途發病，也許已經弄假成真。既然早有伏筆，說法水到渠成。這一來少說也有三、四年清靜日子，不怕逢人追問。」
眾人瞠目結舌。
「可是，她難道不怕黎熙哪天遇上熟人？」
「嬸嬸自然也想到這一層了。她替黎熙收拾了行李，攜著他搬到一間郊區的地下室，買了家電家具，又請人來粉刷牆壁，儘量在他遷入前布置得舒適整齊。她流著淚說：『可憐的孩子，不要怪媽媽，媽這麼做是為了保護你，你生病了，出去給人笑，只好暫時把你放在這裏。』她百端交集，淚墜如雨。到這一步，好似羝羊觸了藩籬，進退不是了。她只能拼命說服自己，這麼做是為了黎熙好，暗自發誓縱使他一輩子病著瘋著，也絕不遺棄他。

「往後嬸嬸時常過去陪著黎熙，躲著眾人耳目，替他張羅好飲食日用。她不再兇他了，像個慈母一般地哄著他、依著他。她可能，真的後悔了。

「黎熙不言不語，眼神空洞。嬸嬸煩惱無極，她來到學校輔導室，想起自己曾經態度惡劣地對待田老師，也曾斬釘截鐵地說過：『黎熙不需要妳這外人操心。』她在門外站了許久，終是垂著頭轉身離去。

「對外絕了援助，她只有將黎熙繼續藏著，至於下一步怎麼走，她著實沒半點頭緒。」

黛菲心跳怦然，「這麼說來，黎熙難道還活著？」

「妳這麼快便想直接跳到結局？」

黛菲讓他吊盡了胃口，急道：「黎熙他爸呢？他再離譜，不致於家裏少了個人都沒發現吧。」

「他當然是知情的。」

「知情，卻撒手不管？」

「那倒也不是。」燦歌道，「嬸嬸把黎熙藏起來，她自己也慌了。遍尋人際，終無一人能夠信任商量，到頭來，只剩下一個人選。

「叔叔聽罷，又驚又怒：『妳怎做出這等荒唐事來，黎熙在哪？我立即去接他回家。』

「嬸嬸淚眼婆娑，『你冷靜點，黎熙很安全，他就住在我娘家留下的那個郊區房間。』

「『那個地下室？』

「『嗯。』

「叔叔怫然作色，『那屋子廢置已久，跟倉庫一樣堆著雜物和灰塵，又悶又暗，連個窗戶也沒有，怎能住人。』

「『我問過黎熙，他同意暫時搬過去的。』

「『妳就是專門利用他善良！』

「叔叔迫不及待要動身去尋，嬸嬸忙忙攔住，『你不要衝動，我替他弄得乾淨又舒服，內裏應有盡有，原本找了人要做幾個窗戶，可惜屋子結構不適合。他暫時住著不會有事。我們趕緊想個辦法，把事情圓過去，再接黎熙回家。』

「『我早跟妳說說謊沒好事，妳偏偏什麼癌症開刀、出國留學，愈錯愈遠。』

「『我也是逼不得已。現在不是說這些的時候。』

「『我立刻找大哥把真相講開，他會諒解的。』

「『不行，不行，這一來不是人人都知道我撒了彌天大謊。』

「『那是妳自找的。』

「叔叔一提步，嬸嬸死命拖著不讓他走，二人拉拉扯扯、進退無章。」

西里爾不由地想起黎衛從前租賃的地下室，長梯深邃、環堵無窗，幽暗陰冷一如潛入永夜。

「他夫婦二人商量著對策，」燦歌續道，「叔叔提議乾脆真把黎熙送出國去，讓他養病散心，嬸嬸卻不放心他一個人拖病在外流浪。叔叔又提出全家移民，二人認真鑽研相關法規，奈何湊不齊足夠條件。叔叔便想國外去不得，只好一家子搬到鄉下，改名換姓、重新生活。嬸嬸多少還期盼著黎熙有朝一日康復，母子倆再度攜手打天下。

「叔叔看出了她的猶豫，怒道：『怎麼，妳擔心鄉下教育資源不好？什麼時候了妳還有心思想這種事。』

「『不是這樣說，我們莫名其妙搬得老遠，你那熱心大哥難道不會一路追來探查究竟？』

「二人討論不出結果。嬸嬸幾次領著叔叔去看黎熙，一再保證不久便接他回去，但總落空。

「日子愈過去，愈難回頭。嬸嬸也抓住了這點把柄，揮揮手說道：『去吧，你再想對別人說去，藏著黎熙你也有份，要不幾回下來，你怎不帶著他逃走？』

「叔叔雖惱火，卻沒轍，初始的震怒慢慢平息下來，他看黎熙在那裏倒也平靜，情況好時還能看書聽音樂，加上他每提意見總遭否決，便對此事愈發疏懶，遁到外頭尋歡作樂，家裏窩囊事眼不見為淨，就著燈紅酒綠隱隱慶幸沒有一時衝動搬到鄉下去。

「嬸嬸卻是心碎愧責，不減反增，大把花錢買好吃好玩的盡往裏處填充，恨不得將此室堆砌成一處仙土瓊宮，供黎熙賞玩。她每天下班便過去相伴，夜深方離去。假日天氣好時，偶爾也帶著他到附近草地散步曬太陽。

「她時而激動地問黎熙：『你想出去嗎？你想出去跟媽說一聲，媽冒著千夫所指，也會拼了這條老命成全你。』黎熙不答話，她自我催眠是他願意留下。後來，她也不從外面把門反鎖了，她把去留權交給黎熙，她擔心有一天黎熙會逃走，打開門看見他還在屋裏卻又不免一陣失落。夢中黎熙還是從前健康清朗的模樣，覺來不勝蕭索，徹夜啼哭不絕。」

黛菲悵然道：「姚女士其實也滿可憐的。」

燦歌道：「果然了解是寬宥之始，所以要恨一個人，最好不要去了解他。」

「那倒也不見得。可憐是一回事，她所做所為害慘了黎熙，卻是不能原諒的。」黛菲色銳如刃。「後來呢？」

「倏忽三、四年過去，這期間沒有人再見過黎熙，大家只道他長年居住國外，幾次回來都不巧錯過時機。

「接著便是我爸一頭熱提出赴美迎人之行。大夥錦鑼密鼓安排旅程，嬸嬸太平日子過完了，不只她急，叔叔也急，年歲之下他老早成了共犯。夫妻兩個早晚對坐怨尤，苦無計策。

「日逼一日，眼看箭在弦上，二人只好再搬出當年的癌症來。由叔叔親自上門報告厄訊，並稱嬸嬸正趕往美國緊急處理。

「接下來便是一下子說黎熙要回國治療，一下子病況太差又回不來。如此虛詞詭飾，日日更易，其實就是見招拆招，拖延時間。嬸嬸不願自行應對，總派叔叔去擋，他可能一再欺騙自己大哥也心虛愧疚，乾脆把自己也送出國，說計程車在外候著，他正要趕往機場飛去同他們母子會合。總算偷得十來天清靜空檔。

「我爸久等無訊，再度致電詢問，卻是得知他二人已然回國，而黎熙在美國離世安葬的消息。」

眾人恍然大悟，那假故事背後原來暗藏玄機。

雷蘭特沉吟道：「怪不得，她跟媽說黎熙是在臺灣離世下葬的，原來根本沒有那一場葬禮。」

「姚女士對媽和她大伯兩邊說謊，未想事隔多年，竟教咱們兩邊對質上了。」黛菲道。

「如此說來，黎熙果真沒死，他……還在那地下室住著嗎？」西里爾忍不住問。

燦歌道：「若是如此，後來的悲劇也許不會發生了。」

黛菲悚然一驚，直起了背脊，「你是指——」

燦歌神情清肅，重重地一點頭。

「請你快說說黎衛的事吧。」黛菲泫然欲泣，想起了此行的原來目的。

燦歌道：「黎熙這邊總得先作個收尾。」

「嗯。」

燦歌卻靜默杵著，似是在等一股情緒過去。良久，復道：「黎熙堂哥發病之後，原已沮喪消沉，又給我嬸嬸幽禁在那小房間裏，灰心更復絕望。

「就在他二人宣稱他癌發離世不久，某日，他從雜物堆裏撿齊了木炭，拿衣服報紙堵起門底縫隙，擦亮火柴，死在滿室一氧化碳之中。」

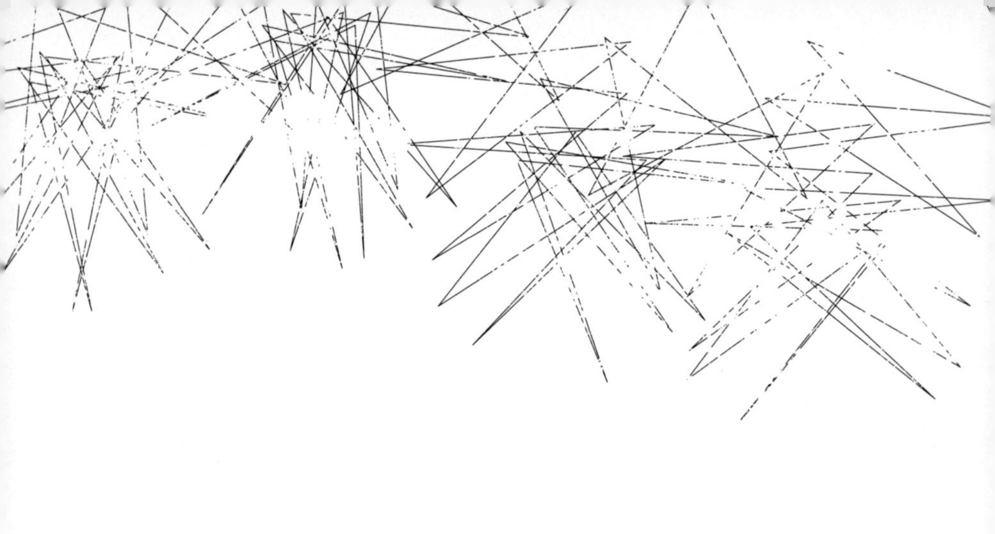

第十五章　五年同忌

聽聞黎熙下場，四座未及欷歔，已先駭然戰慄。
「你說的到底是誰？」黛菲音顫氣虛。
「我說黎熙，妳卻認為是誰？」
黛菲滿面戒備，「黎燦歌，這回你要是又拿假話欺我，我絕不會再原諒你。」
燦歌神色迷離，「這回又讓妳想到什麼破綻了？」
黛菲一時卻說不清。
「天下事，無巧不成書。」燦歌續道，「沒錯，他兄弟二人前後自絕，手法相當、情境類似，本已啟人疑竇。再往下問，他二人相差五歲，算算不是正好死在同一個年紀。」
雷蘭特凜然更想起一事：「不僅同一年紀，還是同一日期。我聽說黎衛替他父母訂的機票，正好選中黎熙忌日，而他正是在他父母下飛機當日燒炭自絕。」
「他是刻意訂這天的機票嗎？」西里爾問。
雷蘭特搖頭，「他說其他時間都滿了。」
「雷蘭特，我記得你說過，五月不是旺季，何況機票是老早預定的，不該都滿了。」黛菲回憶二人曾有的討論。
「既如此，他怎不更改日期，他不知道這天是他哥哥忌日嗎？」西里爾道，「而他竟也在當天走上絕路。」
眾人無不悚異，「這樣的巧合，難道是個詛咒？」
黛菲縮著身子，微微哆索。
燦歌將窗子關上，淡淡地說：「諸位思想玄遠。詭異的巧合除了天作，難道不該是人為？」
眾人忙問：「何人所為？」

「難道——是黎衛？」雷蘭特臆道，「他竟詳知黎熙死因，進而刻意重蹈其轍，他為何這麼做？」

燦歌道：「黎熙外全內瘁，終至一朝潰洪，積年創傷盡皆翻覆出來，與他一次算清總賬，嬸嬸的謊言隨他病況起伏愈說愈遠，而黎衛衝動叛逆，要讓他知曉詳情，恐怕後果堪慮，自然要對他小心提防。」

「可他兄弟二人多有機會獨聚，黎熙怎不對他訴苦、求救？」黛菲困惑道。

「妳有此一問，可見依然沒通透機巧。黎熙是個在文化道德中載浮載沉的代罪羔羊，他怎會去拆穿父母的謊言，要不我們幾次探訪，他不也多著機會？他是自願陪著父母演戲的，學校裏的作文總寫著父慈子孝的標準答案，寫母親早起備飯、抱病上班，歌頌平凡偉大，再參點現實苦情，在校內作文比賽中屢屢奪冠，抱回了好幾個獎盃。畢竟在親情面前，其他暢幽懷、記閒趣、析事理的文章卻都不足觀了。」

「連作文都有標準答案？」

「怎沒有，寫得不合標準會被老師約談的。」

「這麼說來，黎衛並不知曉黎熙真正死因？」

「黎熙打高三發病，叔叔嬸嬸連番以『癌症』掩飾，對內口徑一致，因此黎衛認知的版本和眾人一樣，是原先那個假故事。這祕密可說是他夫婦連同黎熙三人之外，再無人知曉。

「黎熙『留學』那幾年，嬸嬸日子雖然過得不踏實，倒也暫得平靜。『黎熙在國外』，總算有個穩定說法，不必再臨時應變。逢人讚譽，她大半是惶惶在內，佯喜於外，一晃眼到了黎熙該畢業的時期，他二人且戰且走，終於把黎熙說成了一個死局。

「不久黎熙果真死了。嬸嬸總算鬆口，在家裏擺起祭桌遺照，供親友往來弔喪。

「我爸錯過他『在美國的火化殯殮』，這會趕忙領我們同去拈香。我們離開之後，嬸嬸撫著心口號哭，叔叔勸了幾句，二人不知怎地又吵起來。

「我嬸嬸哭罵道：『你怪我？你怪我什麼？這件事你不也有份，至少黎熙死了是真的。』

「叔叔冷笑道：『「他死了是真的」，還是「他真的死了」？哼，妳真搞不清狀況，還是自欺欺人。』

「『我兒子死了，你還盡耍嘴皮子。黎從適，你有良心沒有？』

「『是誰沒良心，我看黎熙死了倒替妳解決一道難題，這會可以光明正大治喪了，不怕掛他遺照晦氣了，親朋好友要來憑弔也不必找理由三推四阻了。反正就差幾天，沒有人會來核對正確日期。妳盡管哭，人人都要同情妳這個哈佛高材生兒子罹癌病逝的不幸母親。』」

燦歌陳述他倆對話，架還沒吵完，黛菲再也忍不住地插嘴：「黎燦歌，你又騙我。」

「我何處騙妳？」

「當時你們既已離開，如何聽得這些對白？」

「聽見他二人吵架的不是我。」

「不是你是誰？」

燦歌卻抿唇不語。

雷蘭特思量少晌，臆道：「難道竟是黎衛？」

黛菲聞言，微微一震，只要事關黎衛，便令她神魂失守，「真是他嗎？可是，你又從何知曉？」她慌慌地問。突然察覺黎燦歌一逕以旁觀者敘事，對他自己卻不多著墨，因問：「你二人的恩怨又是怎麼回事，你真的、真的……」

燦歌咬咬嘴唇，說：「真的。我和黎衛水火不容。

「從小只要我爸不在，我媽便關起門來悄聲問我：『燦歌愛不愛媽媽？』

「我說愛。

「『那麼媽媽跟你說個小祕密，你不許告訴別人。』

「我說好。

「我媽挨過來，在我耳邊說道：『偷偷告訴你，你嬸嬸是巫婆變的。』她抱著我，附耳低言。我半信半疑，她又道：『不只你嬸嬸，那一家都是邪靈惡鬼，他們是專門來害我們的。』

「『可是爸說叔叔嬸嬸是好人，要我和堂哥們相親相愛。』

「『你爸讓他們下了蠱，是非不分。燦歌是好孩子，看到他們心裏要趕緊默念咒語，才不會讓他們勾了魂去。』

「我媽繪聲繪影，我聽得膽顫心驚，鄭重地點點頭，把叔叔一家子當鬼煞一般憎惡著。」

眾人一時無言。

黛菲笑道：「這是童話故事吧，你當真念咒語了？」

「長大後當然不信了，但對他們一家成見既定，芥蒂已深。我媽又常跟我哭訴，說嬸嬸老欺負她、誹謗她，我怎不憤慨填膺，對那家子的敵意更是有增無減。

「黎熙堂哥發病之初，因著藥物副作用不時行為脫序。那日我們前去探病，正好在電梯遇上嬸嬸帶著他看診回來，密閉狹隘的空間裏只聽他氣息頻喘、牙關相擊。出了電梯我嬸嬸拿鑰匙開門，他似想幫忙壓門把，手掌卻在門前抓來抓去始終難以確握。

「進屋後我媽拉著我在一旁，俯身低言：『瞧，口歪眼斜，像個怪物，燦歌你說好不好笑？』她指指黎熙。我點頭，我媽輕推著我，說：『燦歌去笑他。』

「我跑上前繞著黎熙，拍手叫道：『怪物。怪物。』

「我媽遠遠站著，搖頭笑嘆道：『燦歌過來，別亂說話。』

「此時黎衛正好出來，怒問：『你叫誰怪物？』

「我指著黎熙說道：『他本來就是怪物，哈哈，哈哈。』

「黎衛目如火炬，對著我衝過來，我轉身就跑，我媽驚呼道：『燦歌，唉呀！』提步跟著追。

「那大門眾人進來後尚未關上，黎衛和我一路追逐到門外，扭打至樓梯邊口。二人看著鋼筋泥階，心裏盤算著同一件事，各自使出渾身力氣推擠，他一拐、我一拉，霎時間地旋天轉，雙雙摔跌下去。」

雷蘭特和黛菲對此事多少耳聞，卻沒想到還有這前因後果。

「我摔斷了手，骨釘石膏，折磨得死去活來。我爸多少猜到底故，雖然沒有責備我，卻硬逼著我去跟黎熙道歉，我媽心虛不敢多言，私下恨恨地罵黎衛是個小太保，長大後一定是社會敗類。我滿腹委屈地隨我爸登門謝罪，心中卻是千百個不甘願。幸好在那裏看見黎衛也是鼻青臉腫，坐著輪椅，總算舒坦了些。」

「你看人坐著輪椅，還說『幸好』啊。」黛菲好生不悅。

「黎衛看我沒摔死，還覺得『可惜』呢。」

「他真是個至情之人，為了他哥哥寧可身受重傷。」黛菲悵然有感。

「其實有黎熙這樣一個光燄萬丈的哥哥，黎衛自小承受的壓力可想而知。嬸嬸外頭比完了，回家來還要拿著兩個孩子相比。黎衛幼時智力測驗不亞於黎熙，因此嬸嬸一開始對他寄望猶深，未想他好奇好動，不肯專注讀書。嬸嬸很快地失去耐性，奚落嘲貶口不擇言。

「黎衛心裏嘔，想著：『好，既然妳認為我是個白癡，我就來做個名符其實的白癡。』他四處惹是生非，被學校記過，讓我嬸嬸丟臉。故意考試前早早就睡，嬸嬸拖他不動，拿衣架打他，把他打得皮開肉綻他仍裝睡不吭一聲。嬸嬸拿他沒轍，罵了聲：『黎家的爛種！』兀自走了。他卻爬起來，用手電筒照著書苦讀，目的是要把考卷上所有答案寫錯，考個大零分來氣死他母親，一紙滿江紅怵目驚心，比交白卷更羞侮。

「嬸嬸看黎衛是管不動了，再也懶得正眼瞧他，集中精神把希望全放在黎熙身上。她毫不掩飾她的偏心，兄弟二人在家裏的待遇一個少爺，一個雜役。母姊會撞期，當然選黎熙的場子參加，喜酒餐宴常常只帶黎熙，她說：『我帶你做什麼？帶你丟臉，不像你哥哥走到哪都教我風光神氣。』

「黎熙要讀書鬧騰不得，情緒惡劣只管找黎衛出氣，也曾當他的面對親友說：『我這小兒子沒出息，我是認命倒楣不得不養。』

「『還好妳大兒子爭氣，妳可要好好栽培他，將來揚眉吐氣，賺錢孝順妳。』

「『就是，就是。唉，同父同母怎天差地別，不知道當初是不是在醫院裏跟人抱錯了。』

「二人一搭一唱很是戲謔。黎衛冷眼旁觀，心裏嗤笑道：『原來是這樣一場利益投資。』

「那友人走過來，彎身單手搭他肩上，笑道：『弟弟，想讓媽媽疼你，多學學哥哥，知道嗎？』

「黎衛怒目拍開她的手，啐道：『學你去死！』掉頭甩門離去。

「那友人嚇著了，獃了半日才乾笑道：『哼哼，脫韁野馬呵——』

「有一回嬸嬸在外受了閒氣，黎衛下課回家，她假故他沒打招呼，拔下腳底拖鞋劈頭劈臉打了上來。黎衛猝不及防，舉手臂格擋，嬸嬸來勢洶洶，左一甩，右一搧，頃間功夫他雙肘已給膠質鞋底抽得一片片紅腫，幾處滲出血來。

「黎衛前閃後退避至房內，把門一關，嬸嬸忙伸拖鞋夾住門縫，彈身一撞，硬闖進來，作勢過猛一頭衝至深裏，撞上矮櫃。拖鞋落地，她雙掌撐著櫃上，像按住一條活魚，櫃子四腳在地上跳了幾跳，總算又穩靜下來。

「『妳鬧夠沒有。』黎衛冷冷地說。

「嬸嬸聞聲，氣急敗壞地抓起一旁蚊香直往黎衛撲上去。黎衛大吼一聲，反手將她推翻在地，嬸嬸往後一栽，閃了腰坐在地上大聲哀號。

「不久鄰居里長都來了，一群人圍著嬸嬸關心傷勢，攙著她推拿無效，趕緊送她就醫。一群人圍著黎衛七嘴八舌、指指點點。沒人問起原因，他便把兩條傷痕累累的胳膊藏在身後，冷看這些人或激言謾罵、或好言勸導，黑臉白臉都像德劭之師，引經據典，各自發表意見。

「眾人離去之後他伸出手來，手背上觸點焦爛的創口泛黑泛紅，雜著血肉和煙灰。他沒有悔，只有恨。

「從此他在親友間惡名益盛。禽鳥尚知反哺，他竟然打傷自己的母親。」

黛菲嗚咽垂淚，不能自止，燦歌也就無法再往下說。

「為什麼這樣對他，他一生如此孤苦，他可曾嚐過一點點的柔情真愛……」黛菲泣不成聲。

「他有妳。」

「我……我來不及了……」她埋著臉在膝上，懊悔不已。

燦歌略顯詫異。「他還有黎熙。」

黛菲擡起頭，瞅著一雙碧綠潭子不解地望著燦歌。

燦歌見她傷痛欲絕，便不再多言黎衛的苦難，「黎衛何嘗不曾怨過他哥哥，他這樣倒行逆施，孰知深裏是不是想博些關注，畢竟當好孩子他贏不了黎熙，既然任何光亮在太陽下都失效，只有作一處暗影。

「只是他很快地發現黎熙這個太陽當得並不快活，明明是自己的人生，主角卻永遠是母親。

「他這時候也不怨黎熙了，反而有些同情起他來。

「『哥，媽媽待你這麼壞，你卻讓她予取予求，你真的那麼怕她嗎？』他半帶挑釁地問。

「黎熙笑道：『你千萬別這麼想，媽很辛苦，我們不能讓她失望。』

「黎衛雖氣他哥逆來順受，更恨他母親盡會操控哥哥，看他兇巴巴反而怕了他幾分。他心想：『欺善怕惡，果然人之常情。』

「而黎熙看母親冷落弟弟，心裏甚是難過愧疚，他暗自替黎衛做好母親派遣之事。私下安慰弟弟成績不好沒關係，行行出狀元，勉他不要妄自菲薄。喜筵上他總把他的餐點分做兩份，自己吃一半，一半打包回來給黎衛，平時好東西也總存下來相與。黎衛打架受傷，哪一次不是黎熙替他上藥包紮，他在外頭闖了禍，黎熙兄代父職與人道歉和解，掩護弟弟免得母親知道了又處罰他。黎衛打小在家族裏嘗盡人情冷暖，父不仁母不慈，親戚鄉人間的較勁與互揭瘡疤，要是不曾有這個哥哥讓他作見證，他老早對『人』徹底失望了。」

眾皆不禁喟嘆，黎熙這樣好的人，竟是英年早逝。

燦歌卻想著：「牽纏若此，離開倒成了唯一的解脫了。」他並沒有將這些話說出口。

「黎熙死後，」燦歌續道，「黎衛無意間聽到父母對話，大感懷疑震撼，正待出去一問究竟，此時，門鈴響了，叔叔嬸嬸連忙收拾情緒，應門答禮，說的仍是黎熙癌發去世一套臺詞。

「他們招呼客人拈香期間，黎衛在幕後也漸漸冷靜下來，畢竟已不是年幼時血氣方剛。他沉住氣，細想可行之策，連日明察暗訪，竟發現當年黎熙的學校從沒有人聽說過他罹癌一事。他高三後期請假頻繁，用的各種名義，就是沒有癌症開刀這一項。更復追查，更復查出疑點重重。

「某日，黎衛看他母親若有動靜，於是編了個藉口先行離家，潛伏左近。我嬸嬸隔了少時，算算他大概走遠了，便拎了只提籃出門。黎衛一見她出來，趕緊隨上。

「嬸嬸不疑有他，直往那郊外地下室開鎖進屋。黎衛跟下階梯貼著牆站，由於四壁無縫，他無從窺見內裏情景，只聽得一陣扣扣聲響，似是瓷器、木頭碰觸之音。接著嬸嬸哭了起來，哀哀細啜、漸轉激切悲號，終至嘶沙啞靜。

「黎衛猜測她快出來了，輕捷一溜而上，隱身垣後。不久嬸嬸果然出來，鎖好門，抹淚上階，望原路折返。

「嬸嬸走遠，黎衛復又下來，站在大門前苦無入逕。當晚他偷了鑰匙私造一把。隔日又去，門一啟，只見木桌上擺著幾只瓷碟，碟上盛著水果點心，都是黎熙生前喜愛之物。

「黎衛手足發冷，舉步艱難地進屋，狹小的房間裏有簡素的家具，嬸嬸買來給黎熙消遣的閒書玩物堆置床側。邊角地盤猶然囤著雜物，以一張蒙塵的帆布罩著。頂上不甚明亮的吊燈隱隱搖晃，關上門，這房間便沒有任何來自外界的光源。

「黎衛戒備上前，一眼認出了那是黎熙的床單、黎熙的衣物——認出了整個悲劇的輪廓。他終於明白為何哥哥『出國』這幾年音訊全無，不只他哥不見了，他母親也時常行蹤飄忽。他突然強烈地意識到『生而為人』是多麼可鄙的一件事。」

黛菲想起他在「人際關係」的課堂發言，噙著淚幽幽說道：「原來，原來他心裏藏了這麼多苦楚。」

燦歌續道：「黎衛發現了他父母的天大謊言，只恨不得立刻消失在這個他無法參與的世界。

「他失了魂一般地遊走街頭。母親節剛過，許多店家尚未撤去活動宣傳，粉紅色橫布條溫馨歡騰地撐掛在騎樓簷下，隨風鼓脹。他一直徘徊至深夜，天寬地闊，無處容身，恍恍地又回到家來。

「嬸嬸正在供桌前傷悼黎熙，見他晚歸，滿腔悲切一股腦地遷怒，抱著黎熙相片淒厲哭罵道：『為什麼老天爺要帶走我心愛的黎熙，為什麼死的不是你——』

「黎衛回到房裏空蕩蕩地坐著，他有些明白了：縱使有一天他死了，也不會有人為此難過。他也不怎麼感到悲哀，反正是習慣了，或者像他母親說的，他本來就是個無血無淚之人。

「天亮了，他漸漸回過神來，瞬息萬慮，彌澄轉篤，『既然我沒死，我活下來唯一目的便是報復這個世界，報復所有曾經對不起黎熙之人。』」

黛菲聽及此處，原已止住的淚水又似斷線珠子般墜下。

燦歌於是又把話題帶開，「黎衛察覺黎熙的死大有文章，不久拜讀了他的親筆日記之後更詳知其中原委。

「那日記大抵是他發病前所寫，褪下容雅鎮定，只有一片耿言肺腑。他困心衡慮，反覆自問著：『眾人讚賞的我不是真正的我，萬一有一天他們看穿實相，會不會責怪我不應該負著傷？』他經常猜測那些面帶微笑的人內裏是否也和他一樣悽惘，所有歌詠的文章是否都是掐頭去尾的殘片。曾經他試著和人聊起，話不及就，總是迎來那些千篇一律的答覆。

「他在學校週記裏寫著：『孩子忘不了那一巴掌，疼痛短暫，記憶是永恆的。』老師的評語是：『能夠記得父母的教訓，便能錯不再犯。』並不問其前因。

「日記在他遷居後寫得少了，寥寥數言寡然無味。終篇忽又寫道：『倘使我孤注一擲，能否稍稍驚擾這一片同歡共賞的齊聲諧唱？罷了，洪鐘蜂鳴，何必！不如認假作真，算我最後一次替他們圓謊。』角落並有一行淡淡的題字：『應該要早一點死，為什麼還活到現在呢？』[1]

[1] 出自夏目漱石《心鏡》。

「黎衛到此總算透闢全事。他暗自打定主意，黎熙不敢做的，由他來做，黎熙不能說的，由他來說。他反派當慣了，不差這一條。大合唱裏縱聲尖叫，即刻有人來把你押出場，然後眾人會假裝沒事續唱下去。即便如此，他仍要以身試法。他咬著牙去向他母親裝傻認錯，說要幫哥哥『完成心願』，完成他曾想孤注一擲的心願。」

黎燦歌闡述至此，眾人皆自悽惶，直感悲劇就要呼之欲出了。

「這麼說來一切巧合都是黎衛的預謀。」雷蘭特道。

「他即便是想抗議報復，為什麼非要選擇和他哥哥相同的路徑？」西里爾猶自思索。

「我想，」燦歌道，「黎衛目睹了他母親如何為黎熙的死癡狂慘頹，他一方面要報復他父母，把自己變成另一個黎熙，再狠狠地毀去，教他們再受一回打擊。一方面卻是暗自羨慕黎熙，他母親那句話讓他深自認定，只有以黎熙類似的版本死去，他們才肯為他悲傷。事情雖是一體兩面，心境用意卻截然悖反——他很複雜矛盾。一個人決心要自我了結，經歷多年不改其志，不會是單一事件衝動造成。」

眾人似悟非悟，「你如何知道這許多事？」

燦歌道：「是黎衛告訴我的。」

眾皆疑信不決，「可是你二人……不是老早不相往來？」

「難道他自殺之前曾經與你見面？」

「是。」燦歌直言不諱，「他既立誓要對付所有有愧於黎熙之人，我自然也包括其內。」

「他是來找你報仇的？」眾人都很詫異。

「是。」燦歌道，「大約上個月初吧，他不知哪裏弄到了我的地址，一逕南下要找我算陳年舊賬，不巧我剛應付完一場校際聯展，收拾了畫具獨自往卡梅爾海濱去清靜幾日。

「黎衛與我失之交臂，在我門前逗留多時方去。

「我回來後才聽鄰居說起有個和我年紀相當的男子，在我外出期間日日來扣門。他看來相當暴躁，扣門不應，就用手掌拍門，拍得驚擾了鄰人出來關照，問他什麼都不答話，鄰居只道他不會說英文，看他來意不善，考慮著要報警。

「我一下子也想不起曾與誰結怨。鄰居又問此人是不是我親戚，眉目幾分相似，又說他車子掛著俄勒岡牌照，我這才稍微有點頭緒，打電話回家說想去訪親，我爸很高興，馬上找叔叔要了黎衛的聯絡方式。但黎衛不接陌生來電，我只好按著地址往他波特蘭住處去尋他。」

黛菲不解地問：「他來找你報仇，你僥倖躲過一劫，卻還大費周章找他何故？」

「我難道害怕他。」

黛菲微笑道：「你不像個激揚之人啊。」

燦歌聳聳肩，「總之我去找他。黎衛看到我相當驚訝，畢竟很多年沒見了。他愣了愣，問道：『你找我幹嘛？』

「我反問：『你又找我幹嘛？』

「他想了想，說：『找你決鬥。』

「他回身進屋，我跟上前去。這幾天一直想不透他找我是何貴幹，此時忽然有個直覺，我自他背後問道：『是為了黎熙嗎？』

「對於黎熙……對於黎熙……我必須承認我很後悔，我還記得當時我爸押著我去道歉，他病臥榻上，看我手上紮著石膏，關切地詢問我的傷勢，要嬸嬸趕快去搬椅子給我坐，還像從前一樣地喊我『堂弟』，對我捉弄他之事一字不提。聽到他死訊時，我駭然搖蕩，腦子裏渾渾沌沌不停想著：『怎麼辦，我再也沒有機會真心誠意地跟他說一聲對不起。』一切太遲了，我去他靈位前弔祭，說什麼他都聽不見了。每當我想起這件事時，總覺得自己不是一個很好的人。」

他竟不住哽咽難言，面色灰蒼蒼地。大夥嗟異不已，都想著：「這個散漫公子怎忽然認真起來了？」三人清早進門，至此已是旭日高昇，他這一路懶懶站著，對著分坐兩頭的聽眾暢言舊事，或莊或諧、亦真亦假，好幾個小時下來了無遽容，這會卻是啞了嗓子，連眼眶都紅了。

雷蘭特見他面上抹過的哀傷神色，又想起那日巫若瑰在圖書館中庭追憶黎熙的情景。

黛菲本來便已情緒陷溺，傾身拉著他的手，安慰道：「你別再自責了，這事也不能怪你。」

燦歌將手輕抽了出來，轉頭看著窗外浮雲。好半日，復又扁著聲低低說道：「總之他聽我提起黎熙，陡然變色，回身怒瞪著我，說：『不錯，當年墜下樓梯，你我當中沒死一個，今日補個結果。』

「我嘆了口氣，問他：『你真的這麼恨我？』

「『豈只恨你，我根本恨透你們一家子，要不是你們是非恩怨牽扯不清，黎熙不至於成為競賽中的犧牲品。』

「『你確定你的判斷對我很公平？』

「黎衛咬牙不言，半日才說：『但你確實在他生病之際落井下石。』

「我說：『這件事確實是我的錯，是我對不起他。』

「他大概沒想到我會自承過錯，站在那裏，久久無所做為。我想他心底也清楚，他這根本是在借題發揮，否則以他的性子，哪裏跟我閒扯這許多。

「他像鐵鑄一般地站著，似乎有些進退不是。

「我問他：『你還要決鬥嗎？』

「他道：『決鬥是我計劃一環，不能取消。』

「我問他什麼計劃，他卻不說，也不像真要動手。

「半晌，他突然問我，知不知道黎熙當年因何故世？

「『癌症。』我只覺得他的問題很無聊。

「他面上表情糾結，頃間竟笑了出來，笑得淒絕苦澀，比哭還要難看。我莫名所以，靜觀其變。他邁步至書桌前，拾起桌角擺設的手錶，側身對我說道：『沒有癌症。黎熙是自殺的。燒炭自殺。五月二十一日正午十二點。下個月就是他忌日，這只錶他生前不曾離身，直到末了亦是停在他死亡一刻。』」

黛菲輕抽了口氣，從袖底摘下那只仿羊皮地圖腕錶，看了看，皺起了眉，將手錶投在一邊的紙簍裏，「手錶不是他的，我也不要了。」

燦歌走過去，彎身把錶拾起，「嬸嬸這些年看黎衛大有長進，待他愈見器愛，他擺著這只手錶，時時提醒自己一切炎涼趨勢，不足耽溺。他也曾心存期望地探問他的母親，只盼而今她能體諒地回答一句：『在那邊過得不開心就回家來吧。』她若曾有一瞬間的慈悲，那麼也許今天的悲劇便有了不同的出口。可惜她對於他內心真正的感受一概不問，彷彿這樣就能略過麻煩。她只是憂心忡忡地督導道：『沒什麼好不快樂的，現在人人知道你在國外讀書，你中途不要給我出狀況，免得往後會成為人家的笑柄。』他於是明白了，黎熙的死並未半分動搖他母親對於功名的信念，再多的慘痛過去之後，面子依然凌駕一切。

「黎衛這突來的表述與我長年認知大相乖謬，我震撼不已。他問我可是真心懺悔，我鄭重地點頭。

「『那好。』他說，『你替我辦一件事，就算當年的賬一筆勾銷。』接著他由抽屜取出一物，要我帶回去詳析其故，並寫一封信，趕在黎熙忌日之前回國，將信件連同此物寄給可靠的媒體。」

「他託你寄什麼？」眾人皆問。

燦歌道：「黎熙的日記。」

屋室裏靜了片刻。西里爾道：「他為何要你回國寄件，又為何要趕在黎熙忌日之前？他自己寄回去難道不行嗎？」

「我想他原來的計劃是與我同歸於盡，並公開他哥哥的日記，如此大鬧一場，向他父母復仇，要全世界都來看這醜惡真相，而他雖與父母緣薄，對他們仍不免眷戀，既然不想殺我了，乾脆假我之手來寄這項罪證。也可能，他只是提防我猜中他的自殺計劃，造成阻礙，所以藉故把我支開。」

「你真的，一點也沒猜著嗎？」黛菲憂愁地問。

燦歌不言。

黛菲又問：「你真把日記寄出去了？」

「當然。」他走下平臺，由檀木櫃上取來一張快捷存據。

「後續如何了？」黛菲隨意瞥了單子一眼。

「還沒有消息，可能得再等等吧。」燦歌續道，「黎衛自殺之後，我在報上看見消息，雖未詳載資訊，我卻認出照片上建築正是他住處。當即確認調查，輾轉取得叔叔嬸嬸在美國的聯絡方式，連同報紙，交予我爸。」

「為什麼這麼做，你要你媽來看她對頭的笑話嗎？」黛菲著實不解。

「不是。我怕嬸嬸覺得黎衛自殺丟臉，回去不知又要編什麼謊言欺瞞眾人，故而讓我爸來參與其事。」

黛菲忽覺眼前此人思慮縝密，實非所見一般。

雷蘭特問：「黎衛如若多年前便打定主意步他哥哥後塵，那把手槍又是怎麼回事？」

「噢，手槍之事是湊巧。」燦歌道，「當時我北上去找黎衛，啟程不久，槍店老闆便來電說我訂購之物已經到貨。我順道取來，繼續趕路。黎衛租屋處沒有車庫，他要對我詳述往事時，我想想不好把槍長時間留在車中。時值陰雨，他手邊沒有雨傘，便先找了個塑膠袋供我權用，一同出去把槍包了，移入屋內。在他那裏耽延甚久，心情震撼，離開時悽悽恍恍。隔日他打電話過來，我才又想起。我說：『先放你那吧，我有空再去取。』他也沒說什麼，過幾天卻忽然問我，手槍能不能賣給他？我說：送你吧。於是又去槍店買一把，竟爾教你們一路找來了。」

西里爾默然坐著，若有所思。

黛菲道：「誰教你體若不勝衣，且言行怪異，一下子讓人認了出來。」

「買衣服很麻煩的。」燦歌淡淡地說，「當人很麻煩。」

「你既然與黎衛冰釋，何以不參加他葬禮？」雷蘭特問。

「我去了該裝癡作傻，還是提早揭穿真相？」

眾人應答不出。

西里爾起身來到平臺，斂容低問：「Will也曾向你提起我來？」

「是。他說在學校裏遇見一個神似他哥哥之人，和你來往，好似黎熙尚在人世一般，令他瘋狂地快樂，也瘋狂地痛苦。」

西里爾慼容彌甚，雷蘭特和黛菲亦不勝欷歔。

「事情當真出人意表。」雷蘭特也走過來，「如今想來，那遺書不正指著他兄弟二人同日為忌的隱曲，他母親或許心中有虧，往偏邪之處聯想，才至閱信之後驚駭不支。」

「他遺書寫些什麼？」燦歌問。

黛菲將信上內容默頌一回，眾人皆悵然有所感，廳上一時寂寞無聲。

三人辭出黎燦歌住處，沿斜坡款步而回。

「如若其言屬實，歐曼君想必是從前在學校服務時耽誤了黎熙病情，才讓黎衛列上復仇清單。」雷蘭特道。

「保密合約有雙方親筆簽字，可見他二人曾經會面。」

「黎衛可能假諮商之名去試探她，甚而乘隙取得個案資料。至於用電腦做事，不正是他本門專修。」

兄妹二人且走且議，西里爾一旁靜默跟著，垂目凝思。

三人下了一段坡道。黛菲忽有所感，舉目回望，來處遠了，樓閣猶在白雲碧樹之間，卻有一人在那雲樓裏憑欄眺望，那只羽色斑斕的鳥兒飛來停在他肩上。燦歌看見她回頭，悠悠然地向她揮了揮手，黛菲稍稍怔疑，也朝他輕輕揮手，距離太遠她看不清他的表情，一耽擱，已落後數步，她趕緊掉頭跟上行伍。他傾身欄上，望盡了去路。

＊

弗陵、荊玉、從適度假回來，正逢雷、黛上舊金山找黎燦歌，家裏空空蕩蕩，玄關塑膠籃中積著一疊信件。弗陵隨手抽看，大抵是些賬單、收據，其中卻有一封國際郵件，指明「黎從適先生暨姚荊玉女士鈞收」。

「有人寄信給你們。」弗陵把信交上，先自進屋整理。

荊玉一眼認出寄件地址，旋即動手拆信。

「誰寄來的？」從適湊上來。

荊玉展了信封內的硬紙卡，「還有誰，巫若瑰那死丫頭，果然把黎衛自殺之事說了，跟她父母一齊寫這卡片來，安著什麼心？」她悶悶不悅地把卡片塞回信封，只這一插，原本浮貼於硬紙卡上的白紙邊緣開了岔，卡在信封封口處。荊玉一時推不進去，俯首一看，卻是白紙底下隱隱透著大紅底色。

「妳幹嘛一直站在那邊不進來？」從適回頭問道。

「這卡片好奇怪，底下黏著什麼？」

荊玉把卡片又抽出來，用力一撕，正面手寫體白紙黑字「同悲不捨」赫然替換成紅底燙金的「恭賀新禧」字樣，雕花爆竹，氣得她面上脹紅更勝。掀開內裏，白紙一撕，果然又是喜氣洋洋的祝賀提辭。她捏著卡片，氣憤難當，忽忽一瞥，更轉疑懼。

「唉，他們拿賀卡當弔卡用，的確差勁了點，妳也不必氣得中風似的。」從適道。

「不是，不是。」荊玉抖著手將卡片遞上，「你看，你看這——」

從適半天沒看出所以然，「怎樣了？」

「這社長……唷，你真的不記得他了嗎？」

從適再細看其處，卻是連他也僵住了。

「是Rose寄信來嗎，」弗陵關切地走過來，「你倆怎麼啦？」

二人趕緊強作鎮定，拿賀卡忿忿地對弗陵告狀。

晚上兄妹倆回來，他夫婦二人正在客廳坐著。黛菲為著母親一直對客人多加忍讓，此刻看見荊玉，心頭悲憤難忍，走上前揮著淚質問道：「你們為什麼那樣對待黎熙，害得黎衛跟著在五年後仿效他哥哥燒炭自盡？」

「妳怎敢這樣跟長輩說話！」荊玉勃然大怒。

黛菲厲聲說道：「妳長什麼了，年紀大有特權，可以不講道理，是嗎？」

荊玉從沙發上跳起來，滿屋子疾走，仰頭對著樓上大呼小叫：「弗陵！弗陵！妳快來！管管妳女兒！看她成什麼樣子！造反了！」

雷蘭特攔著黛菲，悄聲說道：「妳太衝動了，我們該先調查清楚。」

「你認為黎燦歌說的不可信嗎？」黛菲微微一驚。

兄妹二人私下析論無果。

「現在只能等報導出來，證明他沒有說謊。」

西里爾道：「他既稱日記早已寄出，何以至今無聲無息。」

「或許還沒寄達，或許對方尚在閱讀。」黛菲道。

「都過十來天了。」

「他們可能有出刊流程吧。」

「對方總該先回個信說明。」

「西里爾，你到底想說什麼？」黛菲不知怎地，有些不悅。

「我總覺得，事有蹊蹺，倘若真如黎燦歌所言，黎熙的日記也該老早落在他母親手裏，怎會由黎衛取去？」

「黎熙偷偷交給他弟弟呢？」黛菲道。

「直到黎熙去世，他兄弟二人都不曾再見面不是？況且他們堂兄弟長年嫌隙，一朝化解，立即以如此重要之務相託，不甚合理。」

「你是指——黎燦歌並沒有依約寄出日記，還是黎衛根本沒託他來寄日記？」雷蘭特不安地問。

「更甚者，沒有那本日記。」

「沒有那本日記，一切都是謊言。」雷蘭特道。

「不是我隨便懷疑他，但他虛實莫測，實在有些令人無所適從。」西里爾表情歉然。

黛菲不喜歡他二人這些討論。縱使讓黎燦歌鬧了幾回，但總有個直覺，她便為此確信不疑。

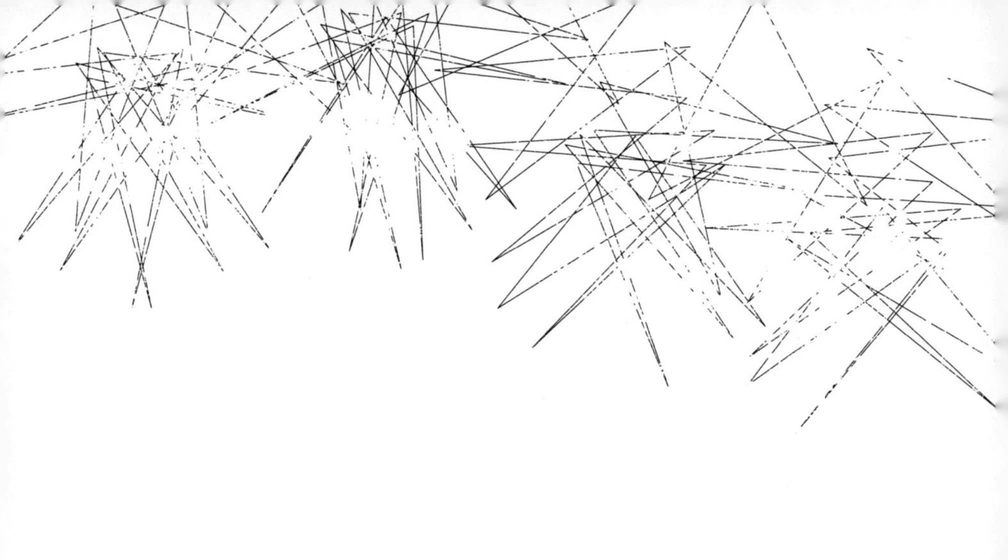

第十六章　數獨表

荊玉自從給黛菲指著鼻子大罵，搥心肝呼天搶地，直嚷著一個做母親的蒙上奇恥大寃，不如以死明志。她撂下這重話，心裏盼望弗陵來主持公道，逼黛菲認錯悔過，她也好扳回尊嚴，順勢寬恕這個不懂事的小女生。

弗陵來勸黛菲，奈何黛菲態度堅決，更把舊金山之行所見所聞告訴母親。荊玉久等不到回音，暗自惱恨弗陵養女不教，害得她下不了臺，轉向從適吵鬧，催他快找旅館，免得繼續賴在別人家裏聽任放肆。從適在此住得舒服習慣，哪肯自找麻煩，只勸她再忍忍，不久就要上飛機了。

弗陵兩邊調停不果，聽了黛菲之言，難免懆懆想著：「他夫婦果真是這等狠心之人？我和荊玉來往數十年，她到底多少事欺哄我？」想起黎熙，不由垂淚：「好好一個溫文敏慧的孩子，竟給折磨得憂鬱成疾。」雖只在他幼時一面相會，弗陵卻一直對他存著愛憐之意，款款柔情像她對雷蘭特和黛菲一般。

愈是細想他夫婦二人的性情作為，愈覺端倪頻現，再與寶綢在卡梅爾海濱時陳述之事兩相合觀，更是顯著。弗陵懷疑復轉惶怖，自此對他二人心寒齒冷，再無半分猶豫留戀，直有種引狼入室的懊悔，只不好在此時撕破臉，暗盼他倆歸期早至，怏怏離開，往後再不聯絡。未想黎從適意猶未盡，一逮著機會還想再來與她調弄親近。弗陵不堪其擾，只得晨出暮歸，相遁迴避。

雷蘭特和黛菲自從舊金山回來，時時留意消息，但連日下來音聲悄靜。

「怎麼辦，會不會這個案子冒犯當地人倫文化，媒體不肯報導？」黛菲憂愁不已。

「也可能只在某處的當地新聞刊登，我們遠在海外，那邊老早報導了卻無從得知。」雷蘭特安慰道。

黛菲想了想，「不如問問Rose，她身處其境，消息一定比我們靈通。」

「妳可記得黎燦歌把郵件寄給哪家媒體？」

黛菲想不起那張快捷存據內容，便去請黎燦歌傳真過來。當晚兄妹倆與巫若瑰通訊，若瑰隔著螢幕看那存據，只覺眼熟，不由「咦」了聲，定睛再看，已是確然。

「這收件者不正是我爸任職的雜誌社『愛德司』？」

雷、黛相覷一眼，各自訝然。

「既是如此，妳快看看那則新聞是不是報導了。」

若瑰此時已回到高雄來，家裏正好有前幾期《愛德司異聞誌》。她取來翻過一遍，遍尋不著相關報導。

「沒有。郵件確定寄達了？」

「黎燦歌跟我說，他一下飛機還沒出廳門，便先到機場內的快捷公司交寄。用的是最速件，當日到達。」黛菲道。

「哪時候的事？」

黛菲看了看存據，「是當地五月二十日早晨。」

「《愛德司》是本週刊，假使郵件五月二十日寄達，到今天為止雜誌只出版過兩期，也許時間匆促，沒來得及趕上版面吧。」

「下一期什麼時候？」

若瑰掀開月曆，「就這兩天了。」

「Rose，妳能不能先問問妳爸，這期雜誌有沒有打算刊出這則新聞。」黛菲懇求道。

若瑰有些為難，勉強答應了。

晚餐時她趁著母親在廚房忙碌，趕緊來向父親打探下期雜誌有何要聞，巫順事揀了幾則近期大事說給女兒聽。若瑰忖著：「倘使有自家親戚之事，爸爸不會忽略，他沒提，看來這期並沒有那則新聞。」怕母親知道多惹風浪，不敢明著問。黯然尋思：「事情果真如此，當年荊玉阿姨竟是看到哥哥出國，為賭一口氣，把黎熙表哥一步一步逼上絕境，進而造成黎衛表哥這場綢繆五年的復仇計劃。」

巧玉和荊玉敵對大半生，口舌上仍半點不饒人。若瑰在母親面前不敢露出哀色，俛仰酬答，不著痕跡，自有一種山雨欲來之感。

幾天後《愛德司》出刊，這一期仍然沒有關於那本日記的任何報導，眾人對事情真相難免動搖了起來。

黛菲不勝煩惱，打電話抱怨燦歌：「我這回真的被你害慘了，為了你一本子虛烏有的日記，我可把黎衛他媽媽得罪徹底。如今方知錯怪了她，你教我該怎麼謝罪賠禮，才能消了她的怒氣。」

「妳別這樣著急，日記真有其物，我保證。快捷存據不也按照妳的意思傳真過去了。」

「可是西里爾說存據可以作假。他說你只要隨便寄個讀者反饋到雜誌社，要拿到一張收據並不難。」黛菲又將大夥的討論一一轉述，希望他知道破綻已出，盡早吐實。

燦歌也不辯白，在話筒那頭沉吟良久，「好吧，日記的事我只能等時間證明。目下空檔，有件事妳可以先查一查。」

「什麼事？」

「實際情況我不清楚，但我給妳一個提示：西里爾。」

「西里爾怎麼了？他指你，你指他，到底怎麼回事？」黛菲只覺得一團混亂。

「我原本不想說的，畢竟他是那樣神似黎熙，還是黎衛生前唯一的朋友，只怪他先來誣我……唉，他終究不是黎熙，差遠了，黎衛當局者迷，他看不到這些後事，該算幸或不幸，人，嗯——」

燦歌自言自嘆，二人草草結束了通話。黛菲手握電話，獃坐少晌，撥號找西里爾。

「西里爾，你是黎衛生前唯一的朋友，但你是不是真的做了讓他失望之事？」她想著燦歌之言，以此幽幽責問。

「我——妳都知道了？」

黛菲聽他語氣緊張，似是誤以為她已知曉其事，「真如黎燦歌所言，西里爾果然大有問題。」她想著，微微一凜，計上心來，因說道：「沒錯，真想不到你是這樣的人，你太對不起他了。」

電話兩端沉寂半日，西里爾復又說道：「事情並不是如妳所想，那件事是Will自願的，我承認私心裏希望別再生出枝節，這也是他原初的用心不是？」

黛菲一頭霧水，思惴著：「『那件事』指什麼？」

西里爾又道：「雖然我很早就解出他留給我的隱藏訊息，但直到去了舊金山，才知道更有其他背後底事。」

「什麼隱藏訊息?什麼背後底事？」

「電話裏說不清，改日見面再與妳詳述。」

黛菲伸頸子望了望庭院，又去探探車庫，「我的車送保養，雷蘭特又不在，不如我給你這邊的地址，你現在過來。」

「可是我也沒車，而且我工作走不開——」

黛菲有些失去了耐性，「你再找理由推拖，我便把事情宣揚出去。」

西里爾倒是真給唬住了，趕緊向雇主告假，並向同事倫肯借了車，匆匆出發，由波特蘭直驅達拉斯。

「妳還記得我說過，我和黎衛是大三才開始熟絡的吧。」二人見了面，閉門而談。西里爾說著，「當時學期剛開始，有門主修課要分組，他坐得離我甚遠，卻站起身來，穿過座位，曲曲折折地走到我面前，問我能不能和他搭檔，好似他已留意我多時。

「我家境清貧，多年籌措方得赴美讀書，日常生活靠著拼命打工得以勉強支付，因此不時為了工作缺課。他也不似以前和我同組的夥伴埋怨我進度落後，非但替我溫書抄筆記，小組報告好幾次都由他一肩攬起。與他熟絡之後，去哪他總堅持買單，我看他也簡潔刻苦，不好讓他來付擔我的花費。他卻說不要緊，他課業好，領獎學金，家裏還給他準備了一筆錢備用。大四時他聽說我租賃的社區只要介紹房客入住，便可以領兩個星期的房租獎金，他於是自願遷出賃居三年的地下室，搬來與我為鄰，我要分獎金給他，他卻毅然拒絕，把那筆獎金全數歸我。

「有時候我羨慕地對他說：『你家裏真好，還替你準備了錢，讓你沒有後顧之憂。』他冷然一笑，不置可否。有時我們談天，他中途走了神，抿著唇沉思。我問起，他多半不答，只有一回他眉頭深鎖，眼神迷離地看著我，說：『你很像我認識的一個人。』問他是誰，他卻苦澀地搖頭。而今想來，方曉得他心事重重的底因。」

西里爾回想著往事，垂目啞啞低言。

「他直到生命末了也不曾忘記對我的情誼，把隱藏訊息留在遺書裏，供我索解。」

「你指的是他遺書內容暗指兄弟同命的悲劇嗎？這些我都知道了。」黛菲道。

「嗯，刻意步上黎熙後塵，是他自殺的真彰，但遺書背面，更有他留下予我的訊息。」

「遺書不是寫在一張回收紙上？」

西里爾取出遺書，翻至黎衛字跡的另一面，「的確，遺書背面一堆零散的數字與程式，乍看便像一張用過的列印紙。」

黛菲瞧著紙上雜訊，「難道不是？」

西里爾指著左下方的倒置方格，方格以粗線井字分成九宮格，每一宮再以細線均分九格。小格子內或留缺、或實以數字，其顯示如下：

「這是個數獨圖譜，每一粗框內的九小格數字不能重複。此外，每一直列、橫排的數字亦不能重複。」

「我知道呀，報紙上常見到的填數字遊戲。」黛菲道。

西里爾點頭，拿出另一紙，其上已謄錄此圖譜，並填上空缺處解答：

「那天黎衛的母親讀信昏厥，遺書意外地回到我手上，我發現了這圖譜，乃著手填之。」

「你拿別人的遺書玩遊戲啊？」黛菲嘲弄道。

「不是，我看這遺書背面奇怪，一般回收紙用過的那面，都是一次印列，但妳看這數獨圖譜，卻是與其他零散雜訊呈顛倒方向。換言之，要以同一面、不同方向列印兩次，才有這種結果。」

「可能列印面朝上朝下搞錯了，導致同一面印了兩次。」

「不，妳看這些雜訊雖與數獨圖譜反向，卻無分毫重疊，

3		8			2		9	
5	7	9		1		6	8	2
	2			9		4	3	7
			2	3	6	7	4	9
7	9	3					6	8
4	6	2	9	7	8	1		3
9		1	6		7	3		5
		4		8	1	9	7	6
6	3	7	5	2	9	8	1	4

3	4	8	7	6	2	5	9	1
5	7	9	4	1	3	6	8	2
1	2	6	8	9	5	4	3	7
8	1	5	2	3	6	7	4	9
7	9	3	1	5	4	2	6	8
4	6	2	9	7	8	1	5	3
9	8	1	6	4	7	3	2	5
2	5	4	3	8	1	9	7	6
6	3	7	5	2	9	8	1	4

更似有意為之的掩飾。」

「嗯，說下去吧。」

「再則圖譜過度簡易，不像一般的益智遊戲。我猜測這是他故意設計的訊息，於是把答案單獨挑出：

「又列出這些數字。」

4765143168581515425842253

黛菲道：「這些數字有何特殊含義？」

「這串數字中沒有『9』。」

「這個任誰仔細看都看得出，算什麼隱藏訊息？」

「數字對一般人而言或許只是數字，但對於我們卻還是電腦所使用的『語言』。舉凡顯示在螢幕上的文字、符號，其實背後皆以數字編碼。」

「你是指，他以此設計訊息，只有你們懂得電腦科學的人會特別留心、並破解？」

「是，這串數字沒有9，換言之，有『1至8』八種可能。要知電腦使用二進位，所有訊息背後皆以『0』和『1』編碼，因此主修電腦科學之人對『2』的次方，像是『2、4、8、16、32……』特別敏感。8是2的三次方，可以三位元組成『0至7』八種可能數字，例如：『0』寫作『000』，『1』寫作『001』，『2』寫作『010』，但數獨表中的數字是由1起始，所以如果將每個數字各往上加『1』，便可把原本表示『0至7』的八組三位元用來表示『1至8』八種數字。即把『1』寫作『000』，『2』寫作『001』，『3』寫作『010』……而『9』卻是『1000』四位元，若要包含『9』，勢必將『1至8』的編碼前全部加上個『0』，將所有數字統一改成四位元。

	4		7	6		5		1
			4		3			
1		6	8		5			
8	1	5						
			1	5	4	2		
							5	
	8			4			2	
2	5		3					

我想這便是他不用『9』的緣故。」

「嗯。」黛菲愣愣坐著。

「依此，我將這串數字還原成三位元編碼。」

4765143168581515425842253

→011 110 101 100 000 011 010 000 101 111 100 111 000 100 000 100 011 001 100 111 011 001 001 100 010

「接著，再試著將其分開。首先我試了八碼一組。」

01111010，11000000，11010000，10111110，01110001，00000100，01100110，01110110，01001100，010

「最後剩三碼，除不盡。」

黛菲道：「為何八碼一組，只因『8』是你們認定的特殊數字嗎？」

「因為這是最普遍的編碼方式，ASCII表便是以八碼編成二百五十六個符號，其中包含歐洲多國語言、標點，以及一些特別符號。」

黛菲完全聽不懂，「這到底是什麼呢？他若想留訊息給你，用得上各種歐洲語言嗎？」

「的確。我想了想，他若留訊，不需動用ASCII表的兩百多種符號，只需二十六個英文字母。果真如此，用不上八位元編碼，五位元足以組成『0至25』的數字，於是我又著手試了五碼一組，分開剛才那串數字。」

01111，01011，00000，01101，00001，01111，10011，10001，00000，10001，10011，00111，01100，10011，00010

「很好，這回果然除盡了。」

「除盡了又如何？」

「除盡了，便可以進行轉換。這七十五個數碼，每五個一組，共得十五組。首先，先把十五組數碼轉成十五個數字。」

15，11，0，13，1，15，19，17，0，17，19，7，12，19，2

「再依0=A、1=B、2=C、3=D……的規則，將數字轉換成英文字母。」

PLANBPTRARTHMTC

「PLAN……PLAN什麼呢，後面一樣是亂碼。」黛菲先是認出那起頭的單字來，往下卻又卡住。

「沒錯，我最先看見『PLAN』，心想果然是個訊息，進而思索：PLAN……PLANB……PTR……ARTHMTC。

「『PTR』在電腦科學裏是『POINTER』的簡寫，謂『指標』之意。『ARTHMTC』看似個單字缺了母音，將其補上，寫成『ARITHMETIC』，當即有了意義，謂電腦科學上『數字、算術』之意。這串字母即可這麼看：

「PLAN B：POINTER ARITHMETIC

「而『POINTER ARITHMETIC』，『指標』、『算術』二字放在一起，即有『以算術變動指標』的含義。」

黛菲道：「變動指標又如何？」

「這還不明白嗎？他留下的訊息：是他親自把我們二人成績調換過來的。」

「他和你交換成績？」黛菲詫然輕呼，想著：「原來這便是西里爾電話中說的『那件事』。」

「是呀，我給妳看這隱藏訊息，只想證明是他自願，我事前真的分毫不知。」

黛菲怔了好半晌，「起頭的『PLAN B』又如何解釋？」

「『PLAN B』自然是指一個新計劃。」

「新計劃是與你交換成績嗎？舊的又是什麼？」

「我原是百思不解，從舊金山回來之後，我反覆思量拼湊，猜想他原來的計劃是闖下一樁大禍，接著自殺，並同時公開黎熙的日記，如此轟轟烈烈大鬧一場，來向這個萬眾齊唱的專制文化尖聲抗議。」

「你指的闖大禍，是指和黎燦歌決鬥嗎？這個不是老早說過了？」

「他二人出乎意料地化敵為友，趕巧黎燦歌把手槍留在他住處，他匆匆一念，要持槍鬧校園，如此依然可以闖下一件大禍。」

黛菲驚問：「你如何知道？他親口對你說的？」

「這全是我個人猜測。大概四月中吧，他開始頻繁上射擊場，他從前沒有這項嗜好，算算那不正是黎燦歌來找他之後。」

「後來呢，何以無所做為？」

「他心生此計，於是前來問我五月十八、十九、二十日這三天去不去學校，當時我由於缺課太多，被導師提出警告，只得堂堂報到。他又拿了張手繪學校平面圖要我標出會在何地出沒，後來大概怕誤傷我，或靜心慮定亦覺此舉失當，便不了了之。」

「更甚者，他看你為成績所苦，順道幫你一把，是嗎？」黛菲嘆道，「為何只選那三天呢？」

「我想，一方面是與他預計自殺之期相近，另一方面，他知道黎燦歌會在黎熙忌日之前出境，他不好明問日期，算上時差和航程，五月十八是最後期限。黎燦歌是槍枝買主，也不知道是否登記了資訊，他為了幫黎燦歌撇清關係，故而選在其離境之後行事，而他事前從不使用那把手槍，可能也是因為要避免黎燦歌受到牽累的緣故。」

黛菲覺得不可思議，「這樣聽來，黎燦歌真曾受託回國？」

「我想黎燦歌所言非虛，他二人若不曾坐語深談，他不會在看到我時便說出『你果然很像黎熙』這樣的話。」

黛菲惱道：「既如此，你為何一再誤導我，讓我去懷疑黎燦歌？」

「我是真心想尋訪黎衛的苦衷和遺願。我打電話約妳同往他住處，正是成績公布那天，我確定了他留在數獨圖譜的訊息，更加堅定了這個信念。」西里爾無奈地說，「後來聽黎燦歌說起舊事，方知他母親對課業如此重視，我怕一旦激怒了她，交換成績一事早晚教她知曉，一時動了私心，那樣安撫妳，更寧可日記諸事都是黎燦歌妄言。」

「他為了你遷出那間與黎熙相似的地下室，為了你放棄鬧事抗議之舉。而他一向認為他課業不好，他父母便不會為他的死難過，長年力圖精進，卻在最後一刻把成績換給你。他這麼默默地死去，一切前功盡棄，還讓人來笑他畢不了業逃避現實。而你卻希望日記不要出現，你寧可看他滿盤皆輸，用他調換給你的成績保全你的學位。」黛菲悻悻嘆讓。

西里爾羞慚無地，「妳是如何發覺事端的？」

黛菲輕嘆了口氣，「你以為黎衛隨隨便便選個人託付重任？你那點不老實，老早教人視破。」

「妳來質問我成績之事，便是受了黎燦歌的指點嗎？」

「他的確指點我，卻沒說什麼事。」

「那麼是妳猜出成績交換之事？」

「我猜不出，都是你自己招認的。」

西里爾啞口無言。

黛菲約西里爾來家中談話，卻讓荊玉撞見，她暗自疑怪：「那個像黎熙的外國人？他和黛菲什麼勾搭？」躡足潛行，貼耳門上，奈何語言不通，聽而未解。

當晚黛菲和弗陵坐在庭院裏聊天，荊玉又悄悄摸到紗門邊，竊聽於隔牆之後。母女二人對話中英來往，還是教荊玉由隻字片言中撿湊了事蹟。

翌日早晨，荊玉便想找弗陵作陪，到黎衛的學校把成績改回來，但弗陵現在對他夫婦二人避之唯恐不及，由著鳩佔鵲巢，每天清早便不見人影。

荊玉遇不上弗陵，看看歸程迫至，日益焦急。到了最後一天，總算碰上雷蘭特正準備回學校去，她抓緊時機，趕上來要求搭便車。

「我載妳過去沒有問題，可是系所有事，恐怕不能送妳回來。」

「不要緊，我跟你媽說好了，她會來接我。」

雷蘭特明知她說謊，又不好點破，只得允了。孰料車到中途荊玉卻嗚嗚咽咽哭起來，說黎衛死得寃，連最後一點名聲也留不住。

「他是個多情重義之人，如此為朋友盡最後一分力，也算求仁得仁。」雷蘭特安慰道。

「什麼求仁得仁，這是作弊。你是博士，最明事理，難道眼見校風敗壞於投機分子之手，不加管束？」

「我有什麼辦法呢。」

「你當然有，只要你肯，我們這就去找黎衛系上教授，把事情更正過來。」

雷蘭特被她糾纏不休，只得陪著她充當翻譯。接待他們的是一名研究助理，登記了事由，並說會詳查實情、斟酌處理。荊玉求不得當機立斷，敗興而歸。

隔日是傍晚的班機，弗陵要負責送他二人至機場，中午返家，立即讓荊玉捉著致電到學校詢問結果，問出個「處理中」的答覆。荊玉不滿，出發前硬要弗陵再打一次。

「才過幾小時呢。」弗陵好生無奈。

「問問看，問問看。」

弗陵又打了電話，結果同出一轍。

荊玉終是抱著滿腹不甘離境。

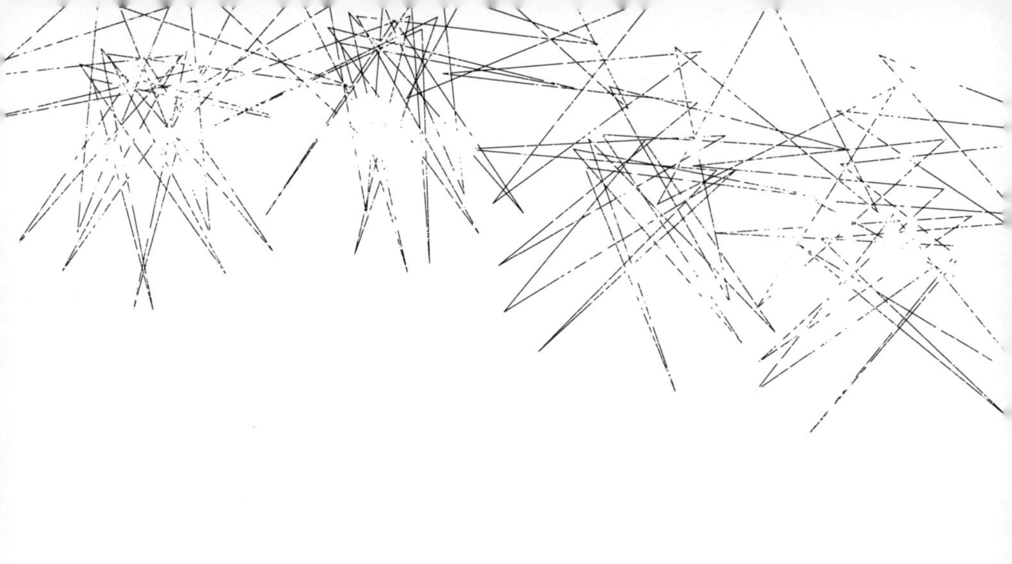

第十七章　愛德司

一週之後，《愛德司異聞志》復又出刊，日記一事依然無聲無息。

「我問過快捷公司，郵件老早在當日交遞。但雜誌社卻說辦公室上下沒人收過這麼一個包裹，除非前臺簽收之後教不明人士取去了。」燦歌也開始著急了。

「你當初怎會找上這樣一家媒體。」黛菲語帶責備。

「《愛德司》雖然規模不大，卻是有為有守，肯為社會上不同族群發聲的刊物。我也是詳勘多處、萬中選一，孰知他們制度疏漏。我真的有負黎衛之託。」

黛菲聽他怏怏自苦，只好反過來安慰他也許事有轉折，共候遠信。燦歌憂忖著：「難道正是因為這家新聞雜誌社太有原則，才不肯擔炒作之嫌冒犯倫理？唉，到了這個百無禁忌的年代，大概只剩下親權是個不可動搖的權威了。」深自懊悔，苦思對策。

荊玉一直想不透，黛菲為何忽有唐突之舉？此舉背後尚有何含義。唯憂其言會經由雷蘭特、巫若瑰傳至妹妹姚巧玉耳裏，回國之後不聞動靜，稍稍安了心，卻是逢人問起這趟行程難措其辭，只因大伯一家皆已參與其中，她便難以在言語上抵賴。

「好端端的，怎會突然想不開？」

「你們不是去參加畢業典禮，後來怎樣了？」

「該不是臨時畢不了業才做了傻事吧？」

人人為之震驚。

荊玉詞窮語塞，以哭代答。思來想去，總算擬了一套說詞——黎衛因交友不慎，讓人偷換了成績，誤以為自己無法畢業，為此羞憤自絕。事情並非全然無稽，她說著說著自己也信了幾分。眾人聽罷，無不忼慨悼惜，痛罵賊友奸計誤人。

荊玉回國後一直翹盼學校回音，說明此事處理後續，奈何久候無訊，想請弗陵代為留意，卻已聯絡不上這位老友。

親友都來追問弔喪事宜，夫婦倆於是商議要替黎衛舉辦一場追思會，選了日子和場地，發出訃文，二人為此忙碌了起來。

追思會辦得相當隆重，各地親友悉集，連姚巧玉一家子也特地自南部來赴。當日荊玉一襲黑衣黑褲，形容勞損，穿梭禮堂間，與弔客答禮，垂淚說明這場悲劇的因由。

「太冤枉了，可見交友宜謹慎、行事莫衝動。」大夥啟喻至深，悵然有所得。

儀式開始，司儀照稿宣讀，把黎衛生前事蹟隱惡揚善陳頌一回。父母致詞，荊玉臨臺灑淚，悲哽不能言語。她望著臺下烏鴉一般的群眾，忽然悟得一切浮生空忙。晚了，是她好強的執念把人生過得亂七八糟，她悽愴地哭著，因為她不能說，是她錯了，她後悔至極。

群眾無不欷歔，他二人三個子女竟換得三場葬禮。現場播放著慢板音樂，來客一一上前獻花致意，一片凝重溫馨。

此時，門外來了一男一女，四十上下年紀，男的靜穆儒雅、軒昂放逸，女的高修清瘦、素衣素容。

翁寶綢奇異地「咦」了聲，跨出了門檻，迎上前，喜喚道：「司瑩。」司瑩對她微微一笑。隨後巫順事也邁出禮堂，對那男子恭敬鞠躬，問候道：「社長。」徐德漾也朝他淡然點了點頭。

賓客們都問寶綢和順事：「這兩位可是你們請來的朋友？」

「司瑩是我的朋友，可是今天不是我請她來的。」寶綢道。

巫順事也搖頭表示事不關己。

司瑩走到禮堂中央，對場上弔客巡視一回，雙目凝視黎衛高懸堂上的遺照，對從適和荊玉幽幽嘆道：「我很遺憾，你們的孩子全都死了。」

眾人皺起眉來，暗自譴責這女人說話真不得體。

司瑩冷然一笑，續道：「好，凡事總有因果，不如趁著這場追思會，把三個死去的人一一回顧了吧。」

賓客都想：「她非得講那『死』字不可嗎？」一面責難她言辭魯莽，一面看荊玉神色惶懼，又不禁好奇。幾些弔客聚著目光打量她，滿臉疑惑，幾些人聽說那男客是新聞雜誌社的社長，猜測內裏大有文章。禮堂上交頭接耳、各自騷動。

荊玉汗出如漿，顫聲喝道：「不要說了。」從適愕然扶著她肩頭，眾目睽睽下也難有做為。

司瑩垂著眼，聲調黯然地把故事說下去：

「也許所有悲劇都有脈落可循吧……」

當年姚荊玉為了不讓妹妹姚巧玉有機可趁，趕著她成年之前便與黎從適結婚，二人少年夫妻，思維卻大異其趣。

從適勸荊玉：「咱倆還年輕，何不好好享受一下無憂無慮的婚姻生活。」

荊玉卻說：「就該趁年輕努力闖蕩，才不輸人。人生是責任和義務，真要談自由、享樂，也是退休之後的事。」

她時刻汲汲營營，從適備感壓迫，當時他正值年輕瀟灑，女人堆裏最吃得開，既然在家裏動輒得咎，只有向外去尋欽羨的眼光。

荊玉明知他生性風流，一心相信他結了婚便會收斂，豈料他變本加厲，說他兩句，卻把兩手一攤：「要不然離婚好了。」

荊玉和人聊起家庭時大感面上無光，又不能真的離婚教人恥笑，她想生個小孩一定能挽回丈夫的心，於是趕緊生了個小孩。而從適初為人父，倒也新鮮歡喜，把女兒抱著哄著，笑得合不攏嘴，夜裏教啼哭吵醒，一馬當先去看視嬰兒，幾日下來睡眠不足，奇歡已過，不免萌生退意，編了個藉口把母女倆撇下，又晃到外頭吃香喝辣去了。

從適一走，荊玉只得撐著孱弱的身子獨自打理母嬰日常。她把不足月的女兒黎雁抱在懷裏，垂淚哺乳，叨叨絮言：「小東西，妳怎這麼不爭氣，我懷胎十月把妳生下，妳爸爸卻看妳幾天就膩了。」夜裏嬰兒又哭，荊玉半天哄不睡，恨不得把這小人兒一把掐死。

荊玉的母親聽見消息，趕來替她帶小孩坐月子。荊玉抱怨從適不配為人夫為人父。她母親勸道：「誰教妳只生個女娃，下回爭氣點，給他生個兒子，還怕他不龍顏大悅。到時候就算他敢待妳不好，誰卻不來站妳這一邊。」

母親的話像一桶滾水淋身，赫然勾起她幼時在姚家大宅子裏的回憶。那些撕扯謾罵，而今想來仍不免心悸。

公婆來探孫，她母親彎腰陪笑道：「親家公、親家母，真對不起，我女兒沒用，沒給你們黎家生個孫。」

從適的父母愣了半日，才弄清她是指沒生個「男孫」，忙說：「女孩好，我們都喜歡孫女。」

荊玉凜凜然彷彿又看見幼時外公外婆拎著她母親回姚家宅子卑躬屈膝的畫面，她糾著臉自顧自生氣，她母親委屈兮兮地說：「我若不是真心為妳好，犯得著去給人哈腰陪禮嗎？」

「誰要妳多事。」

「妳不會真的相信兩個老鬼喜歡孫女吧，少天真了，孫子跟他們姓，不能傳宗接代都是枉然。」

荊玉恨透了母親卑瑣的臉，恨透了這一番言論，偏偏這種心事也無法對別人去說。平時抱怨公婆，雞毛蒜皮之事也有共鳴，說起娘家，人人都道：「自己父母總不會傷害妳。」

「誰說女兒沒用，我偏要我女兒做個人上人。」荊玉暗暗立誓。

為了不與母親牽纏，荊玉月子不滿，便急急找了分工作，她母親回頭跟她索保母費，不容賒賬，荊玉咬著牙結清，往後把女兒送托嬰，下了班接回家來。女兒不足三歲，先教她認字背詩，教不會，便捶心哭吼，摔東西罵道：「蠢貨，妳這樣將來如何證明女人比男人一點不差？」如此矯枉過正。黎雁坐在地上大哭，荊玉發洩完了，抱起她好聲好氣安撫：「媽媽也是為妳好，男人不可靠，妳要自立自強。」

黎雁再大一些，荊玉便給她上補習班學英文、鋼琴、心算，為了繳補習費月月捉襟見肘。當時荊玉在一家燈飾公司上班，趁著沒人注意順手取些燈泡燈管回家，偶爾揀著零件拼拼湊湊又成一盞臺燈。出貨量大時，她給工作壓得喘不過氣，在公司挨老闆罵，回家看黎雁彈琴不成調，氣得抓起節拍器往她手指砸，罵道：「畜牲！」攢眉皺臉，對著她拳打腳踢。她愈哭，她愈恨，只覺人生沒一件事情能夠掌握，內心亦慌亦怒、亦怒亦慌。

到了幼稚園春節晚會，荊玉看其他小孩上臺表演，個個允文允武、耀眼活躍，她一整晚沉著臉，心想：「為什麼別的小孩總是那樣出色，唉，我有那個命嗎？什麼時候輪到我也風光風光。」回到家來，門檻一跨，轉身一推，黎雁失衡跌倒，荊玉重重甩上門將她摒絕於外，隔著門板罵道：「爛貨、丟臉，我沒有妳這樣的女兒！」黎雁掙扎起身，搥著門叫媽媽，哭得聲嘶力竭幾欲昏厥。

從適偶爾回家，卻是把黎雁捧在手心裏，叫她小公主，逗著她唱歌嬉戲、給她念故事書。「妳別不分好歹，誰供妳吃穿，誰一毛不拔由妳自生自滅。」荊玉一把扯過黎雁。

「孩子還小，妳別給她灌輸大人的恩恩怨怨。」

「說得好聽，你想當個名譽老爸，我偏不讓你如願。」

黎雁看他二人愈吵愈兇，害怕地哭起來。

「不許哭！」荊玉喝令。

黎雁扯著從適衣角，喊著：「爸爸、爸爸。」

從適無奈地看了她一眼，掉頭而去。

荊玉見他竟然走了，不甘又失望，一巴掌朝黎雁後腦勺拍去，哭喪著臉尖叫道：「要不是為了妳，我老早和那爛人離婚！」

荊玉處心積慮栽培女兒，黎雁卻總不如預期，她悶悶不樂地想著：「難道女兒真的比較沒用？」

巧玉生了個兒子，跟母親聯手嘲笑姊姊。荊玉惱怒，隔年也生出個兒子來。

黎熙和黎雁相差十一歲，從小最害怕像姊姊一樣被鎖在家門外，每回荊玉毆打黎雁，他總躲在角落偷偷掉淚。

黎雁在母親長年擺布下疲倦不堪，荊玉在外是克苦耐勞的母親典型。她的痛苦相較於母親的辛勞根本微不足道，她只能對著路上貓狗訴苦，只有貓狗不會對她曉以大義。

「大概我真的適合當畜牲吧。」黎雁時常這麼想，淒苦地笑了笑。

在人類的世界裏，「你這個畜生！」是句罵人的話，如果動物之間也有溝通語言，不知道牠們會不會用：「你這個人類！」來彼此攻訐叫罵？

她交了幾個筆友，聊些電影音樂、傷春悲秋，都像知己。有人追她追得勤，沒見過卻讚她美若天仙，還有個男孩子天天抄寄雪萊詩，稱她是自己的靈魂伴侶。等到她說起她的家庭令她想死，對方要不直接斷絕聯絡，要不誨她多孝順父母，那麼便是她不想回信了。

筆友當中有個叫「阿德」的大學生，滿腹理想，帶點憤世嫉俗。黎雁給他寫信：

我母親用那樣的字眼罵我，粗俗淫穢，我不敢說出口的女性……的字眼。

我弟弟很優秀，只是他自幼承擔了我母親如何對待我的那分憂懼，我看出來了，我覺得很對不起他。

邏輯是：父母的犧牲奉獻都記在子女的賬簿上，父母投入得愈多，子女將來的債務愈重，愈不可能自由，不論這些犧牲奉獻是不是被強制賦予的，他們都必須要還。

我討厭我的身體血肉。我媽說我是她『分化』出來的，不能讓她失望丟臉。

為什麼那些賺人熱淚的大結局，在我看來總覺得尷尬違和？

阿德每次都回一長篇，筆酣墨飽，厚厚一疊紙，給她說些相似案例，旁徵世界文學名著，博引各家心理學流派。思徹淵深、辭喻豐贍，不落陳腐，偶爾信末寫兩個笑話逗她開顏。

黎雁去信問他：

如果我說我對死亡念念不忘，你是否受理這個案件？你陪我去買爐子和炭火嗎？活著是神聖的，而死亡亦是。明智之人，來錯了，會盡早離開。

我們能不能不帶譴責批判，真誠而嚴肅地聊一聊死亡（甚或自殺）的含義？

阿德沒有回信，黎雁灰心地想著，他終究也嚇跑了。

兩週之後，卻又意外收到他的音息：

客觀上我該支持妳，但主觀上我卻不願意。我原想不要理妳，妳便找不到人陪妳張羅那些工具。很抱歉，我很自私，而且俗氣，尚未達到看透生離死別的襟懷。知道妳賴活於某處，勝過親手助妳解脫。

信末附上電話，囑她要緊時切莫不告而別。

黎雁看了信，不禁一笑，心頭有些暖，她回信：

說好當一生的紙上知己，不見面不通話的——我有太多把柄在你手裏。

她倚靠著這點來自陌生客的文字勉力維生，每回荊玉叫罵完了，她回房裏，流著淚寫下種種瘋狂心事，寄給二維世界裏的筆友阿德。

黎熙大一點的時候，姊弟倆也常說說笑笑、玩在一塊。

一年端午，荊玉還得到公司加班，從適正好回家，便帶著兩個孩子去看龍舟比賽。黎雁猶記得，父親把弟弟扛在肩上，一手緊緊牽著自己，河中鼓聲喧天，岸上人人雀躍。晚上三人一同到夜市一攤一攤掃蕩，從適握他們的手臂玩套圈圈，百發百中，三個人六隻手抱不完戰利品。最小的弟弟黎衛出生後，她和黎熙時常圍著搖籃給他哄睡唱歌曲……人生這點歡愉記憶，猶似「家庭」的輪廓，可是她明白這不是「家庭」，她已經到了能夠辨別是非的年紀，母親那句「誰供妳吃穿，誰由妳自生自滅。」她是懂得的。

大學聯考在即，某晚，黎雁正在房裏溫書。夜黑風冷，屋外飄著雨，雨中傳來微弱的貓叫聲。她打開窗戶，那隻她所熟識的螺旋紋花貓躍入屋來，前足點著桌面，靈巧地撲在她懷裏。這花貓眇了一目，黎雁初見牠時，輕嘆道：「怎麼你和我一般殘缺啊。」不由地生出同病相憐之感，從此常把母親為她準備的午餐存著相與，一人一貓，度過了無數寂寞寒暑。

她關上窗，帶著貓走出房門，到冰箱找些魚餵了牠吃。不巧這日荊玉提早回家，進門看她竟不在房間讀書，氣沖沖抓起玄關上鞋油拋擲過去。那鐵盒飛天、降地，鏗的聲打中餐盤，盒蓋盒身摔作兩半，魚屑魚刺飛濺而起。花貓驚跳四竄，荊玉左右張望，操起掃把追打上去。黎雁彎身一撈，把貓攬在懷裏護著，荊玉且咒且罵，揮帚而至。貓粗嘎地「喵」的聲掙出黎雁手臂，荊玉不肯罷休，滿屋追著亂跑，掃帚有一下沒一下落在地板上和花貓身上。

貓奪門而去，荊玉追出屋外，黎雁自後面趕上想阻止。黑夜之中登時滿街通亮，一陣輪胎摩擦柏油的碎礫滾裂之聲驟響，花貓朝著車頭燈衝過去，一聲淒厲慘叫，霎眼間已輾斃於輪下。

車停在路肩，車燈前細雨綿綿。少頃。駕駛重新催油離去。

母女倆都驚呆了，黎雁六神無主，睜大眼要上前看貓，卻教荊玉攔著。

「好了，咱們回家去吧。」

黎雁哭求荊玉讓她替貓收屍，荊玉硬拖她回家，關上大門，「去念書。明天會有清道夫來掃。」

「妳怎這樣冷血，那貓是我親人。」黎雁慘痛欲絕。

「胡說什麼，貓是我撞死的嗎？進去！」

「媽，給我十分鐘就好。」黎雁哀告著，一面轉身要出門。

荊玉揪住她頭髮，尖叫：「妳敢出去我就死給妳看！」

黎雁仍掙扎要走，荊玉盛怒，隨手抓起跳繩咻咻亂揮，把黎雁痛打一場。

這一鬧母女倆都精疲力竭，黎雁抱膝縮在牆邊埋頭飲泣。荊玉甩下跳繩喘氣坐在飯桌旁，心裏也有些後悔，黎雁長大她便很少打她了，母女偶爾還能說句體己話，只怪惡貓誤人，害得她如此失控。

黎熙貼著牆溜到黎雁身邊來，滿臉是淚，搖著她肩膀顫聲喚道：「姊——」

黎雁擡起頭，展臂將他小小身軀一把抱住。

荊玉盛了碗薏仁湯走過來，啞聲安慰道：「好了，起來喝碗湯、洗洗臉。等妳考上大學，媽買一打貓送妳。」言畢牽起黎熙的手走開，一面問道：「你英文補習班的作業寫完了嗎？拿來給我檢查。」

黎雁隔日已遍尋不著花貓屍體，她親手編了花環置於其處，往後偶然看見死於道上的小貓小狗總悉心安葬，像是一種移情和補償。

大考將近，她卻為著花貓的死鎮日恍恍不得專注，終究名落孫山。

成績單寄來那天，荊玉臉都綠了。親友知道家裏有個考生，紛紛詢問。荊玉咬牙切齒，日日指著黎雁罵道：

「妳怎還有臉活在世上？」

「我老早想死了。」黎雁倦累不堪。

「去啊，快去死啊！」荊玉忿忿將她推出門外，砰的聲關上大門。

這一刻黎雁真的心如死灰。她離開家門，茫茫望臨近河流方向而去。經過一座電話亭，她想起筆友阿德來，「打個電話向他道別吧，反正都要死了，難道還怕他笑話。」

司瑩言述於此，悲不自勝。追思會上早有人認出她竟是黎雁，也多少猜出那筆友「阿德」正是與她同來的徐德漾。「愛德司」命名不只神話寓意，更取自他二人當年通信的化名。

眾人目光紛紛投向從適和荊玉，彷彿在問：「你們大女兒黎雁，怎不是在二十年前便車禍離世了？」

黎雁拿起話筒，才發現並未背下阿德電話，倒是他的地址寫了近千遍，老早銘記於心。她站在小小玻璃立方體中，無聲遙望著彼端車水馬龍，匆匆一念，翻出身上那點零錢，買了車票前往。

阿德的家是一幢靜巷裏的中古平房，黎雁找到了門牌號碼，卻繞著巷子走了一圈又一圈。

「還是算了吧，見了人說要道死別，分明像來求救，多做作。」她想著。

欲去還留之際，卻有一名面目和善的婦人開門而出，「妹妹，這麼晚了，有事需要幫忙嗎？」

黎雁看看屋牆上霧花窗，想是自己來來回回的身影教屋裏人看見了。

「我找阿德，請問他住這裏嗎？」

「請進來吧。」

黎雁心想這婦人大概是阿德的母親。她緊張地坐在客廳等候，擔憂起一會他出來，卻不認得她，如何解釋是好。這會才意識了自己此行魯莽，未及想出個對策，已聽得一陣雜錯腳步聲自內而出。

「有個女孩子找你，快點，她正等著呢。」婦人催道。

「誰啊，我沒約人來。」

下一晌母子二人已出得客廳，黎雁站起身，垂著眼尷尬地朝他點點頭。

「喔，是妳啊。」

他母親笑了笑，自行進屋去了。

黎雁低著頭站在那裏，徐德漾也有些神色赧然。

「你——知道我是誰？」她聲若蚊蚋。

「司瑩。」

「我和你想像中的筆友，很相似嗎？」她暗自奇怪，信裏才辯縱橫之人，怎生得如此儒雅靜斂。

「差不多了，只是高了點。」德漾慌慌應道，又問：「我呢？」

「你不像，阿德豈會這樣倉皇無措。」

她不住一笑，她驚訝自己還笑得出來。她笑，德漾也跟著揚起唇角，二人稍稍消解了生澀。

「你怎不問，我為何突然來訪。」

「妳聯考失敗，被妳媽媽趕出來，找我陪妳去買爐子和炭火。」

黎雁瞅著他，眼中滿是奇異。

「前幾日放榜，我把報紙上榜單來回看了幾遍，沒找到妳名字。」

黎雁好半天說不出話來。

徐德漾續道：「我原想，妳若考到和我同個學校，妳便是我學妹了。」他此時已大學畢業，在一家新聞傳媒公司任職。

黎雁依然不語。

「黎雁真是妳本名嗎？」

他二人信裏以阿德、司瑩相稱，只在信封書寫對方名字。

她幽幽一嘆，「是，你沒弄錯，我落榜了。不過這回也不麻煩你了，又不是只有一種死法，我來向你道別而已。」

「既然決心要死，特地向人道別，便死不成了。」

黎雁有些惱怒，「是你留電話，囑我不許不告而別。」

「用電話道別，我不知道妳在哪裏。縱使知道了，交通往來的時間妳總還有些機會。」

黎雁心想：「他現在比較像信上那個阿德了。」她轉身就走，不願教他看輕。

徐德漾追上來，攔著她問：「妳生氣了？」

她靜靜站著，少晌，淌下淚來。

「半年前我原本有個機會派駐日本，條件都跟公司談好了。」德漾道。

「為何臨時變卦？」

這次卻是德漾沉默了。他怕說出那俗濫臺詞，她不肯相信。

黎雁道：「為什麼不約我出來？」

「是妳立的規矩，妳絕不和筆友見面。」

「你真守約。」

「要看規矩罰則，我不能冒妳再不與我聯絡的風險。」

往後幾日徐德漾把黎雁安置於家中客房，徐家二老隨和好客，皆對她歡迎之至。二人累年通信，文字最是直達心靈，各自對彼此生活、思維已盡悉曉暢，而今猶似晤得夢中故友，始知相盼已深。於此朝暮共耽，言詞之外更有靈犀，一任簷霤墜下了夜露，雲階探出晨曙，不覺移日忘湌。

荊玉這邊卻是慌急交迫。她從前把黎雁鎖在門外，半天一日，氣消了打開門，人總還在那裏，苦苦認錯哀求讓她進來，豈料這回卻不見人影。

荊玉左等右等，找遍鄰近區域，翻出女兒抽屜裏的電話簿，一個個打過去，都探不出黎雁任何下落來。又拉出她藏在床下的箱子，裏頭信件荊玉都是看過的，黎雁原以為母親工作早出晚歸，自己總能先截下信箱郵件，豈知母親總是趁她不在時進房摸索。由於信件早已拆封，荊玉閱畢，摺好放回，全然看不出動過的痕跡。

荊玉抄下地址，直搗黃龍，像個突襲檢查，果然在徐家逮著失蹤多日的黎雁。黎雁見著母親，霎時如墜深淵，扶著牆蒼白無力。

「對不起，我女兒跟我鬧脾氣離家出走，給你們添麻煩了。」荊玉朝徐家二老歉然地點點頭，上前要牽黎雁。

黎雁聽了母親的說詞，不住渾身發顫，慘然輕呼，摀著臉摔跌於地，喘氣抽搐像要窒息一般，把徐家二老都嚇著了，只勸荊玉不要強迫她。荊玉不好在人前鬧得太難看，忸怩地笑了笑，說她改日會再來。

荊玉走後，徐德漾和他母親一邊一個攙起黎雁進房歇息。黎雁癱瘓般地躺了許久，好容易緩過氣來，勉力起身。

「好了，現在你也看見了，我媽很正常，我才是瘋子。你儘管把我從前的信當成瘋話，站到她那一邊去。」她絕望不已。

「別這樣，跟刺猬似的，我沒說不相信妳。」德漾鎖著眉，神情凝重。

黎雁自慚形穢地抹著淚，「對不起，我該走了。」

她掀開被單，踉蹌下床。出得客廳，卻見徐家二老憂心忡忡地等在沙發上。

「妹妹，怎麼樣，好點沒有？」

黎雁在人家裏鬧了這一場，總不好一走了之，可是家庭之事如人飲水，冷暖甘苦如何對人啟齒。

此時德漾也出來了，握著她的手一同過去坐著。黎雁垂著頭，小心地揀選辭彙，對徐家二老粗表其意，深怕他二人要對她這個不孝女皺眉嘆氣，厲言訓誡起來。

「真是難為妳了。」

二人雖不甚解得其苦，卻表示了同情與支持，問她有何打算，黎雁沉默不語，她不敢說出她唯一的念頭便是死。

「妹妹，妳要堅強一點，我第一眼看到妳時，就覺得妳是朵可愛的鈴蘭花，卻在黑夜裏受著寒風，讓人想把妳擁在懷裏呵護著。」徐太太言輕語暖地說。

次日荊玉踵門，徐德漾的父母便教黎雁待在房裏，應門說他二人逛街看電影去了。荊玉無功而返，悻悻想著：「這丫頭太不像話，考壞了還有心情約會。」更怨怪這家子帶壞了女兒。

又次日，清早門鈴便響，徐德漾的父親比手勢要黎雁進去躲著，黎雁想想，總不能一直逃避。乃前往應門。

這回卻是從適也來了，他聽說女兒被男人拐跑，義憤填膺，催著荊玉大早來接人。三人走到了臨近公園談話，荊玉哀哀其音、動之以情，說這幾日自己茶飯不思，魂銷體減，又說黎熙黎衛早晚哭著要找姊姊。黎雁看母親憔悴枯竭，心都碎了，一下子便同意跟她回家去。

「這才是我的好女兒，跟媽回家，好好聽話。失敗一回不要緊，再拼一年，明年考個好學校，一雪前恥。」荊玉執著她的手歡泣交加。

「媽，我現在心裏很煩，暫時不想談這個。」

「什麼話，我都跟親戚說了，妳今年感冒表現失常，明年一定上榜，妳要不從這一刻開始拼命用功，明年又考不上，我面子往哪裏擺。」荊玉已經摩拳擦掌、鬥志昂然。

「我沒感冒呀。」黎雁道。

「傻啊，不這麼說，別人會笑話妳。」

黎雁咬著唇，沿著花圃走了一圈，壓制不住心跳突突。

「妳是怎麼了，快走吧，那姓徐的不值得留戀，也不是頂尖大學畢業，成天高談闊論，還得去給人端盤子賺學費，我可是一個碗都不肯讓妳洗的。妳不要忘了我跟妳爸爸可都是有學歷的人，看他家這樣普普通通，他父母上過大學沒有？妳別自甘墮落，等妳上了好大學，嫁個名門之士，神氣威風。」

黎雁瞪大了眼，尖聲問道：「妳偷看我的信？」

「女兒的信當媽的不能看嗎？妳還這麼小，我擔心妳交了壞朋友，關心妳一下，難道不對？」荊玉忍著怒氣。

黎雁雙手顫抖，眼淚不爭氣地顆顆直落。

「妳又發什麼神經，今天不帶妳回去，我做母親的威嚴何存！」

荊玉失去了耐性，過來便扯黎雁衣袖，見她反抗，又揪她頭髮，母女倆拉拉扯扯糾纏不清。

黎雁閃身攀著從適手臂，「爸，救救我。」

荊玉又撲上來，「抓住她！」

從適夾在她二人中間左右不是，黎雁乘勢轉身就跑，一路足不點地狂奔而去。

「好，我給妳三天，三天後不回家，妳就等著給我收屍！」荊玉手指前方又蹦又跳，裂目嘎聲，一張臉脹得通紅。

「好了，別喊了，人都走遠了。」從適攔著她勸道。

「黎從適，你搞什麼？說要跟我來接女兒，卻是來壞事的。」荊玉手插腰上，兩眼圓睜。

「公共場合不要這樣。」

往後夫婦倆不時同往要人，從適來了幾回，看徐家人也不似荊玉說得壞，偶爾和徐德漾聊上幾句，覺得他是個有為青年，對黎雁一片癡心，反過來掩護女兒回家收拾行李，勸荊玉多放寬心。荊玉怒不可遏，把他罵得狗血淋頭，從適討了個沒趣，索性撒手不管。

荊玉自此單打獨鬥，心情愈發惡劣，日日威脅要去死，見了黎雁就打就罵，說她是妓女、賤貨，又咒她不得好死，將來生的孩子也會不孝。徐家二老好言來勸，卻教荊玉反唇相譏，說他們不懂是非倫理，放任兒子誘拐別人家女兒。徐德漾氣不過，再不肯開門讓她進來，荊玉隔著門愈罵愈兇，直把德漾從才智到人品嫌到一無是處。

黎雁看徐家人遭此無妄之災，既難過又愧疚。看母親被拒於門外，也十分不忍，又擔心母親真的去死，自己豈不成了罪惡元凶。夜夜流淚輾轉，不能成眠。她有時覺得，她和母親，誰先死誰便贏了，先死的可以不妥協，活下來的注定悲痛後悔。

她問德漾：「你父母難道不曾威脅你，不聽話便要和你斷絕關係？」

「沒有啊。」

「會罵你太笨、比不上親戚的小孩，叫你去死嗎？」
「不會。」
「煮好的飯菜不想吃怎麼辦？」
「放冰箱裏。」
「不是砸在地上？」
「當然不是。」
黎雁覺得不可思議。在徐家這幾日如同一場異類家庭見習，沒有咆哮摔門，沒有突如其來的雞飛狗跳，沒有不停重複令人心力交瘁彈性疲乏的冗贅情節。一切太虛幻，教人無從羨慕起。她並不覺得自己能勝任這種溫馨和睦，她甚至有些害怕這樣的氛圍。徐家人的關懷備至，她感激之外，更加黯然意識了自身的寂寞悲哀。
一日，德漾忽然對她說：「前幾天主管又問起到日本就職之事，這回我不想再錯過機會了。」
「很好啊。」
德漾聽了她的回應，喜逐顏開，「妳同意了？」
「你外派徵求我同意做什麼？」
「那當然是我們一起去。妳同意了，是不是？」
黎雁嚇一大跳，「這跟我什麼關係，況且我一句日文也不會。」
「學一學就會了。」
「這也太匆促，太草率。」
德漾語轉緩頓，長吁為嘆，「妳以為我突發奇想嗎？司瑩，妳難道還不懂，我想和妳永遠在一起。」

黎雁心裏不是沒有德漾，只是母親自幼的貶損謾罵，讓她深自以為殘敗，總覺得像她這樣一個人，豈有不遭遺棄反受賞愛之理？再則她自小看父親頻頻外遇，明欺暗誑窮形盡相，對於親密關係毫無安全感。

「就算、就算我肯，我憑什麼跟你去呢？」

「或許，妳可以考慮一下人生其他的可能性，試試看和我一同安排未來。」

那年黎雁正滿十八歲，徐家請了些親朋好友，替二人舉辦一個小小婚宴，由徐德漾的父母擔任見證人，分別替他們簽了字。

一週之後，德漾便帶著黎雁，一同前往日本去了。

第十八章　閒憶

荊玉得知黎雁竟然走了，既震驚又慌亂，一股孤絕之感漫湧上來，她半瞇著眼靠在椅背上，兀自消沉。

「人生終究是什麼也留不住啊。」她想著。

房裏傳來幼兒啼哭聲，荊玉心頭懨懨，提不起勁去看視。長夜淒迷，一切彷彿都靜止了。

她取來紙筆，就著一盞黯燈埋頭寫道：

弗陵：

我痛不欲生，黎雁走了，此時我獨自帶著兩個幼子，再沒有人理我，沒人會來幫我……

她一口氣寫下內心的倉皇和不甘，冒著夜至巷口將信寄出。

翌晨旭日東昇，大地一片明亮，荊玉愈想愈覺不對。這世上畢竟不只她一人，黎雁落榜在先，與人私奔在後，要是傳出去，哪裏了得。

「早跟妳說女兒沒用，妳偏嘴硬。」她母親會第一個跳出來，大肆揶揄。

「姊，我又贏了。」她妹妹也會眨眼扁嘴，跟著一旁幫襯。

荊玉想著這畫面，機伶伶打了個冷顫。總有那麼一剎那，她泛起了私心，要是這些人都消失了……她冥想著，忽然有種天寬地闊的解脫之感。

她連日足不出戶，只恨不得從此與這世界斷絕往來。一日，卻接了通越洋電話。

「黎雁走了，這是什麼意思？她上哪去了？」弗陵在遠洋彼端關切地問，「荊玉，回答我啊，妳別哭，回答我，荊玉、荊玉——」

荊玉握著話筒，禁不起弗陵連聲催問，幽咽道：「她……出車禍，一場很嚴重的車禍。」

「我回去陪妳好不好，我立刻去訂機票。」

荊玉腦子一片渾沌。好半日，總算回過神來，連忙回撥阻止，說那封信是一星期前寫的，黎雁的喪事早已有人幫忙處理。

往後逢人問起，荊玉內心掙扎不定，終又把這套說詞搬出重練。其時大伯黎從邁正在國外結婚生子，妹妹姚巧玉產女不順，方歷劫歸來，她母親也在南部幫忙照應。其他遠親編個藉口敷衍過去，險步過了關。家中兩個幼子，一個還未必知曉人事，一個不論他信了幾分，總堅持告訴他姊姊出車禍喪生。

從適回來之後，對此彌天大謊已追補不及，荊玉軟硬兼施，他礙著家裏出事自己卻後知後覺，只得屈從了。

黎雁隨徐德漾去了日本，輾轉聽聞消息，不住悵然幽忖：「原來真的只有我死，才不再讓她覺得丟臉。」

她心寒徹底，給荊玉寫了封信：

> 既然母女緣盡，今後互不相擾，希望妳寬容對待兩位弟弟，別再處處與人爭長較短，那麼我願意替妳圓謊，從此以後「黎雁」將永遠消失世上。

荊玉把信撕了粉碎，啐道：「女兒竟然來跟母親談條件，教訓起母親來！」

黎雁自此僅以「司瑩」一名示人。

她和德漾在日本一住十多年，期間吃藥問診，始知心上滿目瘡痍。夜裏夢見母親竟追來糾纏謾罵，覺後彷彿還聽見自宿疾裏延續而出的尖叫嘶吼。無論身在何處，總備感壓迫，唯恐下一刻母親突然現身，繼續主宰著她的生命。長年治療雖稍得平靜，內裏卻永遠有個自卑迷惘的孩子遮擋著光亮。

回國之後，黎熙已「赴美留學」，一家子也已搬離原來住處。黎雁原本朋友不多，且早早斷訊，歲月中彼此皆已非復當年模樣，這些年來竟沒教人認出。

偶爾她也留意家中消息，偶爾故地重遊，徘徊於春秋易主的舊宅子前，猶似一隻負傷的鳥，依然驚心未去，故瘡未息，忉忉然飛徐而鳴悲。

數年後，正逢黎熙該畢業之期，大伯黎從邁熱心籌措兩家子同赴美國觀禮行程。不久黎熙「癌發」去世，消息亦傳至黎雁耳裏。她詫然悲愴，來到大樓門口，拿不定主意該不該上去向弟弟道別。一晌，數名素服弔客往來進出，黎雁識得其中幾人，連忙藏身柱後，以免教人認出。

日暮時，荊玉提了個竹籃出來，黎雁想上前求她讓自己上樓祭悼黎熙，幾次張口卻喊不出聲，這一路躊躕，不覺間跟著她乘車兜轉，來到了郊外。

「這不是媽媽娘家那間地下室？」黎雁心中疑忖。她記得此間因地點荒僻、四壁無窗，大半年招租無人。荊玉只把東西往裏堆，堆成半間倉庫。從前她和黎熙都曾幫著母親搬來家中暫且廢置的舊器物。荊玉在屋中整理，她便帶著弟弟在臨近草地間追逐玩耍。

「姊，我們來玩捉迷藏。」明媚陽光下黎熙仰著臉笑得純摯。

「好。」黎雁轉過身去，閉眼數數。

草地西側一座老舊木亭子，年歲積塵，塵埃教雨洗去，雨卻浸腐了木樑子。亭子以椿腳架高，她明知道黎熙總愛鑽在亭下躲著，卻故作迷糊，單手圈著嘴邊，且走且喚：「小熙，小熙，哪裏去了？」又繞著亭外，懊惱地說：「真糟糕，我的小熙不見了。」黎熙在亭子底下咯咯地笑，黎雁一轉身，彎腰伸手一抱，「抓到了！抓到了！」她雙手托在他脅下，擎著他小小身軀東轉西舞，一片蔚藍晴空在他背後旋襯著，草原上盡是二人朗朗笑語聲……

荊玉拎著竹籃走下階梯，黎雁亦步亦趨悄悄隨至。只聽屋裏一陣忙碌，接著卻是母親撕心裂肺地叫著黎熙的名字。

黎雁在門外疑竇不安，「媽為什麼大老遠來這裏給弟弟哭喪？」她一顆心直往下墜，恍恍來到當年姊弟遊玩追逐的舊亭子，彎身近探，那幽隱的木椿之後有只喜餅鐵盒靜置於深處。

黎雁探手亭下，揣著鐵盒匆匆離開。回家取出盒中日記，一字一句細讀，讀出黎熙一生的心事、一生的祕密。

連著幾日，她夢見黎熙來與她道別，羅帳昏燈，人影蕭瑟，夢醒之時，每每發現自己早已滿臉是淚。像是一種迷信，她又獨自來到那地下室，願與黎熙的亡魂一聚。

不期然地，她沒見著黎熙的鬼魂，卻遇上亦是追隨荊玉前來察堪哥哥真正死因的黎衛——他無意間聽得父母對白，發覺蹊蹺，私造了地下室鑰匙，開門入室，捏著黎熙遺物惕息不知所措。當時黎雁就在門外，她知道那是她另一個弟弟，她離家時他年僅二歲。

黎雁強忍住現身相認的衝動，摀著嘴迅步離開。幾日冷靜斟酌，提筆寫了封信：

三弟：

你一定很奇怪，是誰會用這樣的稱謂寫信予你？無論你是否仍有印象，你一定曾聽說過你還有個長姊，在你年幼之時便已車禍故世。但事實並非如此，怎麼說呢……一言難盡。你願意和我見面嗎？我們見面談談，好嗎？

姊，黎雁

這封信撕撕寫寫，終成這寥寥數語。她對「黎雁」這名字很生疏了，一筆一劃寫來都似和過去脆弱的靈魂糾纏著。

這日黎衛放學，照例到電玩店消磨時間，卻由櫃檯收到黎雁代託轉交之信。他心裏疑怪，自己哪來這等雅痞的朋友？拆信看畢，半信半疑，略帶輕躁地嗤哼道：「這信最好是真的，否則定要他好看。」

及至晤期，黎衛依約前往，姊弟倆在此景況之中見面，怎不備覺蒼涼無奈。黎雁娓娓道訴當年離家事由，觸及往日傷痛，時不時仍頓阻無以暢言。

「妳為什麼在這時候出現？」黎衛滿面防禦，雙目炯炯，「因為哥哥的事，對不對？」

「黎熙的事是我疏忽了，倘使我早點察覺——」

她初回國聽聞黎熙留學音息，自然不疑有他。當此之時，正值《愛德司》草創艱難之際，她幫著瞻前顧後，又找了幾分兼差平衡收支，日日忙得無暇留意荊玉頻往郊外之異舉。

「我一直不明白，哥哥怎會突然病逝異鄉，當年不是說都治好了嗎？」黎衛斂眉肅問。

黎雁十指交握桌緣，停頓許久，搖頭嘆道：「小衛，不要試探我，這個家有太多謊言，讓你成了這樣處處提防著。」

「好，我們把話挑明了。」黎衛語轉激促，「我在那地下室看見哥哥遺物，我猜有幾種可能，第一，哥哥當年手術並不成功，媽為了面子，依然對人說他出國去了，其實把他藏著養病，直到上個月他終是發病走了。第二，哥哥赴美之後生活不適、或成績欠佳，或者真的舊疾復發，總之為了某個原因中途綴學，媽怕沒面子，因此把他藏在地下室裏。第三，當年哥哥其實沒申請到國外大學，媽面上掛不住，把他藏著加緊用功，豈料弄巧成拙，他患上癌症，只好繼續將他留在那裏養病至終。」

黎雁沉默不語。

黎衛催問：「哪一個？」

「小衛，不要追問了好嗎？我現在有能力照顧你了，我們到別處好好生活，你會發現世上還是有人真誠待你。」

「妳連黎熙真正死因都不肯告訴我，如何說服我妳會真誠待我？」

黎雁禁不起他一再追問，把真相詳實悉告。黎衛胸膛起伏，瞪眼撐著桌面，總算明白了為何在黎熙的學校找不到任何手術病假紀錄。

「原來、原來真的沒有癌症，哥是自殺的——」他想起自己從不了解黎熙苦楚，一味埋怨他軟弱順從，不由潸然淚下。

「小衛——」

黎雁伸出手想安慰他，卻被他先一步抓住，咬著牙問：「妳確定沒有弄錯？」

黎雁噙著淚搖搖頭，「這是黎熙的日記，上頭記載著他一生心路歷程，你讀後便能知曉。」並把如何找著鐵盒一事概述一回。

「可是，哥怎會把日記放在你們從前遊玩的亭子底下，難道他知道妳——」

這是二人永遠無從探知的謎題了。

黎衛將日記攜回詳覽，一頁頁翻過，他只有一個感想：「這真是個瘋狂的世界，只適合用瘋狂的手段來處理。」

他回到地下室，搜找出黎熙燒炭自絕的痕跡，以及落在床下，那只停在他死亡時間的手錶。

往後姊弟倆又見幾回，一同追緬著黎熙，情緒往往一發不可收拾。

黎雁對於黎衛那偏執而充滿仇恨的思維相當擔憂，她隱隱察覺他深底算計的毀滅。她只有把心裏話託諸紙筆，每次會面時親手交予他，想用當年和德漾通信的方式，讓弟弟一個人感到孤獨時，還能憑藉文字擁有一些溫暖。另一方面也頻頻苦勸他一同離開，她一心只想用來日的真誠相待助他慢慢消解長年積累的怒意。

黎衛一來鐵了心要抗議復仇，二來他從不輕信於人，既然幼時記憶已不復存，與黎雁雖相濡以沫，二人算來卻是初識而已，他對她也並不完全地信任。他琢磨：「再這樣下去也不是辦法，我不要像他們，一個吞淚以終，一個為情牽絆。在這世界宣判我出局之前我便先遺棄這世界。」

他打點精神，往見黎雁，並表明振作的決心。

「以後，暫時不要和我聯絡吧。」

「為什麼，你不願我關心你嗎？」黎雁憂喜參半，更多的是心疼。

「我不想再陷下去。」

黎雁沉吟良久，「我什麼時候才能再看到你？」

黎衛沒有回答，她便不再往下追問。日影偏西，二人揮淚分別，各往東西。行不數步，黎衛卻回過頭來，深深望著她的背影，歉然無聲地說道：「再見了，姊姊。」

黎雁回去之後又給黎衛寫了最後一封信，摯語柔情，殷殷叮囑。緘名封緘後，一樣託在電玩店櫃檯。其時黎衛已向荊玉悔過自新，革除一切舊日積習，黎雁這封信卻是在一個月後，他偶然經過店家門口，才讓熟識他的員工叫住轉交的。

為免事蹟敗露，黎衛原想將信銷毀。最終卻只棄了留有她署名的第一封信，並布置了一只文件夾，將其餘信件全數匿於其中。一年後他攜著這只藏信的夾子以及黎熙的日記赴美，偶爾夜闌人靜將信箋一一抽出讀過，再一封封疊放回去，不由心蕩神馳。接著又看黎熙日記，又倏地心如鐵石。他本來便是個愛憎強烈之人，卻在違和境域中，必須蓄意地讓內裏一切感情的部分死去。怎奈絕情不易，遇上個像他哥哥之人，終究忍不住竭誠以待。而與黎雁一場邂逅，則是他私藏於心，至死不曾與人分享的親情蜃景。

黎衛留學消息傳來，黎雁難免多疑旁想。她時時留意那頭情況，直到遙遙目送他出境方始釋懷安心，只是她斷然沒想到，四年後竟迎來一個與黎熙同出一軌的悲劇。

當時她受託至「簞食瓢飲」代課，因緣際會結識了翁寶綢。黎雁明知她正是伯父黎從邁的妻子，卻不能說破。這位「伯母」在她離家時尚未加入，只多少聽說原本還有個姪女，卻車禍過世了。

那堂代課結束之後，寶綢私下又找黎雁交誼兼學拉花。一次閒聊間，寶綢叨叨抱怨著一趟不願為之的遠行。

「為著什麼呢？」黎雁笑問。

「還不是我有個姪子在美國自殺，我先生堅持要去給他送葬，今晚就要啟程。」寶綢嘆道，「不是我無情，我那小嬸自來先瞧不起我，那姪子從前是個太保，還差點殺死我兒子——」

黎雁雙手一顫，拉花壺筆直墜落，涓絲般的牛奶流瀉一地。寶綢見她面如死灰，只道她身體不適，忙扶她到一旁坐著。黎雁從寶綢口中探不出細節因由，徐德漾招了巫順事，同樣一問三不知——這些年黎雁知道她的「姨父」在愛德司高雄分部任職，便一直小心迴避著。

而荊玉在卡梅爾別墅接過寶綢所繪的拉花咖啡，其上圖案竟是當年慘死車下的獨眼花貓，心一驚翻倒了杯盞，隨後又收到巫順事改了印著社長名銜的公司賀歲卡片。此二事原是陰錯陽差下促成的巧合，卻教荊玉鎮日不寧，猜不透他二人怎在這時候先後復現。

至於黎熙的日記，早由雜誌社前檯簽收之後由徐德漾取去，帶了回家問黎雁希望如何處理。

黎雁看著日記繞一大圈又回到自己手中，起初猶不解其故，未幾聽得黎衛自殺，多方查究，慢慢揣摩出他此舉用意。黎雁掙扎不決，直到聞知母親尚在為他成績一事費神計較，至此無復可期，終於下定決心說出真相。

追思會上眾客譁然。

翁寶綢忍不住上前拉著黎雁的手，輕呼道：「司瑩，原來，妳是我的親人，妳真是可憐。」

姚荊玉也上前來，扯著黎雁沉聲說道：「我們私下談談。」

二人避到禮堂之後的休息室，黎從適和徐德漾也跟了進來，母女翁婿四人關起門來，荊玉瞬間淚如雨下。

「我的寶貝女兒，妳總算回來了，媽以為這輩子再也見不到妳。妳怎這樣忍心，二十年音訊杳然，我天天盼著念著，妳到哪天才肯原諒我，回頭來再叫我一聲媽……」

荊玉泣不成聲，跌坐在沙發上。黎雁見她如此狼狽，也好辛酸迷惘，還有一絲絲的後悔。

「媽老了，妳兩個弟弟都離我而去，我這一生勞瘁忙轉，縱使有錯，難道卻不能功過相抵？為什麼你們全都這樣恨我，全都這樣待我？」她到這一刻來，也是真心後悔了，字字句句發自肺腑，關乎血淚，由皮包裏取出那張泛黃的全家福照片，顫抖地拿在手中，細數著生產苦痛、替兒餵飯捏屎、風雨之夜負兒求醫……

黎雁慚愧地低著頭，喉嚨裏哽咽難言。

荊玉握她的手一同坐著，淚眼迷濛地望著她道：「不要再跟媽嘔氣了，好不好？」又仰面看著德漾，既卑微又衷懇地說道：「謝謝你把我的女兒照顧得這麼好。當年我不是存心反對你們，那時候我女兒還那麼小，哪個做母親的不擔心？你看著黎雁份上，也別跟我記仇了，好不好？」

荊玉塵霜滿面，老著嗓子低低泣訴，早已不復昔年氣焰。

黎雁垂著頭，不忍多瞧她一眼，摀著臉黯然地說：「媽，對不起。」

「母女沒有隔夜仇，世上只有父母永遠會原諒自己的孩子，只有親情永遠不嫌晚。」

黎雁泣不成聲，遠遠地，遠遠地，她彷彿聽見一生渴盼的母愛的音訊，荊玉展臂將她抱在懷裏，鼻音濁濁、深情款款。二人一時真心真意，情懷無限。

母女倆恩怨既已化解，相互執手，叨絮溫寒，窗外灑下明媚的陽光，藍天萬里無雲。

荊玉抹眼收涕，又拉德漾同坐，與黎雁一邊一個，柔聲問道：「來，告訴媽媽，你們現在生活怎樣，有沒有媽幫得上忙的地方？」

「我們很好，謝謝媽。」黎雁答道。

荊玉欣慰地點點頭，「你們哪時候回國的？有幾個孩子了？下回帶來給媽瞧瞧。」

黎雁望了德漾一眼，囁嚅道：「我們沒有孩子。」

「怎會這樣，你們都結婚二十年──不過沒關係，時代進步，四十歲懷孕大有人在。媽改天替你們介紹名醫，妳不要怕，這事包在媽身上，媽生妳小弟時也差不多這年紀……」

德漾不住打岔道：「不用了，是我們決定不生孩子。」

黎雁因著原生家庭的傷害，對生兒育女深懷恐懼。她想得透徹了，無論自己和母親、母親和外婆，或者更往上追溯，她委實厭倦了這種不死不休的連結──她並沒有成為一個母親的意願。唯幸德漾人生志向亦不在於此，二人便說好不生育。

這也是夫婦倆深思熟慮之後所達成的共識，一個真正的決定。

但荊玉並不認為這是一個決定，於是卯起來勸道：「你們這樣不行，不生孩子，誰給你們養老送終？旁人問起，還猜你們有毛病生不出來呢。好女兒，聽媽的話，生一個，生一個就好。媽幫妳帶、幫妳養，定教他成材成器，讓你們面上有光。」

黎雁忽然有種熟悉之感，教她惴惴不安，「媽，怎到這時候，妳還想這些。」

「我能不想嗎，」荊玉神色凝重，「我的女婿好厲害，竟是那巫順事的老闆。不過人不能得意忘形，你們加把勁，否則再過幾年妳阿姨兒孫滿堂，咱們豈不又落後了。」

荊玉私心裏除了希望不落人後，還盼著黎雁有了孩子之後能夠深刻體驗做母親的辛苦和犧牲。如果女兒不生孩子，便永遠無法感受自己曾有的感受，經歷自己曾有的經歷，那麼她便永遠無法了解母親的偉大，進而更加孝順聽話，而這些艱辛的歷程無人繼承，變成口頭上的陳述，總不夠力。因此荊玉無論如何都要勸女兒生個孩子，她一生的勞苦才能被慎重地理解與回饋。

黎雁霍然起身，焦慮地在斗室間徘徊。

「好了，這種事以後再說，禮堂上還有許多弔客等著。」從適終於開口勸道。

荊玉經這提醒，方收拾了情緒，「對，對，我們趕緊出去，解釋一下這場誤會。你們兩個孩子給父母認個錯，大家也就可以散了。」

「我們認什麼錯呢？」黎雁滿腹不解。

「再怎樣妳也不能胳臂外彎，讓人來看妳父母的笑話吧。」荊玉勸道。

「妳希望我怎麼說？」

「我車禍過世又該怎麼解釋？」

「當然是說妳剛才一場妄言，妳兩個弟弟並非那樣。」

「就說……當年醫院弄錯，妳又……不告而別，所以我們一直以為妳車禍死了。」

「這一來變成我當眾說謊。」黎雁簡直難以置信。

「這也沒辦法，只怪妳太衝動，妳該先來找我們商量。」

黎雁愁眉不語。

「妳這是什麼表情？無論如何，事情要有轉圜，晚輩總得先低頭的。」

「可是——」

「妳還猶豫什麼，難道要我們兩個老的給妳當眾賠罪，妳不怕天打雷劈？」

「我不要誰賠罪，我也不想再說謊。」

「這是善意的謊言。」

黎雁微微顫抖著，感覺到一股諳習的、龐大的壓迫。於是憶起了二十年來的斷絕並非叛逆或一場誤解，而是她唯一的逃生方式，唯一的倖存的理由。

德漾過來扶著她，淡淡說道：「我們走吧。」

「你們去哪？」荊玉急問。

二人不再回頭，相偕走出休息室，由禮堂側門離去，未曾驚動任何賓客。

幾日之後《愛德司》出刊，詳載此則報導。群眾反應相當兩極，或有予以同情，感慨苛禮繩人、傳統禮規應重新檢討者。或有對自殺和不孝兩項道德禁忌大加鞭撻，指責此兄弟敗壞社會風氣者。不久荊玉出示了黎熙從前的作文，澄清親子關係一向融洽，對歧路迷途的女兒溫情喊話，又流淚細數當年為了撫養女兒，如何月子不滿便抱病上工、夜以繼日地加班只為支付她補習費用、她聯考失利與人私奔，二十年來他們日日盼著她倦鳥歸巢……眾人霧裏看花。荊玉和黎雁，一個滄桑憔悴的老母親，一個正值盛年的社長夫人，群眾紛紛做出了決定，有人罵不孝女兒倚靠關係公然誹謗自己父母，有人猜測她無情地遺棄父母，一現身卻是出賣父母來替《愛德司》炒新聞。有人則出面聲援荊玉，為這對可憐的父母加油打氣。

案子討論一陣，正逢那時又發生另一件大事——一個高官外遇，媒體日日追蹤報導，大眾也就轉移了重心。

「不過此案倒真為《愛德司》增添了許多知名度。」

巫若瑰和雷蘭特併躺在草地上曬著太陽，閒憶這一段往事。波特蘭的春季花香宜人，和風煦煦。

「是嗎，那倒也不壞。」雷蘭特道。

「可惜前陣子雜誌社卻收了。」巫若瑰圓圓的臉上依然笑容可掬。

雷蘭特有些詫異，「這又是為什麼？」

巫若瑰笑道：「聽說我阿姨不時去糾纏黎雁表姊，一會送燉湯要給她補身體生小孩，一會買一堆東西要來與他們夫妻一同生活。有時到公司、有時上他們家裏。大夥看這老母親如此癡心懇懇，都圍上來幫忙勸著要多孝順父母、別再養貓養狗，趕緊養個孩子……黎雁表姊日日在這夾攻下慘然無歡，再度擾起舊時痼疾，表姊夫大概也對此情勢失望徹底，索性收了雜誌社，帶著表姊再度遠走他鄉。」若瑰撥了撥耳邊長髮，這發展她一點也不意外。「我爸這一來便失業了，我媽卻很開心。」

「後來呢？」

「不知道。『愛德司』沒了之後，誰也沒有阿姨他們一家的消息了。」

教堂鐘聲響起，若瑰伸個懶腰，站起身，拍拍身上的草屑，「我一會還有課，要趕回學校去了。」她去年已從大學畢業，並留下來繼續進修碩士學位。

「一起走。」雷蘭特一躍而起，「對了，這週末黛菲回來，我媽約妳一同聚聚，妳要不要來？」

若瑰並不想去，卻甜甜一笑，道：「當然去。」又問：「這些年來黛菲在德國還好嗎？」

「她一直懊悔自己錯失機會，沒能像徐社長照顧妳表姊那樣，悉心地照顧黎衛，索性跟著她小提琴老師出國進修，潛心音樂，暫時不想別的事了。唉，我的傻妹妹。」雷蘭特搖頭苦笑。

「久了總會遺忘的。」若瑰安慰道。

時間使人遺忘。風和日麗下大合唱依然完美，許久之後，或許還有些曾經感同身受之人，會記得那聲不和諧的干擾，在燈下重溫老舊而泛黃的篇章，獨啜那箇中滋味。

（全文完）

後記

卡謬《異鄉人》（Albert Camus, *L'Étranger*）一書中，主角莫梭在海灘上殺了人，卻因為沒在母親的葬禮悲傷掉淚而遭判刑。書中有一段描述相當動人：在莫梭殺人被捕之後，預審推事前來問話，並拿出一尊耶穌受難圖問莫梭相不相信上帝？莫梭說，他不信。預審推事相當激動，「不可能有人壞到連上帝都不信的。」並揮舞著那尊神像試圖感化他，但莫梭拒絕這種做法，預審推事相當憤怒，滔滔不絕地說著，每個人都必須相信上帝，即使曾經背叛祂的人，最後也會在神像之前痛哭流涕，因為上帝為人們犧牲、受苦，沒有人可以對祂絲毫存疑。莫梭只覺得厭煩，為了擺脫這樣的糾纏，他做出認同的樣子。預審推事得意地說：「看吧看吧，你終於相信上帝了，是不是？」莫梭說：不是。預審推事驚駭不已，整個人跌到椅子上去……

我常在想，這段情節中的「上帝」，其實可以隨不同文化代換成各種人們盲目崇仰的對象。當一個文化太過於相信某種身分或制度，就會進而造成一個嚴重的問題：對於無法在這種大合唱中適任之人產生排斥、甚至判決，認為「只要違背某某，就是有道德上的瑕疵。」而當一項思維圈起眾所信服的繩墨，不容申辯、沒有例外，那些被遺落在外圍的零餘者，便成了心靈上的異鄉客，他們是幽暗水底噤聲的一群，連傷痛都帶著罪愆，因此我想寫一寫那些關於孤獨的、水面之下的故事。

也許這篇小說的風格與設定都不是我歷來所熟悉的，寫作過程便也格外地折磨。二零一六年二月初稿完成，怎麼看都覺得不滿意，於是又花半年時間重寫了一遍，接著來來回回修改無數次，每次都在情節與文字上大幅增刪改動，前後竟然用掉了七百多張稿紙，投了比賽沒有結果，編輯問起，自己也掙扎不定，雖然深知冒著失去出版機會的風險很不明智，但又覺得應該把稿子暫且放著，希望藉著時間的沉澱，能夠找到修繕的契機。這一耽延便是兩年過去，期間雖然也曾經想起，但總未付諸實行，加上這些年由於屢屢搬遷，生活充滿了不確定性，也就更加力不從心。（很奇怪，我所居住的國家沒有戰爭也沒有瘟疫，怎麼還總是把日子過得這樣動盪？）直到最近收到編輯來信，才決心再把稿子找出來重新整頓一番——寫作這件事，實在是苦心孤詣，有時候想來，都覺得自己簡直是個「無事忙」。

諧唱中的異聲，在「諧」與「異」的對比中，就彷彿挪威畫家愛德華．孟克（Edvard Munch）那幅名畫《吶喊》（*The Scream*）所呈現的場面。這是一幅令人不安的畫作，前景人物的面容既像個孩子，也像個骷髏，他摀著雙耳聲嘶力竭地尖叫，聲音擴散開來，把背後落日雲霞的色彩與形廓都震盪得扭曲變形了。他在宣洩什麼？他想抗議什麼？而縱使如此發自肺腑的吶喊，足以使風雲變色，路的另一端兩個行人猶自談笑如常、無動於衷。

曾經我也為著一些因素接觸許多相關學理，可是愈到後來，愈發現自己關念的還是痛苦的本身，那是需要比分析歸納更深切激烈一些的方式，就像孟克說過，他的畫是「（用色彩）努力解剖人的靈魂」，於是我又回到了文學中來，用文字努力解剖人的靈魂。

最後，我想節錄一段孟克對《吶喊》這幅畫作的自述作為收尾，他說：

> 我和兩個朋友走在路上，看見日落，天空變成血一般的紅……我的朋友繼續往前走，

而我卻留下，嚇得顫抖，我彷彿聽見一聲永無休止的吶喊從眼前的景象中劃過——我於是畫了這幅畫，把天空畫得像真實的血一般，所有色彩都在尖叫。

謝謝秀威資訊，以及責任主編喬齊安先生，如果不是他兩度提起，也許我至今還躊躇著。

在此期間，我有幸獲得了美國金郡的藝文獎（King County Community 4Culture Award- Individual Artist Fellowship），感謝4Culture機構對我寫作上的支持與肯定，以及獎金申請時Heidi Jackson予我流程上的協助、耐心傾聽我的創作理念。書籍出版後也會致贈金郡圖書館（King County Library System）惠存。

謝謝Tim，書中的數獨圖譜是由他設計的。

語言文學類　PG2301　SHOW小說48

諧唱中的異聲

作　　者／韓商羚
責任編輯／喬齊安
圖文排版／林宛榆
封面設計／楊廣榕

發 行 人／宋政坤
法律顧問／毛國樑　律師
出版發行／秀威資訊科技股份有限公司
114台北市內湖區瑞光路76巷65號1樓
電話：+886-2-2796-3638　傳真：+886-2-2796-1377
http://www.showwe.com.tw
劃撥帳號／19563868　戶名：秀威資訊科技股份有限公司
讀者服務信箱：service@showwe.com.tw
展售門市／國家書店（松江門市）
104台北市中山區松江路209號1樓
電話：+886-2-2518-0207　傳真：+886-2-2518-0778
網路訂購／秀威網路書店：https://store.showwe.tw
國家網路書店：https://www.govbooks.com.tw

2019年8月　BOD一版
定價：360元

國家圖書館出版品預行編目

諧唱中的異聲 / 韓商羚著. -- 一版. -- 臺北市 :
秀威資訊科技, 2019.08
面 ; 公分. -- (語言文學類 ; PG2301)
(SHOW小說 ; 48)
BOD版
ISBN 978-986-326-707-2(平裝)

863.57 108010425

讀者回函卡

感謝您購買本書，為提升服務品質，請填妥以下資料，將讀者回函卡直接寄回或傳真本公司，收到您的寶貴意見後，我們會收藏記錄及檢討，謝謝！
如您需要了解本公司最新出版書目、購書優惠或企劃活動，歡迎您上網查詢或下載相關資料：http:// www.showwe.com.tw

您購買的書名：____________________

出生日期：________年________月________日

學歷：□高中（含）以下　□大專　□研究所（含）以上

職業：□製造業　□金融業　□資訊業　□軍警　□傳播業　□自由業
□服務業　□公務員　□教職　□學生　□家管　□其它_____

購書地點：□網路書店　□實體書店　□書展　□郵購　□贈閱　□其他

您從何得知本書的消息？

□網路書店　□實體書店　□網路搜尋　□電子報　□書訊　□雜誌
□傳播媒體　□親友推薦　□網站推薦　□部落格　□其他__________

您對本書的評價：（請填代號　1.非常滿意　2.滿意　3.尚可　4.再改進）

封面設計____　版面編排____　內容____　文／譯筆____　價格____

讀完書後您覺得：

□很有收穫　□有收穫　□收穫不多　□沒收穫

對我們的建議：____________________

____

____

____

請貼
郵票

11466
台北市內湖區瑞光路 76 巷 65 號 1 樓

秀威資訊科技股份有限公司　收

BOD 數位出版事業部

……………………………………………………………………………

（請沿線對折寄回，謝謝！）

姓　　名：________________ 年齡：______ 性別：□女　□男

郵遞區號：□□□□□

地　　址：________________________________

聯絡電話：(日) ________________ (夜) ________________

E-mail：________________________________